EPIK *JOHANN LIPPET*

Johann Lippet wurde 1951 in Wels/ Österreich geboren, wohin es seine Eltern in den Wirrnissen mit Ende des II. Weltkrieges verschlagen hatte. 1956 kehrte die Familie in das Geburtsdorf des Vaters im Banat, Rumänien, zurück. Nach dem Studium der Germanistik/ Rumänistik in Temeswar war Johann Lippet mehrere Jahre als Deutschlehrer tätig, von 1978-1987 als Dramaturg am Deutschen Staatstheater Temeswar. Nach seiner Ausreise 1987 Ausübung verschiedener Tätigkeiten u.a. für das Nationaltheater Mannheim, sowie für die Akademie für Ältere und die Stadtbücherei Heidelberg. Johann Lippet wurden mehrere Preise und Stipendien verliehen, seit 1998 lebt er in Sandhausen bei Heidelberg als freischaffender Schriftsteller.

Johann Lippet

Bruchstücke aus erster und zweiter Hand

Roman

Ludwigsburg

Bibliografische Information der Deutschen Nationalbibliothek
Die Deutsche Nationalbibliothek verzeichnet diese Publikation in der Deutschen Nationalbibliografie; detaillierte bibliografische Daten sind im Internet über http://dnb.d-nb.de abrufbar.

Ludwigsburg: Pop, 2012
ISBN: 978-3-86356-050-8

1. Auflage 2012

© Pop, Ludwigsburg
Alle Rechte vorbehalten

Druck: Pressel, Remshalden
Umschlag: T. Pop
Foto: Horst Samson
Verlag: Pop, Postfach 0190, 71601 Ludwigsburg
www.pop-verlag.com

Bruchstücke aus erster und zweiter Hand

Im eignen Fadenkreuz

Du hast ja nicht gefragt! Das hörte sich wie ein Vorwurf an. War es im Grunde aber nicht eine Rechtfertigung? Ich sollte diese Fragen lassen. Dennoch: Welche wäre als erste zu stellen gewesen? Und überhaupt: Wie es anstellen, wenn man ahnte, daß die Befragte nicht Rede und Antwort stehen will? Rede und Antwort stehen! Sie muß sich bei unserem ersten Gespräch wie bei einem Verhör vorgekommen sein.

Wie heißt du? Wo wohnst du? Die Antworten auf diese Frage bleuen fürsorgliche Eltern Kleinkindern ein, sollten sie sich verlaufen. Beim Erlernen einer Fremdsprache gehören diese Frage zum Standard im Unterricht, gefolgt von: Aus welchem Land kommst du? Die Personalien feststellen, heißt das in der Behördensprache, geht es um diese Fragen.

Kein fremd klingender Name, auch das Herkunftsland kein Außergewöhnliches mehr. Der Akzent aber schlage hin und wieder durch, hatte Gustav damals gesagt. So sei er eben, sie kenne ihn doch, es wäre bestimmt im Scherz gesagt gewesen, hatte mein Vater gemeint.

Doch diesmal hatte sie nicht wie üblich, wenn sich auch nur die kleinste Auseinandersetzung anzubahnen drohte, klein beigegeben, sonder war wütend geworden: Tausendmal habe sie dem Gustav und anderen schon erklärt, wieso in Rumänien Deutsche lebten, daß sie eine Deutsche sei, eine Banater

Schwäbin, sie sei es satt, immer wieder auf ihren Akzent hingewiesen zu werden, sie habe Gustav doch nie gesagt, man höre sein Pfälzisch heraus. Jeder sei ein Fremder, fast überall, diese Einsicht könnte von ihm stammen, hatte mein Vater, ganz der Lehrer Gregor Brauner, zu beschwichtigen versucht.
Und ich? Kurt Brauner, 1,88, ovales Gesicht, Augenfarbe braun, Kurzhaarschnitt, geboren am 7. Juli 1987, Sohn des Gregor Brauner und der Susanne Brauner, geborene Lehnert, Einzelkind, Zivildienst abgeleistet, abgebrochenes Studium der Germanistik und Politikwissenschaft an der Universität Heidelberg, auf Informatik gewechselt, spricht Deutsch und Englisch, kein Rumänisch, ist auf den Spuren seiner Mutter und seines Großvaters Anton Lehnert im Banat unterwegs. So könnte ein Steckbrief von mir lauten.
Per Anhalter nach Rumänien, das wär's gewesen! Mit einem Stück Karton in der Hand an der Ampel vor der Auffahrt zur A 656 beschriftet mit dem Ziel: Temeswar, Rumänien. Timișoara, România wäre besser gewesen, dann hätte ein rumänischer Fernlaster mich sofort mitgenommen. Meine Mutter hätte bestimmt davon abgeraten, aber vielleicht hätte mein Vater diesmal versucht, ihr die Bedenken auszureden, wo er doch von seiner Zeit als Tramper ins Schwärmen geraten konnte: Damals bis nach Italien! Hätte man ihm gar nicht zugetraut. Eine Zugfahrt jedenfalls war ja auch nicht gang und gäbe. Zu schlafen versuchen!
Hannas Gesicht vor Augen, das hatte sich schon oft als Schlafmittel bewährt. Und ich mußte nicht befürchten, enttäuscht aufzuwachen, denn noch nie hatte ich von ihr geträumt. Doch diesmal gelang es mir nicht, ihr Gesicht zu fixieren, das verweinte meiner Mutter schob sich dazwischen, und ich hörte meinen Vater auf sie einreden.
Er hatte sie zu beruhigen versucht: Unter diesen Umstän-

den könne er sie doch nicht allein lassen, man könnte die Fahrkarten wohl nicht mehr zurückerstatten, das sei aber nicht die Welt, Hotel hätte man sowieso erst vor Ort buchen wollen.
Darum gehe es doch gar nicht, hatte sie gereizt reagiert, er sofort wieder beschwichtigend was sagen wollen, doch sie war ihm ins Wort gefallen: Schon seit Tagen fühle sie sich unwohl, kraftlos, ob man ihr unterstellte, sie täuschte ihr Unwohlsein nur vor, ihre Schwestern ließen sie bis heute spüren, sie hätten es nicht in Ordnung gefunden, damals nicht zum Begräbnis ihres Vaters nach Wiseschdia mitgekommen zu sein, dabei hätte sie doch im Krankenhaus gelegen.
Der letzten Teil ihrer Klage war nur noch ein Schluchzen, so hatte ich sie noch nie erlebt. Doch sie hätte doch nicht von mir erwarten können, daß ich jetzt auch nicht fahre.
Da geisterte er noch immer in der Familie herum: Mein Großvater Anton Lehnert, verstorben am 4. Mai 1993, vor sechzehn Jahren. Hätte er noch zwei Tage gewartet, dann hätten wir am selben Datum Geburtstag gehabt, soll er bei meiner Geburt gesagt haben. Und er soll darauf bestanden haben, daß ich ihn, wie im Banat üblich, mit Otta anspreche.
Mein Knecht, habe er mich genannt, wurde mir erzählt, da ich das jüngste der Enkelkinder war und zum Amüsement aller hätte ich Pipatsch, für Klatschmohn, wie eine Litanei wiederholt, wenn er mich fragte: Was ist rot und blüht in der Ecke des Gartens?
Namentlich war mein Vater Pächter des Schrebergartens, aber in der Familie hieß es: Ottas Garten. Ein paar Jahre nach seinem Tod verkaufte die Stadt die Grundstücke, alles wurde platt gemacht, Firmen errichteten Niederlassungen, der Gartenverein erhielt Ersatzgrundstücke, aber mein Vater stieg aus. Großvater hätte ihn bestimmt überredet, einen

neuen Garten zu pachten, von vorne zu beginnen, hatte meine Mutter noch Jahre später gemeint.
An Ottas Hand in den Garten. Unweit seiner Wohnung verlief die Abfahrt von der Schnellstraße, die in die Stadt führte, dann ging es auf einem unbefestigten Weg entlang einer Gartenanlage weiter, von der er begeistert war: Viel schöner als unsere!
Auf einem der Grundstücke stand ein riesiger Kirschbaum, Äste ragten über den Weg, und waren die Kirschen reif, pflückte mir Otta davon. Er sah sich kurz um, langte in die Zweige und legte mir verschmitzt lächelnd die Kirschen in die offen gehaltene Hand.
Mundraub. Er hatte bestimmt nicht diesen Ausdruck gebraucht, sondern einen aus seiner banatschwäbischen Mundart, in der er immer wie selbstverständlich mit mir redete, Verständigungsschwierigkeiten hatte wir keine. Vielleicht hatte er damals auch bloß das Zeichen gemacht, Finger auf die Lippen, das hätte doch jedes Kind begriffen.
Wenn wir in den Garten gingen, hatte Otta immer einen Eimer dabei. Eines Tages stießen wir auf einen großen Sandhaufen, und er ließ einen Eimer voll mitgehen, am nächsten Tag wieder einen, und schon bald türmte sich vor dem Gartenhäuschen ein schöner Sandhaufen auf, mein Spielplatz. Ein jedes Mal wahrscheinlich wieder das Zeichen, nicht verraten, und wir hatten nun unsere gemeinsamen Geheimnisse.
Die Siedlung Ochsenkopf bestand praktisch aus einer Häuserzeile mit schmucken Vorgärten, auf der gegenüberliegenden Seite ein Fabrikgelände, teilweise von Unkraut überwuchert. Schon von weitem konnte man die roten Warnleuchten am beschrankten Bahnübergang am Ende der Siedlung sehen, fast immer, wenn wir in den Garten unterwegs waren, kam ein Zug vorbei.

Dann begann der schönste Teil des Weges: das ehemalige Bahnwärterhäuschen mit noch angebrachtem Stellwerk, dahinter die stillgelegte Eisenbahnlinie von einem Brombeergestrüpp überwachsen, entlang des Bahndamms Nußbäume, die hier aufgegangen waren. Von den schwarzen Beeren pflückte mir Otta, im Herbst sammelten wir Nüsse ein. Aus dem Garten gab es Erdbeeren, Himbeeren, Tomaten, Paradeis sagte Otta, Paprika, Erbsen, Bohnen, sogar Melonen. Die dickste damals gehörte natürlich mir, aber ernten durfte ich sie noch nicht. Otta schlug mit dem Fingerrücken auf die Schale und sagte: Die klingelt noch. Es dauerte Wochen, bis sie nicht mehr klingelte, dann durfte ich sie abreißen. Er schnitt die Melone mit einem großen Messer auf, der Teil in der Mitte, um die schwarzen Kerne, war das Herz. In dünne Scheiben geschnitten, zeigte er mir, wie Kinder aus Wiseschdia Melonen essen: Das Stück in die Hand nehmen, einfach hineinbeißen, die Kerne ausspucken, bis auf die Schale ausessen. Ich war bis an die Ohren verschmiert, und Otta lachte. Solange er noch lebte, fanden in den Sommermonaten im Schrebergarten regelmäßig Familientreffen statt, danach nur noch selten, aber immer wurde von ihm erzählt. Geschichten. Sein Leben anhand von Geschichten aus Wiseschdia und Heidelberg. Nun beschränkte sich der Kontakt meiner Mutter zu ihren Schwestern hauptsächlich auf Telefonate, und daß die dran waren oder jemand aus der weitläufigen Verwandtschaft war sofort klar: Sie sprach Mundart. Ob ich sie noch alle auf die Reihe kriege? Tante Erika und ihren Mann, meine noch in Rumänien geborenen Cousins Dietmar und Benno mit Familie, Tante Hilde mit ihrem zweiten Ehemann Wolfgang, meine Cousine Saskia-Maria sah ich nun öfter, da sie in Heidelberg studierte. Sie hätte bei uns wohnen können, daß sie sich für eine WG entschieden hatte, konnte ich verstehen.

Dann waren noch die nach dem Umsturz in Rumänien ausgewanderten Potjes: die Rosi God, wie sie alle nannten, die Cousine von Otta, deren Sohn Meinhard und dessen Sohn, der eine Rumänin zur Frau hatte.

Großvater habe sich den Potjes sehr verbunden gefühlt, sie als seine engsten Verwandten betrachtet, sie seien ihm in den letzten Jahren in Rumänien eine wichtige Stütze gewesen, hatte es immer wieder geheißen. Doch wie es schien, gab es keinen Kontakt mehr zu ihnen.

Wahrscheinlich war ihnen die Behauptung von Tante Erika zu Ohren gekommen, die Meinhard indirekt eine Mitschuld an Ottas Tod gegeben hatte: Der habe ihm doch damals den Floh ins Ohr gesetzt, es wieder mit Gemüseanbau in Wiseschdia zu versuchen.

Und wenn das Verhältnis des Großvaters zu seiner Mutter und dem Bruder aus zweiter Ehe aufs Tapet gekommen war, diese wirren Geschichten von Streitigkeiten und brüchigen Versöhnungen, wurde klar: Es war schon in Rumänien nicht gut.

Der Bruder, zehn Jahre jünger, war mit der Mutter bereits Anfang der achtziger Jahre nach Deutschland ausgewandert, sie hier verstorben. Der Großvater habe nach seiner Auswanderung eine Kontaktaufnahme zu seinem Bruder kategorisch abgelehnt, die Vermittlungsversuche von Tante Hilde seien kläglich gescheitert, hätten zu einer Verstimmung zwischen ihm und seinen Töchtern geführt. Über Besuche der Schwägerin, die sich hatte scheiden lassen, und deren Sohn mit Familie habe sich Großvater immer gefreut, wurde behauptet. Aber auch zu ihnen gab es keinen Kontakt mehr.

Hast du gefragt? Die Frage war berechtigt, denn bis vor

einem Jahr hatte mich das alles nicht sonderlich interessiert. Ich war es leid: Bei Besuchen der Tanten diese Familiengeschichten, die sich wie Tratsch anhörten. Dann alle diese Geschichten aus der Kindheit wie: Am Grübchen im Kinn von Otta gespielt, von diesem Schönheitsloch genannt. Hochgewachsen, kräftig gebaut, pausbäckig, sanfter Blick, volles Haar, leicht gewellt, nach hinten gekämmt. Nicht die Erinnerungen eines Sechsjährigen hatten dieses Erscheinungsbild geprägt, sondern die Fotos, die meine Mutter, chronologisch geordnet, in einem Album aufbewahrte. Sie hatte auch gesagt: Trotz der vielen Sorgen noch fast kein graues Haar.

Daß ich mich für die Lebensgeschichte meines Großvaters zu interessieren begann, verdankte ich einem Zufall während meiner Zeit als Zivi. Worüber unterhält sich ein Zivi mit einem Herrn aus dem Seniorenheim, den er im Rollstuhl spazieren fährt und der vom Alter her sein Großvater hätte sein können? Im Grunde über Belanglosigkeiten. Ob gut geschlafen, über das Wetter, ob das Essen schmeckt, ob schon Bekanntschaften geschlossen, ob man die Angebote zur Freizeitgestaltung des Heims wahrnimmt, wie es ihm hier gefällt. Fragen zum Lebenslauf, ausgeübter Beruf, Familie, ergaben sich erst, nachdem ein Vertrauensverhältnis hergestellt war, und man mußte mit dergleichen Fragen vorsichtig sein.

Aber Herr Schmidt, den man den Professor nannte und den ich nur einmal spazieren fuhr, war anders gestrickt. Junger Mann, lassen wir die Förmlichkeiten! Und als er zu erzählen begann, war klar, daß Zwischenfragen nicht angebracht waren, wäre auch schwer möglich gewesen, denn es sprudelte nur so aus ihm heraus: Jahreszahlen in Verbindung mit politischen Ereignissen der Vorkriegszeit, Kriegszeit, Nachkriegszeit. Erlebte Geschichte, hatte Herr Schmidt es genannt, der aus dem Banat stammte, nach seiner Entlassung aus der Kriegsgefangenschaft in Deutschland geblieben und nie zu Besuch nach Hause gefahren war.

Eine Frage hatte ich mir dennoch erlaubt: Wieso waren die Deutschen aus Rumänien in der deutschen Armee? Herr Schmidt hatte mich streng gemustert, dann aber irgendwie verständnisvoll gemeint, ich hätte ja nicht, woher das wissen. Doch er hatte mir meine Unwissenheit dann doch unter die Nase gerieben, gemeint, dann wüßte ich bestimmt auch nicht, daß Deutschland und Rumänien im II. Weltkrieg Verbündete waren, bevor er mir erklärte, daß laut einem Abkommen zwischen Deutschland und Rumänien die Deutschen aus Rumänien 1943 in deutsche Verbände wechseln durften, was die überwiegenden Mehrheit auch tat, ihnen das aber, als Rumänien im August 1944 die Seiten wechselte, zum Verhängnis wurde, nicht nur ihnen, sondern der gesamten deutschen Bevölkerung in Rumänien, da ihr eine Kollektivschuld zugewiesen wurde.

Angesichts diese geballten Wissens hätte ich mich mit weiteren Fragen doch nur lächerlich gemacht. Und wenn ich Herrn Schmidt auch noch gesagt hätte, daß mein verstorbener Großvater aus dem Banat stammte, er mich nach Details zu dessen Lebensgeschichte gefragt hätte, wäre ich ganz blöd dagestanden. Bis dahin kannte ich diese bloß in großen Zügen, die Zusammenhänge waren mir unklar.

Jetzt erklärst du mir mal, wie das mit Großvater war, hatte ich meine Mutter noch am gleichen Abend überrumpelt. An jenem und den darauffolgenden konturierte sich allmählich der Lebenslauf meines Großvaters. Unsere Sitzungen, hatte meine Mutter ihr Erzählen und mein Nachfragen genannt.

Großvater war im Herbst 1944 als Siebzehnjähriger beim Herannahen der Roten Armee gegen den Willen seiner Mutter mit sich zurückziehenden deutschen Truppen geflohen, in die Waffen-SS eingereiht, beim ersten Einsatz verwundet worden, geriet in Österreich in amerikanische Kriegsgefangenschaft, arbeitete nach seiner Entlassung als Zivilangestellter der Amerikaner im Straßenbau, lernte auf einem Bauernhof seine zukünftige Frau kennen. Die war im Januar 1945, siebzehnjährig, wie alle arbeitsfähigen Deutschen aus Rumänien, zur Zwangsarbeit in die Sowjetunion deportiert worden, erkrankte, wurde 1947 mit einem Krankentransport in die Sowjetische Besatzungszone nach Deutschland verbracht, floh von dort und blieb auf ihrer Flucht nach Hause ins Banat in Österreich hängen.

Das war in großen Zügen die Biographie zweier Jugendlichen, die in Österreich eine Familie gründeten und wo ihnen vier Kinder geboren wurden. 1956 kehrte man auf Drängen der noch im Banat lebenden Familienangehörigen, und weil es möglich geworden war, nach Rumänien zurück, obwohl die deutschen Bauern im Zuge jener kollektiven Schuldzuweisung und unabhängig von der Größe ihres Besitzes schon im März 1945 enteignet worden waren.

Wußte Großvater das nicht, als er sich zur Rückkehr entschloß? Schwer vorstellbar, hatte meine Mutter gemeint, aber er habe sich nie dazu geäußert, Oma hingegen erzählt, daß er nach Australien auswandern wollte, was an ihrer entschiedenen Ablehnung scheiterte. Hin und wieder habe Oma durchblicken lassen, daß sie sich schuldig fühlte, weil Großvater zu Hause im Banat nicht glücklich wurde, aber ihre Entscheidung nicht bereut: Lieber hier als in Australien!

Die Großeltern wurden notgedrungen Mitglieder der LPG, pflanzten mit Beginn der sechziger Jahre in ihrem Hausgarten, fast ein Hektar groß, Gemüse für den Export nach Deutschland, aus dem Erlös wurden die Internatskosten finanziert, in Wiseschdia gab es nur eine Vierklassenschule,

deshalb besuchten die Kinder in anderen Ortschaften die weiterführenden Schulen.
Dieses und anderes hatte ich ja aufgeschnappt anläßlich der Besuche meiner Tanten im Laufe der Jahre, durch die Erklärungen meiner Mutter aber die Zusammenhänge erfaßt, und sie war auch nochmals auf den Lebenslauf ihrer Geschwister eingegangen.
Tante Hilde schaffte die Aufnahmeprüfung an die Hochschule nicht, hätte wie sie Germanistik studieren wollen, machte eine Ausbildung und arbeitete in Temeswar, die beiden anderen Geschwister arbeiteten nach Absolvierung der achten Klasse vorerst in der LPG, dann kam Tante Erika in einem Betrieb in der Kleinstadt Großsanktnikolaus unter, Onkel Kurt blieb zu Hause, wurde Traktorist in der LPG, 1971 die Tragödie, als er an der rumänisch-jugoslawischen Grenze, die ein paar Kilometer von Wiseschdia entfernt verlief, beim Fluchtversuch erschossen wurde.
In Andenken an ihn habe ich den Namen Kurt erhalten. Großvater sei sehr berührt gewesen, hatte meine Mutter erzählt. Bei mir war schon als Kind die Ahnung von etwas Entsetzlichem da, weil sie und die Tanten immer weinten, wenn vom Bruder die Rede war.
Als Vierzehnjähriger hatte ich einem Gespräch meiner Eltern in der Küche gelauscht, vom Tod des Onkels und dem Trauma in der Familie war die Rede. Um eine Zeit hatte mein Vater gemeint, warum man denn keine rechtlichen Schritte unternommen hätte. Meine Mutter hatte ihn angezischt: Wie man nur auf so eine Idee käme, was für eine Vorstellung überhaupt von einem Ostblockstaat, ob er jemals erfahren habe, daß deswegen ein Grenzsoldat in der DDR belangt worden wäre, wenigstens darüber hätte er doch informiert gewesen sein müssen.

Ich hatte gerade noch Zeit gehabt, vom Flur ins Wohnzimmer zu entwischen, denn sie verließ entrüstet die Küche, eilte die Treppen hoch und schloß sich in ihr Zimmer ein. Zu einer ähnlichen Auseinandersetzung war es beim Besuch eines Studienfreundes meines Vaters gekommen, heftig, doch sie hatte damals nicht demonstrativ das Wohnzimmer verlassen.

Die Frage stand im Raum: Warum waren die Deutschen aus Rumänien in die Bundesrepublik ausgewandert? Es gab Schulen in der Muttersprache, Zeitungen in deutscher Sprache, zwei deutsche Theater, Radiosendungen in deutscher Sprache, sogar wöchentlich eine zweistündige Fernsehsendung, es erschienen Bücher in deutscher Sprache.

Der Studienfreund hatte betont: In anderen Ostblockstaaten mit einer deutschen Minderheit sei das nicht der Fall gewesen. Und als Mitarbeiter bei einem Institut für Osteuropäische Geschichte wußte er von dem Abkommen zwischen Rumänien und der Bundesrepublik über der kontingentierte Auswanderung von Deutschen im Rahmen der sogenannten Familienzusammenführung, wofür aus der Bundesrepublik Gelder flossen.

Familienzusammenführung habe es de facto schon nach Kriegsende gegeben, hatte meine Mutter hinzugefügt, tausende von Flüchtlingen und Kriegsteilnehmer waren in Deutschland geblieben, und ihrerseits betont: Diese Abkommen seien immer wieder neu ausgehandelt worden, Geheimdiplomatie, in Rumänien per Mundfunk bekannt, das von 1978 aber habe den Stein ins Rollen gebracht, zuerst seien die ausgewandert, die über das nötige Geld verfügten, das Ganze sei doch nur noch eine doppelt bezahlte Schmiergeldaffäre gewesen: Deutschland über geheime Kanäle an Rumänien, die Deutschen aus Rumänien Unsummen an Strohmänner des Innenministeriums.

Wenn die Elite damals nicht ausgewandert wäre, hatte der Studienfreund gemeint, sie höhnisch gelacht: Nicht nur die Deutschen, die ganze Bevölkerung wäre am liebsten abgehauen, ob er sich ein Land vorstellen könnte, in dem es sogar an Streichhölzer und Toilettenpapier mangelte, wo nur noch per Präsidialdekrete regiert wurde, das Zivilrecht praktisch außer Kraft gesetzt war?

Betretenes Schweigen, mein Vater hatte scherzend gemeint: Die Regierenden hätten sich ein anderes Volk suchen müssen.

Das Gespräch war wieder in Gang gekommen, man war sich einig: niemand hätte geglaubt, der Ostblock würde so rasch zusammenbrechen, daß es zur Wiedervereinigung Deutschlands käme.

Der Studienfreund hatte die Rede erneut auf Rumänien gebracht, darauf hingewiesen, daß Ceauşescu als einziges Staatsoberhaupt aus dem Ostblock nach einem an rechtsstaatlichen Maßstäben nicht haltbaren Prozeß hingerichtet wurde.

Meine Mutter hatte was sagen wollen, mein Vater war ihr in versöhnlichem Tonfall zuvor gekommen: In keinen anderen Ostblockstaat seien so viele Hilfslieferungen gegangen, für keinen wäre die Anteilnahme und Sympathie so groß gewesen.

Sie hatte dennoch gekontert: Das habe die Deutschen aus Rumänien nach dem Umsturz nicht davon abgehalten, fast restlos auszuwandern, noch etwa 50.000 lebten im Land von ehemals ungefähr 400.000 nach dem II.Weltkrieg. Ihr Heimatdorf Wiseschdia sei bis dahin fast ausschließlich von Deutschen bewohnt gewesen, nach dem Krieg von noch etwa 400, enteignet und entrechtet. Die neuen Machthaber siedelten rumänische Kolonisten in den banatschwäbischen Dörfern an, die bekamen nicht nur vom enteigneten Feld zugeteilt, sondern wurden auch in den Häusern der Leute untergebracht. Auch in ihrem Haus habe eine Familie gewohnt und wie das Verhältnis zu ihr gewesen sei, könne man sich ja vorstellen. Mit der Kollektivierung wurde den Kolonisten das ihnen zugeteilte Feld wieder weggenommen, in einem so kleinen Dorf wie Wiseschdia wären sie aber dann nicht geblieben, in größerer Dörfer gezogen, in ihrem Heimatdorf seien letztendlich bloß fünf Familien ansässig geworden und deren Kinder, die hier geboren wurden, hätten die Dorfmundart gesprochen, mit zwei der Mädchen sei sie befreundet gewesen, drei Mischehen mit rumänischen Männern habe es gegeben, aber auch diese Familien seien nach dem Umsturz ausgewandert, zur Zeit lebten in Wiseschdia noch zwei Deutsche.

Ob sie sich vorstellen könnte, wieder in Rumänien zu leben, da der rumänische Staat doch für eine Rückwanderung der Deutschen werbe, hatte der Studienfreund vorsichtig gefragt. Ohne aufzubrausen oder sich zu erklären, hatte sie entschieden geantwortet: Nein.

Auch in anderen Situationen, wenn zu erwarten gewesen wäre, daß Emotion hochkocht, konnte sie ganz nüchtern bleiben. Welche Mühe sie das aber kostete, war an ihrer Körpersprache ablesbar, so auch bei ihrem ganz sachlichen Resümee zur Situation der Familie in einem unserer Gespräche.

Sie und die Schwestern waren ausgewandert, Oma und Großvater geblieben, Oma verstarb, Tante Hilde überzeugte Großvater schließlich zu ihnen nach Deutschland zu kommen, nach der Wende wollte er mit seinem in Wiseschdia verbliebenen Freund wieder ins Gemüsegeschäft einsteigen, erlitt während der Arbeit im Garten einen Herzinfarkt, wurde im Familiengrab auf dem Dorffriedhof beigesetzt, es wäre sein Wunsch gewesen.

Im damaligen Resümee war unerwähnt geblieben, daß sie und ihr erster Ehemann eine Besuchererlaubnis nach Jugoslawien im Rahmen des sogenannten kleinen Grenzverkehrs erwirkt hatten und ihnen dank der Mithilfe eines Fernfahrers die Flucht nach Österreich gelungen war, daß sie sich dann in Deutschland hatte scheiden lassen.
Ich hätte auch nicht erwartet, daß sie darauf eingehen würde, das war, wie der Tod von Onkel Kurt und von Otta, noch immer ein wunder Punkt.
Ihr Ergänzungsstudium hingegen war für sie kein heikles Thema mehr. Eine Erfahrung, die sie im nachhinein nicht missen wollte, hatte sie mal versöhnlich in einem Gespräch mit Gustav gemeint, sie habe ja einsehen müssen, mit dem Fach Deutsch allein, ihr zweites war Rumänisch, in Deutschland nicht in den Schuldienst übernommen werden zu können.
Aber auf den Vertreter des Schulamtes war sie noch immer wütend, der hatte ihr bei einem Beratungsgespräch wegen des Ergänzungsstudiums gesagt: Sie glauben doch nicht, daß wir Sie so einfach auf unsere Schüler losgelassen hätten, auch wenn Sie zwölf Jahre in Rumänien unterrichtet haben!
Im Unterschied zu den Tanten pflegte sie keinen Kontakt zu ehemaligen Dorfbewohnern, nahm nicht am großen Pfingsttreffen der Banater Schwaben in Ulm teil, darüber berichteten ihr die Schwestern: Wen man aus Wiseschdia getroffen hatte, wie es dem und jenem so ging, wer verstorben war, wessen Kinder oder Enkelkinder geheiratet hatten, jemanden aus dem Banat oder aus Deutschland.
Das hörte sich alles wie Kaffeeklatsch an, an dem sie entspannt und sichtlich interessiert teilnahm. Ob dabei auch die Familie ihres ersten Mannes in einem Zusammenhang Erwähnung gefunden hatte? Tante Erika konnte ganz schön bissig sein.

An einem Abend dann meine Frage, weil sie sich einfach ergeben hatte: Warum warst du nie zu Besuch? Schier endloses Schweigen, dann ihre leise Stimme wie das Eingeständnis einer Schuld: Ich kann es dir nicht erklären, ich weiß es nicht. Es war nicht ein wunder Punkt, sondern der wunde Punkt.
Mein Vater war gleich zur Stelle. Er müsse ein Geheimnis preisgeben, ein Besuch sei geplant gewesen, eine heimliche Verabredung zwischen ihm und dem Großvater, ihn in Wiseschdia während seines Aufenthalts zu besuchen, dann sei leider das Unglück passiert.
Sie hatte gereizt reagiert: Davon höre sie zum ersten Male, und nach so vielen Jahren. Hätte ja eine Überraschung sein sollen, hatte mein Vater sich zu verteidigen versucht. Peinlicher hätte der Versuch einer Rechtfertigung nicht sein können, das mußte ihm im nächsten Moment bewußt geworden sein, denn im gleichen Atemzug hatte er den Vorschlag gemacht: Wir könnten doch in den Sommerferien hinfahren.
Warum eigentlich nicht?
Du bist also einverstanden?
Ja.
Kommst du auch mit, Kurt?
Natürlich.
Wunderbar.
Keine Zwischenfrage, an ihrer Mimik nicht die leisesten Bedenken ablesbar und dann die Schnelligkeit mit der diese Entscheidung gefallen war, zu der es Jahrzehnte gebraucht hatte. Wäre es schon längst dazu gekommen, wenn mein Vater es geschickter angestellt hätte? Daß sie nie darüber gesprochen hatten, war doch unvorstellbar.
Die Idee mit der Bahn zu fahren, hatte er, und obwohl sie einverstanden war, hatte er es nicht lassen können, auf die

Vorteile des Reisens mit der Bahn hinzuweisen. So war er nun mal der Herr Lehrer für Kunsterziehung und Geschichte!

Sie hatte den Vorschlag gemacht, in Österreich einen Zwischenstopp einzulegen, nach Stadl-Paura zu fahren, um zu sehen, was von der Siedlung, wo sie noch den Kindergarten besucht hatte, übrig geblieben war.

Er war sofort begeistert und hatte den weiteren Reiseplan entworfen: In Temeswar dann vor Ort ein Hotel suchen, einen Wagen mieten, nach Wiseschdia fahren, sich das Banat anschauen, Land und Leute kennen lernen, man hätte ja eine ausgewiesene Reiseleiterin zur Seite.

Es hatte sich angehört, als hätte er den Reiseplan in dem Moment entworfen, aber ich wurde den Verdacht nicht los, daß ihn eine Reise ins Banat beschäftigt haben mußte, Spontaneität gehörte nicht zu seinen Stärken.

Der Vorschlag, eine Flasche Sekt zu öffnen, war dann doch spontan. Wir hatten auf unsere Reise angestoßen, ein Vorhaben, geboren aus einer Frage, die sich ergeben hatte, und einer peinlichen Rechtfertigung.

In den darauffolgenden Monaten war sie wie ausgewechselt und vom Großvater wurde oft geredet. Und es war zu Äußerungen gekommen, die beide vor diesem Reisevorhaben nie gemacht hatten, in meiner Gegenwart jedenfalls nicht.

Er hätte bestimmt akzeptiert, bei uns zu wohnen, hätte sich aufgehoben gefühlt, war mein Vater sich in Überlegungen ergangen, hatte daran erinnert, Großvater habe mehrmals angedeutet, sie könnten sich doch ein Haus kaufen bei ihrem Gehalt als Lehrer. Er habe es nie ausgesprochen, hatte sie gemeint, aber sie könnte sich vorstellen, er habe sich von der wahnwitzigen Idee mit dem Gemüseanbau in Wiseschdia auch deshalb nicht abhalten lassen, weil er seinen Beitrag zum Kauf des Hauses leisten wollte. Ob er

sich hier im Haus wohl gefühlt hätte? Bestimmt, hatten sie sich gegenseitig versichert.
Da wir wegen des Abstechers nach Stadl-Paura erst am nächsten Tag hätten weiterreisen können, war sie ohne große Diskussionen einverstanden, es bleiben zu lassen, hatte zu meiner großen Verwunderung sogar vorgeschlagen, bei unserer nächsten Reise nach Rumänien, dann aber mit dem Auto, nach Stadl-Paura zu fahren.
Einvernehmen über all die Monate, mehr als ein halbes Jahr, dann heute Abend dieses Fiasko. Und Hanna war vor einer Woche abgesprungen. Sie brauche eine Auszeit, fahre nach Paris. Seither kein Lebenszeichen, auf ihrem Handy nicht zu erreichen, auf die Mails keine Antwort.
Sie war auf Distanz gegangen, da sollte ich mir nichts mehr vormachen. Ihrem Drängen, dasselbe wie sie zu studieren, hätte ich nicht nachgeben sollen. Hineinschnuppern, hatte sie gesagt und mich gehänselt: Du mit deiner Eins im Abi kannst doch wann immer auf Informatik wechseln. Daran lag es bestimmt nicht.
Ein leises Klopfen an der Tür, ich stellte mich schlafend. Den Lichtschimmer nahm ich dennoch wahr und für einen Augenblick ihre engelhafte Erscheinung in langem Nachthemd und gelöstem Haar.
Vielleicht saß sie jetzt in der Küche, die Hand um ein Wasserglas, aus dem sie hin und wieder einen Schluck nahm. Sie tat mir leid, aber wenn ich jetzt hinunterginge, würde sie krampfhaft versuchen, mir zu erklären, warum sie nicht mitkommt. Dann würde um eine Zeit mein Vater erscheinen, alles noch schlimmer machen.
Dann fahre ich eben allein! Das war mir am Abend so herausgerutscht. In diesem Tonfall hatte ich noch nie mit ihr geredet, deshalb ihr entsetzter Blick. Ich hatte mich sofort entschuldigt, und wie ich sie so dasitzen sah, ein Häufchen

Elend, war ich auf sie zugegangen und hatte sie umarmt. Das hatte sie beruhigt, bestimmt nicht mein nervender Vater: So beruhige dich doch, bitte!
Ihre Beziehung schien leidenschaftslos, keinen Kuß, kein Schmusen. In meiner Anwesenheit jedenfalls nicht. Bei der Hyperkorrektheit meines Vaters auch schwer vorstellbar. War es eine Vernunftehe? Beide damals sechsunddreißig, sie eine Scheidung hinter sich.
Nur nichts hineininterpretieren! Es war doch nicht zu erwarten, daß Siebenundfünfzigjährige sich wie verliebte Turteltäubchen verhielten. Warum denn nicht? Hanna hatte mal gemeint: Deine Mutter ist noch immer eine wunderschöne Frau.
Mein Handy! Verdammt, vergessen auszuschalten! Hanna? Es war nicht ihre Nummer, sie könnte es aber dennoch sein.
Du kannst mich mal, nein kannst du nicht, denn du dürftest mir nicht mal den Arsch lecken, du Muttersöhnchen, Ende.
Eine besoffen klingende Frauenstimme. Könnte Hanna dahinter stecken, sie selbst es gewesen sein mit verstellter Stimme oder tatsächlich betrunken?
Muttersöhnchen! Damals in der Cafeteria hatte Clemens diese Bemerkung fallen lassen.
Das nimmst du zurück! Da schau einer an, der Kurt Brauner kann sich aufregen, hatte Clemens gehöhnt, die Jungs in der Runde die Lage zu beruhigen versucht, ich war gegangen. Hinter diesem Anruf konnte nur Clemens stecken, der ein Mädchen aus der Clique dazu angestiftet hatte.
Dieses kratzende Geräusch war aus der Küche gekommen. Wenn sie noch einmal vorbeischaute, konnte ich mich nicht schlafend stellen, denn bestimmt hatte sie das Handy gehört. Ich sollte nach unten gehen!

Ich hätte Durst, werde ich sagen. Habe ich ja auch. Und sie wird es mir glauben. Erstaunt muß ich nicht tun, da ich ja das Licht in der Küche sehen kann.

Obwohl ich barfuß war, mußte sie mich dennoch kommen gehört haben, denn als ich die Tür öffnete, erschrak sie nicht. Über dem Nachthemd einen Morgenmantel, die Hände um ein Glas, saß sie am Küchentisch, darauf stand die Wasserflasche, daneben ein zweites Glas. Hatte sie mit seinem Kommen gerechnet?

„Hast du auch Durst?"

„Ja."

Sie schenkte mir ein. Hätte ich ihr zuprosten sollen? Mit Wasser macht man es nicht, hatte sie mal gesagt. Ich spürte, daß sie mich beobachtete, als ich trank.

„Hat dich mein Handy geweckt?"

„Halb so schlimm."

„So ein Verrückter hat angerufen."

„In der Nacht solltest du es ausschalten."

„Mache ich ja ansonsten."

„Willst du noch Wasser?"

„Nein, danke."

„Jetzt sollten wir wieder schlafen gehen, morgen, was sage ich da, heute, hast du die lange Reise vor dir."

„Halb so wild, im Zug kann man ja schlafen."

„Ich komme morgen mit an den Bahnhof, wenn es dir recht ist."

„Das wäre schön."

„Da wird dein Vater überrascht sein. Und du sagst ihm nicht, du hättest es gewußt."

„Versprochen."

„Komm her!"

Sie kam auf mich zu, nahm mich in die Arme, ich ließ es widerstandslos geschehen, und es war mir nicht peinlich. Ich

hatte ein Lamento befürchtet, doch als sie mich losließ, mußte ich schmunzeln. Psst, machte sie mit dem Zeigefinger an den Lippen, kam mir wie ein verspieltes Kind vor.
Sie löschte das Licht und ging voraus, auf den Treppen betont auf den Zehenspitzen, als folgte sie einem Spieltrieb.
„Gute Nacht", flüsterte sie und winkte mir zu, bevor sie behutsam die Tür zum Schlafzimmer öffnete.
„Gute Nacht", flüsterte ich zurück und winkte gleichfalls.
Gut, daß ich hinunter gegangen war, nun hatte ich die Gewißheit, daß sie mit meinem Entschluß, allein zu fahren, einverstanden war. Es wäre mir nicht egal gewesen, mit dieser Ungewißheit einfach abzureisen.
Muttersöhnchen! Mit solchen Etikettierungen war Clemens rasch bei der Hand und fand es cool, seine Eltern mit Vornamen anzusprechen. Und sein Teenagergehabe mit zweiundzwanzig nervte. Was sollte das, wenn er sich über seine Mutter lustig machte: Guckt diese seichten Telenovelas.
Du kennst dich aber gut aus, hatte Hanna gemeint, als Clemens zur Veranschaulichung den Inhalt einer Episode erzählte und die Namen der Protagonisten nannte. Ob sie glaube, er gucke sich so einen Scheiß an, war der coole Clemens aufgebraust, und alle hatten sich amüsiert.
An dem Abend hatte mir Hanna anvertraut, da wollte sie noch nach Rumänien mitkommen, daß es Stunk mit ihrem Vater gab. Der warf ihr vor, sich nicht intensiv genug um ihr Studium zu kümmern, was sie an Scheinen gemacht, sei doch lächerlich, drohte, ihr das Studium über die Regelsemester hinaus nicht zu finanzieren.
Und ihre Mutter, die zu schlichten versucht hatte, habe er abgekanzelt: Er verdiene das Geld, sie könnte vom Gehalt ihres Halbtagsjobs das Studium der lieben Tochter dann ja finanzieren.
Da waren meine Eltern ganz anders. Als ich ihnen mitge-

teilt hatte, daß ich auf Informatik wechsele, gab es keine Probleme. Seitens meines Vaters schon gar nicht, sie hatte bloß gemeint: Schade, daß du nun nicht wie ich Germanistik studierst.

Ja, mein Verhältnis zu meinen Eltern war gut. Was sollte daran nicht normal sein? Daß beide immer auf den Ausgleich von Spannungen bedacht waren, mein Vater es oft ungeschickt anstellte, konnte schon nerven. Aber so war er nun mal. Und sie bedrückte immer noch alles: der Tod von Onkel Kurt und Otta, die Auswanderung.

Dieser leise Tonfall, wenn sie davon sprach, und es schien, als wäre sie darauf bedacht, nicht alles preiszugeben. Aber im Vorfeld unserer geplanten Reise erzählte sie auch anschauliche Geschichten, sogar amüsante. Es hatte sich immer wieder ergeben, ich so eine Vorstellung vom Leben auf dem Dorf und von ihrer Kindheit in Wiseschdia erhalten.

Sich verloren in der weiten, weiten Welt gefühlt, wenn es im Schnee sonntagnachmittags ins Nachbardorf an den Bahnhof ging, um ins Internat zu fahren, Reif an den Augenbrauen, im Haar, das unter dem Kopftuch hervorlugte, wie ein kleiner Schneemann habe sie ausgesehen.

Kam ein Schneesturm auf, sei nach kurzer Zeit vom unbefestigten Weg nichts mehr zu erkennen gewesen, die Akazien am Wegrand Anhaltspunkt und Wegweiser. Bei einem Schneesturm auf dem Weg nach Hause hatten sie sich in eine Hütte geflüchtet, die im Feld stand, sie waren zu fünft. Der Schneesturm wurde immer heftiger, wollte und wollte nicht aufhören, hatte sich dann endlich gelegt, es war dunkel geworden, jetzt trauten sie sich nicht mehr hinaus, saßen aneinander gekauert da und weinten vor sich hin. Es war ihnen, als hörten sie Wölfe heulen, obwohl es in der Gegend gar keine gab, sahen Gespenster auf die Hütte zukommen, erst als sie ihre Namen rufen hörten, schrien sie zurück, es waren ihre Eltern, die nach ihnen suchten. Damals habe sie sich gewünscht, nie mehr in die Schule zu müssen, ins Internat.

Sie war ins Schwärmen geraten, wenn sie von den Sommern erzählte: der hellblaue Himmel, die unendliche Weite der Ebene, die Stille. Und dann die Gerüche.

Wie Erde roch, wenn über das ausgetrocknete und staubige Land ein Sommergewitter niedergegangen war, wie frisch gedroschenes Weizenstroh, ein Tabakfeld in der Sommerhitze, ein Hanffeld am Abend, wie Klee, gemäht am Morgen, taufrisch. Das alles könne man nicht in Worte fassen, das müsse man gerochen haben. Und wenn die Akazien blühten, lag ein süßer Duft über dem ganzen Dorf, das Summen der Bienen war zu hören.

Im Sommer bedeckten Landkarten, so hatte sie es genannt, Arme und Beine, getrockneter Saft von Wassermelonen und Obst. Sie stellten sich Länder und Kontinente vor, reisten in die Welt, hinaus aus dem Dorf voller Staub.

Aus einem Teich in Dorfnähe, den man Wasserloch nannte, sammelten sie und die Schwestern mit einem alten Suppenseiher Wasserlinsen ein, Futter für die Enten, badeten in dem verschlammten Teich in Höschen und Turnhemd. Im Schilfrohr nisteten Vögel, Bläßhuhn und Reiher, sogar an eine Rohrdommel glaubte sie, sich erinnern zu können.

Obst gab es das ganze Jahr über von den Bäumen im großen Hausgarten, Maikirschen war das erste, klein und wässerig, wenig Fruchtfleisch im Unterschied zu den später richtigen Süßkirschen, die Sauerkirschen, Weichseln genannt, schmeckten erst gut, wenn sie ganz schwarz waren.

Von Aprikosen, Zwetschgen und Quitten wurde Marmelade gekocht, Kompott gemacht, auch von Birnen, Äpfeln und Trauben. Getrocknete Zwetschgen waren ein Leckerbis-

sen in den Wintermonaten, getrocknete Apfelschnitte hingegen schmeckten ihr nicht.
Anfang Frühjahr kamen Bergbauern mit ihren Planwagen ins Dorf, tauschten kleine, aber schmackhafte Äpfel gegen Weizen und Körnermais ein, dann bettelten die Kinder die Eltern an. Die Bergbauern versorgten das Dorf auch mit ungelöschtem Kalk und mit Holzkohle für die Bügeleisen, damals gab es noch keine elektrische. Wiseschdia wurde erst spät ans nationale Stromnetz angeschlossen, die Großmutter von Großvater weigerte sich, in ihr Zimmer elektrisches Licht einziehen zu lassen, blieb bei der Petroleumlampe.
Im Herbst überzog der Altweibersommer wie ein Gewebe die vertrockneten Gräser am Wegrand und auf den Feldern, in einem gelben Meer von Akazienblättern konnte man waten. Sie wurden in Körben eingesammelt, kamen auf den Misthaufen, der nun nicht mehr so penetrant stank.
Auch der Geruch gehörte zum Dorf, man gewöhnte sich daran, ebenso an die Fliegenplage, die mit Ende des Jahres abnahm. An Sommerabenden sammelten sich ganze Schwärme auf den Wänden in der hinteren Küche, dann begann die Jagd: Mit Tüchern bewaffnet, wurden in einer gemeinsamen Aktion die Fliegen hinausgetrieben und dann rasch die Tür geschlossen.
Die Leute waren Selbstversorger. Gemüse gab es das ganze Jahr über frisch aus dem Garten, Zwiebel, Knoblauch, getrocknete Bohnen, Möhren, Petersilienwurzel, Sellerie, Kartoffeln wurden als Wintervorräte gelagert, Kartoffeln waren ein Hauptnahrungsmittel. Sie hielten eine Kuh, Schweine, an Geflügel Hühner, Puten, die Enten und Gänse lieferten zusätzlich Daunen für die Federbetten. Brot wurde selbst gebacken, sogar Seife hergestellt.

Im Banat hießen die Weinberge Weingärten, fast jeder in Wiseschdia hatte Reben im Hausgarten oder Spalier im vorderen Hof, Großvater eine Laube aus Weinreben. Von den Trauben wurde Wein gemacht, aus dem Trester und dem Fallobst Schnaps gebrannt.

Als Erwachsener gerät man leicht ins Schwärmen, erzählt man von der Kindheit, hatte sie gemeint, die Sorglosigkeit als Kind wünschte man sich zurück, die Geborgenheit des Elternhauses. Das Leben auf dem Dorf aber war hart, von morgens früh bis abends spät nur Arbeit, ein Leben lang, mit sechzig war man geschafft.

Schon mit vierzehn war Großvater in den Acker gegangen, wie man es nannte, es wurde noch mit Pferden gepflügt, das Getreide noch mit der Sense gemäht und zu Garben gebunden. In der LPG gab es dann Mähdrescher, Mais und Zuckerrüben wurden aber auch hier noch jahrelang manuell geerntet, Tabak, Tomaten, Paprika sowieso.

Mit der Hacke wird der Bauer geboren, mit ihr kommt er ins Grab, soll Otta gesagt haben. Hacken war die wichtigste Pflegearbeit, Großvater bekam bei dieser Arbeit nie Rückenschmerzen im Unterschied zu ihnen. Sie mußten immer mit anpacken, in den Parzellen an Mais, Zuckerrüben, Tabak, die den Eltern von der LPG zugeteilt waren, hatten zu Hause ihre Aufgaben: Weingarten und Mais hacken, Tomaten und Paprika, sie bewässern, das Vieh füttern, Kuh- und Schweinestall ausmisten, gegen Abend die halbreifen Tomaten und den Paprika ernten, sie am nächsten Morgen auf dem gummibereiften Wägelchen zur Übernahmestelle fahren, samstags wurden Hof und Gasse gekehrt, beim Reinemachen mußten sie mithelfen und beim Kochen.

Ein Huhn hätte sie nicht Schlachten können, hatte sie gesagt. Das Abbrühen mit heißem Wasser und das Rupfen der Feder ging noch, das Ausnehmen besorgte wieder die

Großmutter, sie hätte es nicht gekonnt, sah immer weg oder verließ die Küche, wenn das geschlachtete Geflügel aufgebrochen und die Innereien entnommen wurden. Schweineschlachten war Männerarbeit. Sie hielten immer bis zu drei, kurz vor Weihnachten wurde geschlachtet. Beim Abstechen im Morgengrauen lagen sie und ihre Schwestern im Bett, zogen die Daunendecke über den Kopf und hielten sich die Ohren zu. Beim Abstechen war immer eine Frau dabei, hielt die Schüssel hin, fing das Blut auf, rührte es mit einem Kochlöffel, damit es nicht gleich eindickte. Das hätte sie nie gekonnt, hatte sie mir versichert.

Man sah ihr an, wie schwer es ihr fiel, zu erzählen, daß der Wurf von Katzen und Hunden bis auf ein Junges getötet wurde, erschlagen, ertränkt. Diese Grausamkeiten gehörten zum Alltag, hatte sie wie entschuldigend gemeint und erklärt, daß man vorwiegend ein männliches Junges liegen ließ, wie das hieß, das man dann, wenn es nicht mehr auf die Muttermilch angewiesen war, verschenkte oder selbst behielt, Katzen und Hunde wurden in der Regel nicht alt.

Wer das Verhalten eines Truthahns so plastisch beschreiben konnte, mußte er guter Beobachter gewesen sein: Wie er kollernd herumstolzierte, die Schwingfedern gespreizt, die Schwanzfedern zu einer Halbrosette geformt, die Hautlappen am Kopf aufgebläht, blutrot und blau unterlaufen, ebenso der Hautlappen am Schnabelansatz, Rotznase genannt.

Geradezu poetisch geriet ihr die Beschreibung der Paarung von Tauben: Wie der Täuberich gurrend, im Trippelschritt und gespreizten Schwanzfedern sachte das Weibchen bedrängte, den Schnabel immer wieder unter den Flügel steckend, sie einlud zum Kuß, sie hingen dann Schnabel in Schnabel, schüttelten sich die Köpfe, bis das Weibchen gewillt war sich hinzusetzen und zu empfangen den Geliebten.

Ich sehe Hanna und mich auf einer Schotterstraße gehen,

wie eine Fata Morgana die Umrisse des Dorfes in der Ferne. Beim Maulbeerwald endet die Straße, hindurch führt ein Landweg, wir ziehen Schuhe und Socken aus, gehen barfuß durch den Staub, ich spüre, wie er an meinen Fußsohlen brennt. Dann bleibt Hanna stehen, lächelt mir zu, gibt mir zu verstehen: Gehe allein weiter.
Da ist schon die Hutweide, der schmale Weg von Disteln gesäumt, im Staub Schuhabdrücke, Spuren von Tieren. Pferd oder Kuh? Ein Ziesel, Erdhase hat Otta gesagt, ein Misthaufen, die Schmeißfliegen schimmern grün, wieder ein Ziesel, hat ein Büschel Gras im Maul, verschwindet im Loch neben der hohen blau blühenden Distel mit den großen, fleischigen Blättern.
Eine Windhose fährt über die Wegkreuzung, wirbelt Staub auf, endet Kreise drehend in einem Kleefeld, die Blätter der Pappeln spielen auch bei Windstille, ein Stoppelfeld, es reicht bis zur Staubwolke, vor der ein Traktor fährt, am Horizont der Kirchturm des Nachbardorfes.
Die Grund- und Sandkaulen, von hier hat sich Otta mit Erde für die Mistbeete versorgt, mit Sand für den Mörtel, auf der Grasnarbe blühende Kletten, darunter ein Ameisenhügel, die weißen Eier, schon wimmelt es von Ameisen auf meinen Füßen, ich stampfe auf, will sie abzuschütteln.
Die Grasnarbe gibt nach, bricht weg, ich weiche zurück, in immer größeren Schritten, bis ich endlich wieder festen Boden unter den Füßen habe, vor mir liegt eine Kraterlandschaft, die halbe Hutweide ist verwüstet.
Dort das Gestrüpp aus Schlehen, hier muß ich lang gehen, um durch das Ried ins Dorf zu gelangen, Schilf, Weiden, Binsen, mittendurch ein Fußpfad, die Abdrücke von Kuhklauen, messerscharf, nicht zu weit seitwärts treten, graues Wasser blubbert durch die Zehen empor.
Im Schilfrohr ein totes Kalb, die Beine weit von sich ge-

streckt, Schwärme grün schimmernder Fliegen, aber es stinkt nicht, das Schilfrohr wird höher und dichter, ich schütze mein Gesicht mit den Händen, gehe so, die Augen halb geschlossen, mit dem Kopf voran, in Sicht die große Trauerweide, noch einen Schritt, heiß der Sand unter den Fußsohlen, vor dem Erddamm die Gabelung, nicht nach rechts und nicht nach links, hier hinauf, und schon sehe ich die Hausgärten, torkele den Damm hinab, direkt ins Melonenfeld, eine dicke Frucht liegt vor meinen Füßen, am Gartenzaun sehe ich Otta, er winkt mir zu, Onkel Kurt rennt durch den Weingarten, hinter ihm her zwei Soldaten mit Maschinenpistolen, Schüsse fallen.

Schwer atmend, saß ich aufrecht im Bett, spürte den Schrei im Hals. Ein leises Klopfen? An der Tür? Ich ließ mich auf den Rücken fallen, bekam noch rechtzeitig die Decke zu fassen, die auf dem Boden lag. Der Puls raste, ich konnte die Augen nicht schließen, lauschte angestrengt, nichts war zu hören.

Witterung

Die Reise war reibungslos verlaufen, Außergewöhnliches hätte ich meiner Mutter nicht berichten können. Du kannst wann immer anrufen. Doch um diese Uhrzeit! Die Vorstellung jedoch war nicht abwegig: Sie übernachtet auf dem Sofa im Wohnzimmer, das Telefon griffbereit. Sie hätte sich Sorgen gemacht, daß ich hier in Arad den Anschluß verpaßt hatte. Dann hätte ich sie beruhigt: In einer halben Stunde gehe der nächste Zug, ja, ich hätte mich erkundigt, einfach Timişoara gefragt.
Am Grenzbahnhof Curtici alles glatt gelaufen, das hätte ich ihr gerne mitgeteilt, Ausweiskontrolle im Zug, das war's, wo sie doch insistiert hatte: Für alle Fälle auch den Paß.
Noch immer dieses Mißtrauen. Mit dem Namen verbanden sich für sie Horrorgeschichten willkürlicher Behandlung. Was für die Übersiedler aus der DDR der Tränenpalast, das sei für die Aussiedler aus Rumänien dieser Grenzbahnhof gewesen, hatte sie gesagt.
Alles glatt gelaufen. Eine SMS, und es wäre erledigt gewesen. Aber sie mochte das nicht. Die stereotypischste aller Mitteilungen, hatte sie mal diese Form der Benachrichtigung genannt und gemeint, das Adjektiv sei wohl steigerungsunfähig, in diesem Fall aber geradezu angebracht, sie würde es bei ihren Schülern durchgehen lassen. Die Deutschlehrerin!
Ein Zug fuhr ein. Dem Aussehen nach ein Regionalzug.

Personal, hatte der Bahnhofbeamte präzisiert und auf das Gleis hingewiesen. War das meiner?
Timişoara? wandte ich mich spontan an den Mann, als der Zug hielt. Der wiederholte, als er einstieg, den Namen, zeigte schmunzelnd: am Bahnsteig gegenüber. Den Ausländer wieder sofort an der Aussprache erkannt.
Kurz darauf fuhr mein Zug ein. Bloß ich und ein Mann, der mich kurz musterte, hatten großes Reisegepäck. Der Mann mit dem Koffer, in meinem Alter, trug zu den Jeans weißes Hemd und Sakko, wartete wahrscheinlich gar nicht auf diesen Zug, denn er zündete sich eine Zigarette an.
Das Abteil leer. Ich war schon im Begriff, den Koffer auf die Gepäckablage zu hieven, stellte ihn aber dann ab, und während ich mich in Fahrtrichtung setzte, nahm ich ihn zwischen die Beine, damit er nicht weg rollte, die Tasche stellte ich darauf. Ich mußte schmunzeln, weil ich mich an ihre Mahnung erinnerte: Auf das Gepäck aufpassen!
Der Zug setzte sich in Bewegung. Bisher war eigentlich alles nach Plan verlaufen. Und ab jetzt? Ins Ungewisse. Aber das war doch der Reiz, das hatte ich mir doch schon immer gewünscht. Bestimmt war es auch ihr geheimer Wunsch, denn sie hatte bedauert, nie die Courage aufgebracht zu haben, mal einfach ins Blaue zu reisen.
Ihre Annahme stimmte: Keine Ansage im Zug. Sie sei die Strecke nur einmal als Studentin gefahren, als sie eine Studienkollegin in Arad besuchte, hatte sie gemeint, könne mir nicht sagen, wie oft der Zug halten werde, zur Strecke Temeswar- Gottlob hatte sie mir die Namen aller Dörfer aufgezählt.
Der Mann mit dem Koffer. Also doch eingestiegen. Hatte er den Zug nach mir durchsucht? Tonfall und Gestik der Anfrage waren eindeutig: Ist hier noch frei?
Ja, murmelte ich, rückte mit meinem Gepäck zwischen den

Beinen in Richtung Fenster, dann wurde mir bewußt, daß ich dem Mann auf Deutsch geantwortet hatte.
„Entschuldigung, sind Sie Deutscher?" fragte der Fremde, nachdem er mit seinem Koffer auf der gegenüberliegenden Sitzbank Platz genommen hatte.
„Ja", sagte ich verwundert.
„Freut mich, Sie kennenzulernen, Liviu Stoica!"
Etwas verlegen ergriff ich die mir entgegen gestreckte Hand, spürte den herzhaften Druck. Ich nannte meinen Namen, aber wahrscheinlich nicht deutlich genug, entnahm ich dem Gesichtsausdruck meines Gegenüber, wiederholte ihn deshalb.
„Woher kommen Sie denn aus Deutschland?"
„Aus der Nähe von Heidelberg."
„Vor zwei Jahren war ich in Heidelberg, an der Uni. Ich habe Germanistik studiert."
„In Heidelberg?"
„Nein, nein, in Temeswar. Das in Heidelberg war so eine Art Stipendium."
Meine Mutter habe auch Germanistik in Temeswar studiert, sagte ich spontan, im nächsten Moment aber tat es mir leid, meinem Gegenüber Gesprächsstoff geliefert zu haben, denn der meinte prompt, das sei ja interessant und fragte, ob ich ursprünglich aus Rumänien stamme
„Nein, ich bin in Deutschland geboren", sagte ich unwirsch.
„Welcher Jahrgang?"
„Wie bitte?"
„In welchem Jahr sind Sie geboren."
„1987."
„Ich 1984. Wann sind Ihre Eltern denn ausgewandert?"
„Mein Vater stammt aus Deutschland."
„Ach so. Aber Sie waren doch schon in Rumänien."
„Nein, das ist das erste Mal."

„Und Sie besuchen nun Temeswar?"
„Ja."
„Meine Heimatstadt! Dann herzlich willkommen. Und wir sollten uns duzen. Liviu!"
„Kurt", sagte ich und konnte nicht umhin, in die mir erneut entgegen gestreckte Hand einzuschlagen.
„Und Sie? Entschuldigung! Studierst du auch Germanistik?"
„Nein, nein, Informatik."
„Bald fertig?"
„Erst angefangen."
„Informatik hat Zukunft, ist aber leider nichts für mich."
Mit Germanistik könne man nicht viel anfangen, meinte er, aber er habe Glück gehabt mit einem viermonatigen Stipendium am Institut für deutsche Kultur und Geschichte Südosteuropas in München, das Institut gehöre zur dortigen Uni, und wenn alles gut laufe, kriege er einen Forschungsauftrag, über Interkulturalität, dazu gehörten auch Ehen zwischen Deutschen und Rumänen, in dieser Hinsicht könne er eigene Erfahrung mit einbringen, sein Vater sei Rumäne, die Mutter Deutsche, er habe das „Nikolaus Lenau" Lyzeum in Temeswar absolviert, Temeswar sei schon immer eine multiethnische Stadt gewesen.
Ob ich das Institut aus München kenne. Ich verneinte, und er meinte, woher sollte jemand, der nicht vom Fach sei, das Institut auch kennen, wies mich darauf hin, daß der Direktor ein ausgewanderter Germanist aus Rumänien sei, ein Glücksfall, denn dadurch habe sich die Zusammenarbeit mit den Fakultäten für Germanistik aus Rumänien wie von selbst ergeben.
Ein lang anhaltender Pfiff, der Zug bremste kurz ab. Dort, sagte er amüsiert, zeigte in Richtung Fenster, neben dem Bahngleis weideten Kühe, zwei Jungs in Haltung salutierten dem Zug.

Ob ich denn schon erste Eindrücke von Rumänien hätte, fragte er. Ich sei ja erst angekommen, sagte ich kurz angebunden, und er meinte entschuldigend, blöde Frage, aber ich müßte mich auf eine völlig andere Realität einstellen, allein schon dieser Zug, nicht vergleichbar mit einem in Deutschland, nur in Hinsicht striktes Rauchverbot stünde Rumänien Deutschland in nichts nach, wenigstens das. Rumänien sei wohl jetzt in der EU, innenpolitisch habe sich aber nichts geändert, korrupte Politiker, Vetternwirtschaft, Ämter werden, beginnend mit den Bürgermeistern, nach politischer Zugehörigkeit besetzt, je nachdem, welche Parteien gerade an der Macht seien, noch schlimmer, die Politiker seien auch Unternehmer, welcher Angestellte würde es deshalb wagen, nicht seinen Patron oder dessen Partei zu wählen, ohne Gefahr zu laufen, seinen Job zu verlieren, nach der Revolution häuften einige Hundert durch Beziehungen und alte Seilschaften unvorstellbare Reichtümer an, vergleichbar mit den Oligarchen aus Rußland, hinzu kämen die jungen Neureichen, alle diese Reichen seien skrupellos, verachteten die Armen, die den Großteil der Bevölkerung des Landes ausmachen, zahlten Hungerlöhne, der Staat verhalte sich nicht anders, kürze seinen Angestellten willkürlich die Gehälter, ein Lehrer verdiene in Rumänien umgerechnet 300 Euro im Monat.

Kein Wunder also, fuhr er fort, daß Fachkräfte, Ingenieure, Ärzte, das Land verließen, Handwerker sich im Ausland Arbeit suchten, Frauen, die als Pflegekräfte in Deutschland arbeiteten, müßten die Trennung von ihren Familien in Kauf nehmen, um sie über die Runden zu bringen, von den Saisonarbeitern auf den Erdbeerfeldern in Spanien ganz zu schweigen, Kinder und Jugendliche, in der Obhut von Großeltern oder Verwandten gelassen, verkrafteten die monatelange Trennung von den Eltern nur schwer, sogar zu Selbst-

morden sei es gekommen, vor allem Jugendliche sähen in diesem Land keine Zukunft.
Er persönlich jedoch, meinte er dann ganz milde gestimmt, könnte sich nicht vorstellen, in einem anderen Land zu leben, die Menschen würden ihm fehlen, ihre Mentalität, ihre Herzlichkeit und Gastfreundschaft.
Diese Redseligkeit, das war mir nicht geheuer. An wen war ich da geraten? Es war doch offensichtlich: der Kerl hatte sich absichtlich zu mir gesetzt, dabei war der Zug doch fast leer. Ihn reden lassen, aber das waren ja schöne Aussichten, diese aufdringliche Person bis Temeswar ertragen zu müssen.
Der Zug hielt mal wieder, ich rückte bis zum Fenster auf, schaute angestrengt hinaus, das war doch ein höfliches Signal. Ich hatte mich aber gewaltig geirrt, denn er wollte wissen, in welchem Hotel ich gebucht hätte.
In keinem, sagte ich, aber es dürfte wohl kein Problem sein, ein Zimmer zu finden. Ich könnte bei ihm wohnen, meinte er ganz selbstverständlich.
Dieses ungewöhnliche Angebot steigerte nur noch meinen Argwohn, ich lehnte dankend, aber kategorisch ab. Er hatte wohl mein Mißtrauen registriert, denn er meinte, könne er verstehen, empfahl mir ein Hotel in der Nähe des Bahnhofs, Mitte der dreißiger Jahre erbaut, nach dem Krieg enteignet und zweckentfremdet, seit einigen Jahren wieder Hotel, tipptopp, schlug vor, mich hinzubringen.
Das abzulehnen, wäre mir peinlich gewesen, und ich willigte notgedrungen ein. Das war ein Fehler, denn er wollte nun wissen, wie lange ich denn bleibe, was ich denn so vorhabe.
Eine Woche, mit der Bahn durchs Land, vielleicht bis nach Hermannstadt, sagte ich beiläufig
Kulturhauptstadt Europas gewesen, beeilte er sich hinzuzufügen, schwärmte vom deutschen Bürgermeister aus Her-

mannstadt, der für das Ansehen Rumäniens mehr getan habe als alle Politiker aus der Regierung. Eine Schimpftirade folgte.

Was sollte das? Da sucht ein Einheimischer die Bekanntschaft eines Ausländers und wettert über sein Land, läßt an nichts ein gutes Haar.

Sonnenblumen bis zum Horizont, jetzt Mais. Kukuruz, sagte Otta, fiel mir ein. Der Kritiker war verstummt, und ich schaute instinktiv in seine Richtung.

Schöne Landschaft, sagte er, als hätte er den Blickkontakt abgepaßt und fragte, aus welcher Ortschaft denn meine Mutter stammte. Aus Wiseschdia, doch das kleine Dorf ohne Bahnhof dürfte wohl kaum jemand kennen, meinte ich. Doch, triumphierte er, im Frühjahr sei er dort gewesen, weil er ein Gespräch mit einer Frau führen wollte, die einen Rumänen geheiratet hatte, als Vorarbeit zu seinem Projekt, sollte daraus was werden, von einem alten Mann habe er erfahren, daß die Frau leider verstorben war. Ein komischer Alte, einer der letzten Deutschen aus Wiseschdia, meinte er, und ich wurde hellhörig.

„Weißt du vielleicht wie er heißt?"
„Binder."
„Alois Binder?"
„Kennst du ihn?"
„Nein, aber er und seine Frau pflegen das Familiengrab."
„Wirklich?"
„Ja."
„Das ist ja verrückt!"
„Ja."
„Du fährst doch hin, oder?"
„Ja, natürlich."
„Weiß du was: Ich leihe mir den Wagen meines Vaters aus und fahre dich hin."

„Aber das kann ich doch nicht annehmen."
„Ich wollte in einer anderen Angelegenheit sowieso noch einmal nach Wiseschdia, das paßt doch ausgezeichnet."
„Wenn du meinst."
„Ist doch selbstverständlich. Wie wolltest du eigentlich nach Wiseschdia?"
„Mit der Bahn bis Gottlob, von dort zu Fuß."
„Mit der Bahn? Hast du eine Ahnung!"
Die Bahn sei noch immer in Staatsbesitz, legte er los, funktioniere dementsprechend, sei haushoch verschuldet, allein bei den Stromkosten in Milliardenhöhe auf den elektrifizierten Strecken, woher also Geld für die Instandhaltung des Schienennetzes und der Bahnhöfe, von Investitionen ganz zu schwiegen, in kleineren Ortschaften wie vorhin hielten die Züge zwar noch, aber die Bahnhöfe seien praktisch außer Betrieb, die Bahnhofsgebäude aufgegeben, verfallen oder wurden von cleveren Geschäftsleuten aufgekauft, Diskotheken seien darin aufgemacht worden, die hätten sich in einigen Fällen als Bordelle entpuppt, ein Riesenskandal, da Bürgermeister gegen Bestechung ein Auge zugedrückt hätten, beim Bahnhofsgebäude von Gottlob seien die Fenster und Türen zu den zwei Gleisen hin zugemauert worden, habe er gesehen, als er damals in Wiseschdia gewesen sei und einen Abstecher bis zum Bahnhof gemacht habe, aber nicht in Erfahrung bringen können, zu welchen Zwecken das Gebäude genutzt werden solle, das heruntergekommene Streckennetz in der Region benutzte jetzt ein Privatunternehmen, das habe ausrangierte Zuggarnituren französischer S-Bahnen gekauft, beschäftige eigenes Personal, habe auch einen Schalter im Temeswarer Bahnhof, die meisten Reisenden lösten die Karten aber im Zug, Leute, die in den Dörfern zustiegen sowieso, da man in den Bahnhöfen ja keine Fahrkarten mehr kaufen könne, die Staatsbahn habe

dem Einstieg des Privatunternehmens zustimmen müssen, da sie diese Strecken nicht mehr hätte betreiben, ihm deshalb auch keine Auflagen machen können, die Instandhaltung oder gar Modernisierung des Schienennetzes betreffend, die Strecke nach Hermannstadt betreibe die Staatsbahn, der Zug fungiere als Schnellzug, obwohl er nur aus zwei Waggons bestehe, S-Bahn ähnlich, allerdings aber Neuanschaffungen, für die 300 Kilometer bis nach Hermannstadt brauche der Zug wegen dem schlechten Zustand der Gleise fast 7 Stunden, es täte ihm leid, aber bis Hermannstadt könne er mich nicht mit dem Auto fahren.

„Und wo willst du noch hin, außer Hermannstadt?" fragte er.

„Nach Hatzfeld", sagte ich, da es unfair gewesen wäre, es ihm zu verschweigen.

„Und warum?" fragte er prompt.

„Meine Mutter ist von dort geflüchtet", sagte ich, denn umhin gekommen wäre ich jetzt ja sowieso nicht mehr.

„Dann weißt du bestimmt, daß viele Leute an der Grenze erschossen wurden und kannst dir auch vorstellen, wie verzweifelt sie gewesen sein mußten, wenn sie ihr Leben riskierten", meinte er.

„Meine Mutter ist im Rahmen des kleinen Grenzverkehrs mit dem Zug nach Jugoslawien, von dort mit mit einem Fernlaster geflüchtet", sagte ich.

„Auch das war nicht ungefährlich", meinte er.

„Ich weiß", sagte ich, hoffte, daß er nicht nachbohrt, denn dann hätte ich ihm noch das Privatleben meiner Mutter ausbreiten müssen.

„Hat deine Mutter das Lyzeum in Hatzfeld absolviert?" fragte er.

„Nein, in Großsanktnikolaus", sagte ich rasch, um ihn von Hatzfeld abzulenken.

„Fährst du hin?" fragte er lauernd, wie mir schien.
„Mal sehen", sagte ich und fühlte mich bei meiner Lüge nicht wohl, da ich meiner Mutter versprochen hatte hinzufahren und die Schule zu fotografieren.
„Ich habe einen Freund in Großsanktnikolaus, wir machen es", sagte er.
„Was?" fragte ich konsterniert.
„Ich fahre dich nach Hatzfeld und auch nach Großsanktnikolaus."
„Aber das kann ich nun wirklich nicht annehmen."
„Laß das meine Sache sein."
Ich wollte ihn fragen, ob er es sich erlauben könne, mit mir so herumzufahren, doch er meinte, bis zur Genehmigung seines Projekts, das für ihn ja auch eine finanzielle Absicherung wäre, arbeite er als freier Mitarbeiter für Zeitungen, um nicht völlig auf die Unterstützung seiner Eltern angewiesen zu sein, er habe über Hatzfeld und Großsanktnikolaus geschrieben, mal sehen, ob das auch was mit Wiseschdia werde, deshalb wolle er, wie gesagt, hin.
Worauf hatte ich mich da eingelassen? Mich aber aus der Affäre ziehen, ging nicht mehr, mit Wiseschdia schon gar nicht.
Ich hätte erwartet, daß er mir etwas zu seinem Vorhaben sagt, doch er begann vom ungarischen Bürgermeister aus Hatzfeld zu erzählen, was der alles in den letzten Jahren geleistet, ein Studienkollege seiner Eltern, Wirtschaftswissenschaft, beeilte sich hinzufügen, daß sein Vater bei der Stadtverwaltung in Temeswar arbeite, seine Mutter ebenfalls dort, in der Buchhaltung.
Und auf den Bürgermeister zurückkommend, erzählte er, daß der veranlaßt habe, einem rumänischen Schriftsteller, der aus dem Banat stammte, lange in der Hauptstadt gelebt hatte, ein Haus zur Verfügung zu stellen, der habe aus

seiner Privatsammlung ein Museum zur Zeitungsgeschichte des Banats eingerichtet, sei im Frühjahr vorigen Jahres leider verstorben.

Details über den Freund aus Großsanktnikolaus blieben mir erspart, denn er stellte fest, daß wir in Temeswar einfuhren. Die Zeit sei wie im Flug vergangen, waren wir uns einig.

Die Sucht, sagte er, als wir ausstiegen, und steckte sich eine Zigarette an. Jetzt könne ich Bekanntschaft mit den letzten Jahren der Ceaușescu-Ära machen, denn der Bahnhof sei noch immer in demselben Zustand wie damals, meinte er, als wir in Richtung Unterführung gingen.

Der Beton auf dem Bahnsteig war gerissen, Zigarettenstummel und Verpackungen lagen herum, an den grau schmutzigen Betonpfeiler der verwitterten Überdachung verliefen Drähte, gerissene hingen herab. Wo die Überdachung endetet, ein verwirrendes Schienennetz, entlang der Gleise wuchsen Gräser.

Luft anhalten, hörte ich ihn sagen. Der Geruch von Pisse, als wir die Unterführung hinabstiegen. Spärliche Beleuchtung, die kahlen Wände. Der Bahnhof sei zum WC für Obdachlose verkommen, sagte er angewidert, der Schadfleck der Stadt, wo er doch deren Tor sein sollte, ereiferte er sich, als wir die Treppen am Ende der Unterführung hochstiegen. Oben angelangt, schlug er vor, den Nebenausgang zu benutzen, um sich den Anblick der Schalterhalle zu ersparen, erklärte, daß der Bahnhof mit Geldern der EU saniert werden sollte, eine ausländische Firma habe den Zuschlag erhalten, die Arbeiten aber seien eingestellt worden, da nicht gezahlt wurde, niemand fühle sich zuständig, die Stadt nicht, das Transportministerium nicht, ein Skandal, neulich sei der Minister für Transportwesen dagewesen, ein neuer Wettbewerb soll ausgeschrieben werden, die reinste Mafia.

Entlang der Mauer des Bahnhofgebäudes, unter der Überdachung, reihte sich ein Verkaufsstand an den anderen, Zeitungen, Getränke, Zigaretten, Essen, die Eingangstür war von zwei riesigen Getränkekühlschränken flankiert. Alle diese Buden stünden hier eigentlich illegal, kommentierte er und schlug vor, ein Taxi zu nehmen.
„Aber du sagtest doch, daß das Hotel ganz in der Nähe liegt", meinte ich und hoffte, daß er den Anflug meines Argwohn nicht mitbekommen hatte.
„Schon, aber wegen dem Gepäck."
„Ist doch nicht schwer."
„Aber ich zahle doch das Taxi", insistierte er.
„Darum geht es doch nicht", sagte ich, doch im nächsten Moment fiel mir ein, daß ich ja noch kein Geld gewechselt hatte.
„Worum geht es dann", ließ er nicht locker.
„Wir gehen einfach zu Fuß, die frische Morgenluft tut uns bestimmt gut."
„Dann sollten wir aber rasch von hier wegkommen."
„Wo soll's denn langgehen?"
„Immer gerade aus, dann über die Brücke, dort wo die Straßenbahn fährt", gab er die Richtung vor.
Wir zogen los, er schien nicht verärgert, erklärte mir den Verlauf des Bega- Kanals durch die Stadt, wies mich darauf hin, daß Temeswar eigentlich nach dem Fluß Temesch benannt wurde, der aber infolge von Flußbegradigungen im 18. Jahrhundert nun außerhalb des Stadtgebiets seinen Lauf habe, daß der zweite Teil im Namen der Stadt, vár, aus dem Ungarischen komme und soviel wie Burg, Festung bedeute, schilderte mir voller Stolz das Zentrum von Temeswar, etwa fünf Minuten zu Fuß vom Hotel, die Flanierzeile zwischen orthodoxer Kathedrale und Oper stehe einer Fußgängerzone in Deutschland in nichts nach, meinte, Deutschland sei

für Rumänien nicht nur ein wichtiger Handelspartner, auch die Zusammenarbeit mit dem Deutschen Forum, dem politischen Vertreter der Deutschen aus Rumänien, laufe gut, man unterstütze Altenheime, das „Adam-Müller-Guttenbrunn" Haus in Temeswar sei die Vorzeigeeinrichtung, das Lenau-Lyzeum, jetzt fast ausschließlich nur noch von rumänischen Schülern besucht, stünde ganz schlecht da, hätten ehemalige Absolventen, die in Deutschland leben, nicht zur Sanierung der Schule, des Internats und deren Ausstattung beigetragen, das Deutsche Staatstheater verstehe sich nicht mehr als eine kulturelle Einrichtung der Deutschen, wie auch, sondern als ein Theater, das in deutscher Sprache spiele, nach der Revolution sei an der Musikhochschule eine deutsche Schauspielklasse eingerichtet worden, unter Ceaușescu sei das nicht möglich gewesen, jetzt gebe es die damals abgeschaffte deutsche Sendung bei Radio Temeswar auch wieder und die Fernsehsendung in deutscher Sprache.

Wie war der Hinweis auf das Lyzeum mit deutscher Unterrichtssprache zu verstehen, wie der auf das Theater? Das es diese nur noch pro forma gab, die Schule nur wegen der finanziellen Unterstützung aus Deutschland? Aber dann die deutsche Schauspielklasse, Radio, die Fernsehsendung, das hörte sich doch wie Lob an. Und ich fragte mich, was wohl meine Mutter dazu gesagt hätte.

Wir waren angekommen. Während wir uns der Rezeption näherten, flüsterte er mir zu, es ihm zu überlassen und begrüßte die junge Dame, die aus dem angrenzenden Zimmer zur Rezeption erschien, mit einem Redeschwall, deutete auf die Uhr an der Wand über dem Schlüsselbrett. Wahrscheinlich wegen der frühen Uhrzeit.

Dann mußte er ihr ein Kompliment gemacht oder etwas Amüsantes gesagt haben, denn die bisher sich noch ganz

förmlich Gebende lächelte amüsiert. Er redete und redete, es schien als redete er auf sie ein, die Dame sah im Computer nach, nickte schließlich, sagte etwas.
„Für wie viele Nächte willst du buchen?"
„Für vorläufig zwei. Ich will ja noch, wie gesagt, nach Hermannstadt, würde dann dort übernachten. Vor der Heimreise wieder hier."
Er redete, die Dame lächelte, machte eine Handbewegung, und was sie sagte deutete ich als: Kein Problem.
„Sie meint, wir könnten eine unverbindliche Reservierung machen."
„Gut."
„Aber sie fragt auch, für wie viele Tage insgesamt du reservieren willst."
„Dann für vorläufig vier. Geht das?"
„Kein Problem. Du kannst wann immer auschecken oder verlängern."
„Und was kostet das Zimmer?"
„66 Euro. Wenn es dir zu teuer ist, können wir es woanders versuchen, oder du kommst mit zu mir, meine Eltern würden sich bestimmt freuen."
„Ich nehme das Zimmer, Nichtraucher."
„Selbstverständlich, ist schon erledigt."
Die Dame von der Rezeption hieß mich auf Englisch im Hotel „Savoy" herzlich willkommen und überreichte mir das Anmeldeformular. Während ich es ausfüllte, unterhielt er sich mit ihr wie mit einer alten Bekannten.
Das freundschaftliche Geplänkel nahm ein jähes Ende, denn als ich der Dame vom Empfang Personalausweis und Anmeldeformular überreicht hatte, forderte sie Vorauszahlung für die ersten zwei Nächte. Er war empört, schimpfte auf Rumänisch, eine andere Dame aus dem Hinterraum zur Rezeption kam hinzu, woraufhin er noch mehr aufbrauste

und, an mich gewandt, meinte: Da hätte ich den Beweis, wie es in diesem Lande zugehe, etwas vereinbaren und im Handumdrehen sich nicht daran halten.

Ich redete auf ihn ein, sich doch zu beruhigen, die zwei Nächte hätte ich ja sowieso gebucht, doch er meinte, warum sich mit denen herumschlagen, ich übernachte bei ihm und fertig.

Sei vernünftig, sagte ich, da mir nichts Besseres einfiel, blätterte drei fünfzig Euro Scheine hin, er tat mir eigentlich leid, da er nun als Querulant dastand. Ihm schien das aber nichts auszumachen, im Gegenteil, denn er beobachtete lauernd, was die Damen von der Rezeption machten: wie die Gehilfin den Ausweis kopierte, wie die Chefin mit dem Geld nach hinten ging und mit dem Wechselgeld zurückkam, wie sie die Quittung ausdruckte, wie sie mir diese mit dem Restgeld, dem Ausweis und dem Zimmerschlüssel aushändigte. Das Restgeld war in Lei, wie ich verwundert feststellte.

Er komme mit nach oben, die könnten was erleben, wenn das Zimmer nicht in Ordnung wäre, platzte er heraus. Nein, ich bringe mein Gepäck allein hoch, stellte ich klar, und er gab klein bei, schlug aber eine Stadtbesichtigung vor: Treffpunkt Hotelhalle, in einer Stunde.

Ich war überrumpelt, doch in der Situation blieb mir gar nichts anderes übrig, als mich einverstanden zu erklären. Ich reichte ihm die Hand und beeilte mich zum Aufzug. Als ich einstieg, sah ich ihn winkend an der Eingangstür des Hotels stehen.

Erstes Stockwerk. Hätte ich auch laufen können. Nichts gegen eine Stadtbesichtigung, aber diese Überrumpelung. Oder war es insgeheim geplant? Blödsinn! Aber diese Hilfsbereitschaft! Steckte doch eine Absicht dahinter? Das war unfair. Und hatte ich mich nicht über das Mißtrauen meiner Mutter geärgert?

Ich schloß die Tür auf. Das Zimmer in Ordnung, ein Hotel-

zimmer wie sonstwo. Angekommen! Im Basislager, ging mir durch den Kopf, als ich mich aufs Bett setzte. Und einen Sherpa hatte ich, wenn auch wider Willen.
Plötzlich Speichelfluß, aufkommende Übelkeit. Ich rannte ins Bad, kam noch rechtzeitig bis zum Klo, da hob sich auch schon mein Magen. Über die Kloschüssel gebeugt, erbrach ich mich in Schüben.
Kalter Schweiß auf der Stirn, die Augen tränten, ich würgte nur noch, Schleim hing mir in Fäden aus dem offenen Mund. Wegspucken gelang nicht, ich fuhr mir mit den Fingern über den Mund, streckte angewidert die Hand weg, mit der anderen griff ich nach Toilettenpapier, wischte mir Mund und die Finger, warf das Papier ins Klo und drückte die Spülung.
Als ich Licht machte, zuckte ich kurz zusammen beim Einsetzen der automatischen Lüftung. Die Badezimmertür schließen, damit sich der Geruch nicht auch noch im Zimmer ausbreitet!
Mein Gesicht im Spiegel erschien mir entstellt, die Augen waren rot unterlaufen. Hemdkragen und Pulli hatten was abgekriegt, auf der Hose und den Schuhen Spritzer. Ich drehte das Wasser auf.
Endlich die Verpackung von dem Stückchen Seife aufgekriegt! Ich wusch mir ausgiebig die Hände, wagte einen Blick in Richtung Klo. Es sah nicht so schlimm aus, wie ich angenommen hatte.
Brechreiz, als ich einen Schluck Wasser nehmen wollte, um den Mund zu spülen. Ein Schüttelkrampf ging durch meinen Körper, ich hielt mich mit beiden Händen am Waschbecken fest, spuckte aus.
Schwer atmend, lenkte ich mit der Hand den Wasserstrahl, spülte die Spucke hinunter. Woher diese Übelkeit? Ich hatte doch nur die Brötchen gegessen, die mir meine Mutter

eingepackt hatte. Von der Cola, die ich im Zug gekauft hatte? Aber wieso erst jetzt? Es war wohl Übermüdung.
Ich konnte wieder regelmäßig atmen, ließ Wasser in die Hand laufen, nahm vorsichtig einen Schluck, spülte den Mund. Der Magen schien sich beruhigt zu haben.
Zähne putzen, dann unter die Dusche. Vorerst aber noch die Spuren tilgen.

Augenschein

Alles kam mir surreal vor, als ich frisch gekleidet auf dem Bett lag: die zufällige Begegnung mit Liviu, dessen Tiraden, die mich verwirrt hatten und aus denen ich nicht klug wurde, der Fußmarsch mit Gepäck am frühen Morgen durch eine fremde Stadt, der Streit Livius mit der Dame an der Rezeption, ich lag nun auf einem Bett im Hotel „Savoy" in Temeswar und mein Aufenthalt hatte mit einer Katastrophe begonnen.

Nur gut, daß ich diese Menge an Toilettenpapier nicht hinunter gespült hatte, eine noch größere Katastrophe hätte sich anbahnen können: Der Abluß verstopft! Und durch das ständige Spülen wäre man auf mich aufmerksam geworden. Die Mülltüte aber sollte ich entsorgen, irgendwo draußen, das dürfte kein Problem sein.

Mit der Umhängetasche ging ich ins Bad, nahm die Mülltüte aus dem Eimer, verknotete sie und steckte sie in die Tasche. Kein Geruch mehr, das Licht aber sollte ich brennen lassen, bis heute abend wäre dann richtig durchgelüftet. Das Klo und die Bodenfliesen waren soweit in Ordnung.

Als ich die Tür zum Bad schloß, schreckte ich auf. Mein Handy im vorderen Fach der Tasche klingelte. Das konnte nur meine Mutter sein. Ohne mich zu vergewissern, drückte ich die Taste.

„Hallo, ich wollte mich mal melden. Bist du noch unterwegs?" hörte ich Hannas Stimme.

„Nein, ich bin schon im Hotel", sagte ich und im nächsten Moment wurde mir bewußt, daß ich sie gar nicht begrüßt hatte.
„War es schwer eines zu finden?"
„Überhaupt nicht."
„Wie heißt denn das Hotel?"
„Savoy."
„Und?"
„Was meinst du?"
„Wie es so ist."
„Gut. Und du?"
„Auch gut."
„Bist du schon zurück aus Paris?"
„Nein, ich stehe hier vor einem Café mit Freunden, wir wollen gemeinsam frühstücken."
„So früh?"
„Nach einer Party."
„Ach, so."
„Ich muß mich entschuldigen, weil ich mich nicht gemeldet habe."
„Und du nimmst mir meine letzte mail nicht übel."
„Die hab ich in diesem Café gelesen."
„Warst du sauer?"
„Was sollte der Hinweis, hier meine Handynummer, falls du sie vergessen hast."
„Hanna!"
„Ja?"
„Hört sich an, als wärst du erkältet."
„Ein leichter Schnupfen."
„Paß auf dich auf."
„Mach ich."
„Hanna, ich..."
„Warte mal!"

Stimmengewirr, Anna, Anna. Tu viens, cheri? Ganz eindeutig eine männliche Stimme.
„Ich muß jetzt Schluß machen."
„Deine Freunde?"
„Ja. Ich melde mich später wieder. Tschüs!"
Erbärmlicher Schlappschwanz! Mal wieder eingeknickt. Dieses Herumeiern, endlich Klarheit schaffen! Für sie stand bestimmt schon längst alles fest. Ich brauche eine Auszeit! War das nicht eindeutig genug?
Schon lange davor das Gefühl: Etwas in ihr sträubt sich. Und dann am Abend vor ihrer Abreise auf ihrem Zimmer, als ich sie küssen wollte: Ich kann jetzt nicht. Ich war mir wie in einem der billigen Sketche vorgekommen, wenn die Ehefrau über Migräne klagt. Peinlicher hätte es nicht sein können, aber das interessierte sie bestimmt überhaupt nicht. Was bildete sich diese Zicke eigentlich ein! Dieser Anruf war doch bloß Förmlichkeit und beim nächsten wird sie sagen: Wir wollen Freunde bleiben. Eines jedenfalls sollte sie nicht erwarten: Daß ich anrufe!
Das Handy klingelte erneut. Hatte sie nun doch ein schlechtes Gewissen? Womit sie mir wohl diesmal kommen wird? Ich war erleichtert, als ich auf dem Display die Telefonnummer von zu Hause sah, und das konnte nur meine Mutter sein. Ich sei schon im Hotel beruhigte ich sie und daß ich an der Grenze nur den Personalausweis hätte vorzeigen müssen, vom verpaßten Anschluß sagte ich nichts. Sie fragte, ob ich im „Continental" Hotel, wie von ihr empfohlen, wohne. Nein, im „Savoy", sagte ich, und weil sie beunruhigt gewesen wäre, hätte ich ihr von den Umständen meiner Bekanntschaft mit Liviu erzählt, von meinem Mißtrauen, erklärte ich ihr, daß ich auf der Fahrt nach Temeswar mit jemandem ins Gespräch gekommen sei, der habe mir das Hotel empfohlen, mich auch her begleitet.

Entgegen meiner Erwartung warnte sie mich nicht vor Zufallsbekanntschaften, fragte vorsichtig, wann ich denn nach Wiseschdia fahren wolle. Morgen, sagte ich, versprach mich zu melden, ihr davon zu erzählen. Lieber ausführlich zu Hause, am Telefon ginge das doch schlecht, meinte sie, erinnerte mich an mein Versprechen, keinen Wagen zu mieten, mit dem Zug zu fahren, von Gottlob nach Wiseschdia ergebe sich bestimmt eine Möglichkeit, sie habe mir ja erzählt, daß sie damals oft von einem Auto oder Pferdewagen bis nach Hause mitgenommen worden sei..
Nun hatte sie mich in die Enge getrieben. Sie jetzt auch noch anlügen, hätte ich nicht können. Der Bekannte aus dem Zug habe sich angeboten, mich nach Wiseschdia mit dem Wagen zu fahren, ich hätte akzeptiert, sagte ich. Das sei doch wunderbar, schwärmte sie, und während ich mich noch wunderte, daß sie keine Bedenken hatte, wechselte sie das Thema.
„Hat Hanna dich erreicht?"
„Warum?"
„Sie rief gestern abend an, war sehr nett."
„Sie wird sich ja melden."
„Bestimmt. Kurt?"
„Ja?"
„Du mußt dich nicht verpflichtet fühlen, ständig zu Hause anzurufen. Genieße deinen Aufenthalt."
„Gut, Mama!"
„Grüße von Papa."
„Grüße zurück, tschüß!"
Ob sie meine Gereiztheit wegen der Frage nach Hanna mitgekriegt hatte? Jetzt hatte ich doch gelogen. Ich melde mich wieder! Das Handy ausschalten, auch die Mailbox! Das hätte gerade noch gefehlt: Eine Nachricht von ihr, ich

sollte mich doch melden. Was zu klären war, nicht telefonisch. Das hätte ihr so gepaßt!
Mein Gott, der Treff mit Liviu! Hätte ich doch lieber nicht zugesagt. Das Handy mitnehmen, für alle Fälle. Der Zimmerschlüssel! Ich steckte ihn ein, schulterte meine Umhängetasche. Das Geräusch der Lüftung aus dem Bad! Sollte ich das Licht nicht doch ausschalten? Kurz entschlossen öffnete ich die Tür zum Bad, löschte das Licht und verließ rasch das Zimmer, um nicht der Versuchung zu erliegen, noch einmal das Klo zu kontrollieren.
Nicht den Aufzug nehmen, die Treppen! Wie Liviu wohl gelaunt sein wird? Welchen Eindruck hast du von Rumänien? Dann kein gutes Haar an nichts gelassen, eine Generalabrechnung. Hatte er mich provozieren wollen? Schluß damit!
Wie ein Missetäter kam ich mir vor, als ich mit meiner Tasche die Hotelhalle durchquerte. An der Rezeption versah eine andere Dame Dienst, sie nickte lächelnd. Eine Reaktion blieb mir erspart, ein neuer Hotelgast war angekommen und höchstwahrscheinlich hatte sie den begrüßt.
Sonne, ein wunderschöner Tag, wenigstens das. Vor dem Hotel orientierte ich mich: Aus der Richtung waren wir gekommen, also in die andere.
In einer Seitengasse, an die das Hotel grenzte, stand ein Müllcontainer. Ich schaute mich verstohlen um, niemand weit und breit. Als ich die Tüte in den Container warf, begann aus einem der Hinterhöfe wütend ein Hund zu bellen, und ich machte mich schleunigst davon.
Aus dem Taxi vor dem Hotel stieg ein junger Mann. Nein, es war nicht Liviu, aber zugetraut hätte ich es ihm. Eigentlich hätte er schon da sein müssen. Aber der eigentliche Grund meiner Verärgerung war doch, daß ich mal wieder in

eine Abhängigkeit geraten war und nicht wußte, wie da rauskommen.
Schon immer mein Dilemma. Seit jeher in Begleitung unterwegs, im Urlaub mit den Eltern, Klassenfahrten, die Reisen mit der Clique, und andere hatten den Tagesablauf bestimmt und alles erledigt. Und nun hatte Liviu das Heft in die Hand genommen.
Wie Hanna. Auch die kam immer mit Vorschlägen, obwohl ihre Entscheidung schon längst feststand und sie wußte, daß ich nicht nein sagen würde. Der Vergleich hinkte, drängte sich aber geradezu auf.
Was aber, wenn ich diese Zufallsbekanntschaft nicht gemacht hätte? Ein Taxi genommen, zum Hotel „Continental", wie von meiner Mutter empfohlen, auf dem Weg dorthin an einer Wechselstube angehalten, irgendwie hätte ich dem Taxifahrer das schon erklärt. Infomaterial von der Rezeption, oder einen Stadtplan gekauft, sich nach dem Fahrplan der Züge erkundigt, was ein Tourist kurz nach seiner Ankunft eben so macht. Im Grunde aber war ich ein keiner.
Kurt! hörte ich rufen. Liviu kam winkend auf mich zu, ich ging ihm entgegen, machte mit der Hand das Zeichen: Nur keine Eile.
Sonnenbrille, zartblaues kurzärmeliges Hemd, dunkle Stoffhose, er reichte mir die Hand und entschuldigte sich. Es habe leider etwas länger gedauert, sein Vater sei in einer Besprechung gewesen, aber dafür habe er jetzt die Autoschlüssel, der Wagen stehe uns zur Verfügung, wir könnten losfahren und für heute abend sei ich eingeladen, seine Eltern freuten sich, mich kennenzulernen.
Ich war konsterniert, Liviu amüsiert, und er entwarf mir voller Begeisterung den Ablauf des heutigen Tages: Geld wechseln, gleich dort um die Ecke, das Zentrum besichtigen, unweit der Kathedrale kriege man in einer Konditorei

mit Terrasse den beste Kaffee der Stadt, dann würden wir einen Spaziergang bis zur Uni machen, ich wolle doch bestimmt sehen, wo meine Mutter studierte, anschließend fahren wir nach Hatzfeld, nur ungefähr 40 Kilometer.
„Einverstanden?"
„Bleibt mir was anderes übrig?"
„Nein."
„Aber ich zahle den Sprit."
Er überhörte es, meinte, ihn würde interessieren, wie denn das mit der Flucht meiner Mutter abgelaufen sei und von den Großeltern aus Wieschdia hätte ich ihm auch noch nichts erzählt.

Spurensicherung

Es war kurz vor Mitternacht, als wir die Hotelhalle betraten. Ich überlegte, ob ich die Dame an der Rezeption beauftragen sollte, mich zu wecken. Aber Liviu hätte fragen können, warum ich mich nicht durch mein Handy wecken lasse, und ich wäre in Erklärungsnot geraten, die Angelegenheit mit Hanna ging ihn nun wirklich nichts an. Und weil ich befürchtete, er könnte vorschlagen, sich noch in die Hotellobby zu setzen, streckte ich ihm die Hand entgegen. Er schlug ein, lächelte vielsagend. Hatte er mich durchschaut?
Ich eilte zum Treppenaufgang und fühlte mich schäbig. Er wartete bestimmt noch, ich sollte mich durch ein Handzeichen nochmals verabschieden. Doch er war nicht mehr da, als ich mich umdrehte.
Ja, es war schäbig, aber wieder mal hatte er mich vor vollendete Tatsachen gestellt. Wiseschdia und Großsanktnikolaus in einer Tour. Warum die Strecke praktisch noch einmal fahren? Da hatte er ja recht und über seine Zeit konnte ich doch nicht verfügen. Dann aber die Überrumpelung: Wir übernachten bei dem Freund in Großsanktnikolaus, kein Problem, es werde bestimmt ein schöner Abend.
Ich machte Licht, schloß die Tür ab. Den Schlüssel stecken lassen! Ich nahm die Flasche aus meiner Umhängetasche, stellte das Mineralwasser auf den Tisch. Der fürsorgliche Liviu und Pragmatiker: Aus der Minibar sei doch alles viel zu teuer.

Ich schaltete den Fernseher ein, drückte auf der Fernbedienung gewohnheitsgemäß die Eins. Es war viel zu laut, doch ich fand auf der mir unbekannten Bedienung nicht gleich die entsprechende Taste.
Ein Western, untertitelt. Bei uns sind alle ausländischen Filme untertitelt, das war schon immer so, hatte Liviu mir erklärt, als er auf der Fahrt nach Hatzfeld auf das Fernsehprogramm zu sprechen gekommen war und gegen die populistische Berichterstattung gewettert hatte.
In schaute auf der Liste in der Klarsichthülle neben dem Fernseher nach, schaltete auf ARD. Von den „Tagesthemen" gerade noch das Wetter. In Deutschland also trüb und Regen. Hier hingegen Hitze bis in die Nacht.
Zu Hause aber könnte ich anrufen, meine Mutter war bestimmt noch wach, aber es hätte sie aufgewühlt, wegen Hatzfeld, der Besuch dort war nicht abgesprochen. Und es wäre mir schwergefallen, mit ihr nur über die Einladung bei Liviu zu plaudern, über dessen nette Eltern, das gute und üppige Essen, daß es hier unerträglich heiß sei, eine Dusche mir jetzt bestimmt gut tun würde. Und das werde ich nun machen.
Wir waren durch einen weitläufigen Park gegangen. Großmütter mit Enkelkindern unterwegs, auf den Parkbänken Rentner, die Zeitung lasen oder umringt von Gaffern Schach mit riesigen Figuren auf dem im Asphalt markierten Feld spielten.
Auf der gegenüberliegenden Straßenseite wieder ein Park, davor die orthodoxe Kathedrale. Liviu hatte mir die Geschichte in Kurzfassung geliefert, Namen, Jahreszahlen, das Jahr der Einweihung habe ich mir gemerkt: 1946.
Er war ergriffen, als er erzählte, daß bei den Demonstrationen im Dezember 1989 die Geheimpolizei aus umliegenden Gebäuden das Feuer eröffnete, Demonstranten in die Ka-

thedrale flüchten wollten, die aber verschlossen war, viele auf den Stufen den Tod fanden, und er hatte mich darauf hingewiesen, daß das meterhohe Kreuz, umgeben von einem Blumenbett, zum Gedenken daran errichtet worden war. Er hatte sich bekreuzigt, als wir die Kathedrale betraten. Die religiöse Demut eines fast Gleichaltrigen war für mich befremdend. Der Kirchenraum halbdunkel, ohne Sitzbänke, und ganz anders, als das, was ich kannte, nicht als Kirchgänger, sondern als Tourist.

Von einem Priester, Bart, schwarze Kutte, hatte er eine der dünnen, gelblichen Kerzen gekauft, sie an einer brennenden in dem Wasserbehältnis aus Blech entzündet. Rückwärtsgehend und sich bekreuzigend war er zurückgekehrt und hatte mir zugeflüstert: Wir können jetzt gehen.

In der Fußgängerzone, Llyodzeile, auch Korso genannt, hatte er gesagt, mehr als 50 Meter breit, wie lang habe ich nicht behalten, jedenfalls stand am anderen Ende das Theatergebäude, Oper, rumänisches, ungarisches und deutsches Theater, es hatte, als es nach einem Brand umgebaut wurde, diese klassizistische Fassade erhalten. Die Theater seien in Sommerpause, sonst hätten wir uns eine Aufführung des Deutschen Staatstheaters ansehen können, hatte er bedauert.

Auf der anderen Seite zurück, wieder die imposanten Gebäude mit viel Ornament, Palais, aus der Zeit, als das Banat zum Kaiserreich Österreich- Ungarn gehörte, bis 1918. Temeswar, einer der ersten Städte Europas mit elektrischer Straßenbeleuchtung, 1884.

Neben dem alten Springbrunnen, Fischfiguren, auf einer Säule die Wölfin mit Romulus und Remus, ein Geschenk Roms aus der Zwischenkriegszeit wegen der gemeinsamen Wurzeln mit den Rumänen, Römisches Reich.

Er gefiel sich in der Rolle des Stadtführers, um eine Zeit war es mir schwergefallen, ihm zu folgen, ich hatte nur noch genickt. Schon beeindruckend, was der alles wußte. Und ich konnte mir vorstellen, daß er über Heidelberg besser informiert war als ich.

Wir haben grundsätzlich nicht hinterfragt, was Wissen uns nützen könnte, hatte meine Mutter einmal über ihr Studium gesagt, eingeräumt, daß vieles nur Paukerei war, aber betont, daß in Rumänien ein solides Allgemeinwissen einfach zum Bild gehörte, das man von einem Hochschulabsolventen hatte. Nie hatte sie etwas über das Aussehen der Uni gesagt, deshalb wohl meine Enttäuschung, denn vom Eindruck her schien das eher ein riesiges Verwaltungsgebäude zu sein. Ende der sechziger Jahre erbaut, dann waren mit den Jahren Anbauten hinzugekommen.

Nicht weit davon, die Studentenwohnheime, Plattenbauten, Studentenstädtchen, hatte Liviu gesagt, erzählt, daß Geschäftsleute Zimmer in den Wohnheime gekauft hätten, diese vermieteten, nicht nur an Studenten, ein Bekannter seines Vaters hätte sein Geld in zwei Zimmer investiert, freie Marktwirtschaft eben.

Ich versuchte, mir meine Mutter als Zwanzigjährige vorzustellen, wie sie auf dem Weg vom Studentenwohnheim zur Uni ging, ein Mädchen vom Dorf, das in der großen Stadt gelandet war.

Eine erste Spur, wie es gewesen sein könnte. Die zweite in Hatzfeld, und was sie mir von diesem Grenzbahnhof erzählt hatte.

Noch bevor der Zug im kleinen Grenzverkehr nach Kikinda in Jugoslawien einfuhr, wurde der Bahnsteig auf dem Abschnitt, in dem er halten sollte, von Soldaten mit Maschinenpistolen umstellt. Nach der Einfahrt wurde der Zug, der aus dem Triebwagen und einem Waggon bestand, von Soldaten unter Aufsicht eines Offiziers durchsucht, erst danach durften die Reisenden in Begleitung von Soldaten ihren Aufenthaltsraum verlassen, mußten sich auf dem Bahnsteig in Zweierreihen aufstellen und marschierten auf Kommando los. In ihren Taschen hatten sie Waren, die sie drüben verkauften, von dort brachten sie, woran es hier mangelte.

Ich stellte mit meine Mutter vor, die am ganzen Leib zitterte, es war ihre erste Reise ins Ausland, und sie befürchtete, im letzten Moment doch noch zurückbeordert zu werden.

Ich hätte nicht gedacht, daß mich die Besichtigung des Bahnhofs so aufwühlen würde, dabei war die Flucht meiner Mutter im Vergleich zu den Fluchtgeschichten, von denen mir Liviu erzählt hatte, unspektakulär.

Ich wäre am liebsten ins Hotel zurückgekehrt, doch wie Liviu das erklären, er hätte sich vor den Kopf gestoßen gefühlt, und ich wäre als Kulturbanause dagestanden, hätte ich gesagt, daß ich jetzt nicht in der Stimmung wäre, die Gedenkstätte eines bantschwäbischen Maler, der hier gelebt hatte, zu besuchen. Die Gedenkstätte war geschlossen, Liviu verärgert, dann regelrecht wütend, denn auch die Ausstellung zur Zeitungsgeschichte des Banats hatte zu.

Meine Einladung in ein Restaurant mit Gartenlokal hatte er dann schließlich doch akzeptiert, mir mici empfohlen und gestaunt, daß mir meine Mutter von den kleinen Würstchen erzählt hatte.

Nach unserer Rückkehr war ich geschlaucht, hatte schon befürchtet, er wolle mich noch irgendwo hinschleppen, doch zu meiner Verwunderung hatte er vorgeschlagen, uns auszuruhen, er hole mich dann ab.

Es war ein schöner Abend, wenn auch anstrengend. Nicht nur, weil Liviu den Dolmetscher machen mußte.

Er verstehe fast alles, sprechen komme für ihn aber nicht in Frage, eine Vergewaltigung der Sprache eines Goethe und Schiller, so Livius Vater. Oder: Vor dem Essen ist ein

Schnaps Pflicht. Das waren so Sätze, die er von sich gab. Dann die Vergleiche zwischen Rumänien und Deutschland, und was Rumänien noch alles nachzuholen habe, in Justiz und Verwaltung. In der Wirtschaft sei das schon schwieriger, Milliarden habe Deutschland in die neuen Bundesländer gepumpt, dennoch das Gefälle, noch Jahrzehnte wie Wirtschaftsexperten meinen. Rumänien habe nun mal keinen reichen Verwandten, immerhin gehöre es jetzt zur EU, sei wieder in Europa angekommen, wohin es, historisch gesehen, seit jeher gehörte. Allein schon die Bezeichnung Klein-Wien für Temeswar und Klein-Paris für Bukarest aus der Zwischenkriegszeit sei der Beleg dafür.
Natürlich könne Rumänien wirtschaftlich noch nicht so mithalten, aber ein Auto wie „Dacia" sei auch im Ausland gefragt. Es war mir peinlich, als ich darauf angesprochen, keine Ahnung hatte, daß „Dacia" vom ADAC sehr gute Kritiken erhalten hatte, deutschen Autofahrern empfohlen wurde, im Unterschied zu einem Wagen chinesischer Produktion, der keinem der strengen Tests standgehalten hatte.
Diesmal hätten die Asiaten einen Dämpfer erhalten, glaubten wohl auch mit diesem Produkt wie mit anderen, alles Raubkopien, den Weltmarkt überschwemmen zu können, hatte Livius Vater triumphiert. Es war ihm wichtig, darauf hinzuweisen, daß er sich den einheimischen Wagen angeschafft hatte, obwohl er sich auch einen ausländischen hätte leisten können, weil man es als Aufgabe ansehen müsse, einheimische Waren zu kaufen, die wieder im Kommen waren, nachdem die Inlandsproduktion in allen Bereichen völlig zusammengebrochen war, man sogar Lebensmittel in den ersten Jahren nach der Revolution importieren mußte, eine Schande.
Geschichten aus der Ceaușescu-Ära, vom Mangel und wie die Menschen sich durchschlugen, die ich auch von meiner

Mutter kannte, kamen mir aus dem Munde von Livius Eltern wie Horrorgeschichten vor. Was wißt ihr Jüngeren schon, war das Fazit von Livius Vater.

Es sei doch wunderbar, hatte Livius Mutter gemeint, daß den Jugendlichen nun alle Chancen offen stehen, sie in der Welt herumkommen, davon hätten sie nur träumen können.

Richtig, und wenigstens die Hoffnung auf eine bessere Zukunft, hatte Livius Vater auch zu diesem Thema die Schlußfolgerung gezogen.

Beim letzten, dem Exodus der Deutschen aus Rumänien, waren sich Livius Eltern einig: schade. Dann hatte Livius Vater eine Bemerkung gemacht, seine Frau genervt etwas erwidert, Liviu nicht übersetzt.

Ohne ihn danach zu fragen, hatte er mir auf dem Weg ins Hotel die peinliche Situation erklärt. Sein Vater habe gemeint, nicht alle Deutschen seien ausgewandert, seine Frau sei der Beweis. Sie habe ihn schon wiederholt gebeten, diese Bemerkung bleiben zu lassen, habe seine Mutter erwidert.

Eine heikle Familienkonstellation. Der Bruder der Mutter war mit seiner Familie schon vor 1989 nach Deutschland ausgewandert, 1991 auf dessen Drängen auch die Eltern. Der Vater weigerte sich nicht nur, den Schwager und die Schwiegereltern in Deutschland zu besuchen, sondern hatte auch klargestellt, daß er einen Besuch seines Schwagers nicht wünschte, die Schwiegereltern hingegen wären wann immer willkommen. Die aber kamen nicht zu Besuch, weil sie den Sohn nicht vor den Kopf stoßen wollten. Sein Vater habe natürlich nichts dagegen, daß man die Verwandten in Deutschland besuche, die Mutter stehe aber dann immer vor einem Dilemma. Eine heikle Angelegenheit, für sie der wunde Punkt. Ja, wunder Punkt hatte Liviu gesagt. Der zugezogene Vorhang an der geöffneten Balkontür be-

67

wegte sich, ein kühler Windhauch. Wie würden Sie das Gefühl beschreiben, fragte der Moderator der Talkshow gerade einen seiner Gäste. Die blödeste aller Standardfragen!
Ich schaltete den Fernseher aus und ging auf den Balkon. Hier war es angenehm kühl. Hinter den Gebäuden auf der gegenüber liegenden Straßenseite Bäume, dort verlief wahrscheinlich der Bega-Kanal, der Pfiff einer Lokomotive vom Bahnhof her war zu hören, dann lang anhaltende Stille. Jetzt ein Rettungswagen ganz in der Nähe, der Hund aus dem Hinterhof antwortete heulend.

Anvisierung

Das Geschenk paßte nicht auch noch in die Tasche. Eine Kleinigkeit für Alois Binder und seine Frau, hatte meine Mutter gesagt. Am besten, ich packe alles wieder in den Koffer und nehme ihn mit. Und die Schmutzwäsche? Auch die. Dann habe ich alles beisammen.
Jetzt muß ich an der Rezeption noch meinen Aufenthalt klären. Ob es wohl klappen wird, die Reservierung für die zweite Nacht rückgängig zu machen? Vielleicht übernachteten wir aber dann doch nicht in Großsanktnikolaus, bei Liviu wohnen, kam nicht in Frage. Und wenn wir übernachteten, hätte ich nach der Rückkehr nicht wohin. Mein Gott, warum alles so kompliziert machen, für noch zwei Tage buchen und auf sicher gehen!
Du mußt dich nicht verpflichtet fühlen! Sollte ich nicht doch noch rasch zu Hause anrufen? Besser heute abend, dann könnte ich ihr erste Eindrücke schildern, oder morgen, wenn ich wieder zurück bin. Das Handy aber bleibt bis dann ausgeschaltet!
Der Zimmerschlüssel? Ach ja, der steckte. Daß mir dieser Besuch in Wiseschdia so zu schaffen machen würde, hätte ich nicht gedacht.
Doch völlig normal! Es war doch der eigentliche Zweck meiner Reise nach Rumänien: mal in diesem Dorf gewesen sein, um mir ein Bild zu machen, eine Ahnung zu bekommen.

Blumen mußte ich noch kaufen. Liviu wußte einen Laden, hatte mir Nelken empfohlen, das sei hier üblich, und sie hielten am längsten. Blumen, Grablichter. Noch nie war ich auf einem Begräbnis und nun fuhr ich in dieses Dorf wie zu einer Beerdigung.
An der Rezeption die Dame von gestern. Sie schien heute morgen besser gelaunt zu sein, begrüßte mich auf Deutsch. Ich ließ mir meine Überraschung nicht anmerken, und sie tat nicht erstaunt, daß ich für noch zwei Nächte buchen wollte. Ich bezahlte, sie druckte mir eine Quittung aus, entschuldigte sich lächelnd für ihr schlechtes Deutsch und erklärte mir in Englisch, daß ich jetzt noch dreimal übernachten könnte. Ich nickte bloß, mußte mich zurückhalten, sie nicht zu fragen: Für wie blöd halten Sie mich eigentlich?
Ein Angestellter des Hotels, wohl Praktikant, notierte die Zimmernummern der Gäste beim Betreten des Frühstücksraums. Trotz seines selbstbewußten Auftretens sah er in seiner Livree wie ein Kind aus, das man für den Karneval zurecht gemacht hatte.
Und ich? Schlaksig, übernächtigt. Meine Gestalt im hohen Spiegel in kunstvoll geschnitztem Holzrahmen an der Wand neben dem Frühstücksbüfett. Noch nie hatte ich mich in fast voller Größe in einem Spiegel gesehen. Kein Vergleich mit der athletischen Figur von Liviu, der außerdem immer frisch aussah.
Beim Anblick des reichhaltige Frühstücksbüfett verspürte ich Übelkeit. Kein Wunder nach dem Essen von gestern abend. Ein Tee würde mir gut tun. Dazu ein Stück von dem Kuchen mit Quark. Bei den zwei voluminösen schwarzen Thermoskannen mit Pumpe kein Hinweis. Heißes Wasser für Tee oder Kaffee?
Erlauben Sie, hörte es sich an, was ein Hotelgast zu mir sagte und bediente sich aus einer der Kannen mit Kaffee.

In der anderen also Wasser. Diesen Kräutertee sollte ich nehmen.

Dort an der Eingangstür ein freier Tisch. Die zwei Damen am Nebentisch vom Aussehen her Vertreterinnen von Firmen, wie man sie aus der Werbung kannte. Übervolle Salatteller, verschiedene Brötchensorten, Eierspeise, Wiener Würstchen, das paßte nun wirklich nicht zum Image. Ich setzte mich mit dem Rücken zu ihnen, um ihnen beim Essen nicht zuschauen zu müssen.

Du bist ja ganz blaß, hatte Liviu gesagt, als wir gestern zum Spaziergang durch die Stadt aufbrachen. Wir waren an einem Biergarten vorbeigekommen, und er hatte gemeint, ein Bier würde uns gut tun. Das hätte mir nach der Katastrophe im Bad gerade noch gefehlt.

Nichtraucher, Antialkoholiker, du bist mir ein Kerl, hatte Liviu mich gefoppt. Lust auf einem Kaffee in jener Konditorei unweit der Kathedrale hatte ich auch nicht, wir haben Cola bestellt, Liviu war beleidigt, als ich zahlen wollte.

Beim Abendessen hatte Livius Vater gemeint, der Appetit komme mit dem Essen, beklagt, daß sich rumänischer Weine trotz ihrer hervorragenden Qualität im Ausland nur schwer verkauften und mich aufgefordert, den Rotwein zu beurteilen. Als ich zugeben mußte, mich in Weinen überhaupt nicht auszukennen, schien er enttäuscht.

Nur ein Glas, kommt überhaupt nicht in Frage! Er hatte mir nachgeschenkt, Livius Mutter ihm zu verstehen gegeben, wie ich mitkriegte, mich nicht zu bedrängen. Dann hatte sie auf Deutsch gesagt: An rumänische Gastfreundschaft muß man sich erst mal gewöhnen.

Liviu hatte gestern abend nicht viel geredet, diese respektvolle Haltung seinem Vater gegenüber, zu seiner Mutter hatte er wohl ein innigeres Verhältnis, sonst hätte er mir doch nicht die Geschichte mit den Großeltern erzählt.

Für einen Kaffee wäre noch Zeit, der schmeckte aber bestimmt wie an allen Frühstückbuffets in Hotels: schlecht. Zu den zwei Damen am Nebentisch gesellte sich eine dritte, aber nur mit einem Kaffee.
Der Junge in Livree vor der Tür nickte mir zu, als ich den Frühstücksraum verließ. Der Lift war gerade angekommen, er eilte hin und hielt die Hand in die Lichtschranke. Für mich, verstand ich und stieg ein, er lächelte mir zu.
Du wirst... Du mußt... Du sollst... Meine Mutter! Einleitungen, mit denen sie mich auf die Konfrontation mit einem Land vorbereiten wollte, in dem sie gelebt hatte. Erklärungsversuche, ihren Erinnerungen vorangestellt, damit ich begreife.
Sie komme sich wie eine der Alten aus dem Dorf vor, die von früher erzählten, hatte sie gemeint, sie hätte sich nie vorstellen können, mal in diese Rolle zu geraten, wie die geworden aber wäre sie bestimmt nicht, hatte sie mir versichert. Wie? hatte mein Vater gefragt. Erzkonservativ in ihren Wertvorstellungen, rechthaberisch, tratschsüchtig. Aber so sei nun mal eine Dorfgemeinschaft, hatte er mal wieder zu relativieren versucht, woraufhin sie ungehalten wurde. Als Außenstehender habe man leicht reden, hatte sie gesagt und erzählt, wie sie als Studentin in den Sommerferien mal ganz spontan ihren Grundschullehrer zum Kaffee eingeladen hatte, woraufhin das Gerücht aufgekommen war, sie hätte eine Beziehung zu ihrem Lehrer. Er hatte mal wieder typisch reagiert: Davon hast du mir nie erzählt.
Das verdutzte Gesicht der Empfangsdame, als ich meinen Zimmerschlüssel abgab, da ich meinen Koffer mit hatte, sie fragte aber nichts. Ich setzte mich in einen der Sessel in der Hotelhalle, aus dem Augenwinkel konnte ich beobachten, wie sie mit einer Kollegin diskutierte, mit dem Finger auf den Bildschirm des Computers zeigte.

Die drei Damen aus dem Frühstücksraum kamen plaudernd vorbei, die jüngste, vollbusig, lachte hell auf, sie trug als einzige einen eng anliegenden Rock, die beiden anderen Hosen. Liviu stand an der Tür, hielt sie auf und gab, ganz Kavalier, den Damen den Vortritt. Sichtlich gut gelaunt, kam er mit ausgestreckter Hand auf mich zu.

„Heute bin ich pünktlich."

„Auf die Minute genau."

„Was hast du vor?" fragte er auf meinen Koffer deutend.

„Es paßte nicht alles in die Tasche", sagte ich und ging los.

„Wir haben ja das Auto. Und übrigens: Heute werde ich während der Fahrt nicht rauchen."

„Es stört mich nicht, das weißt du doch."

„Gib her!" sagte er und wollte nach dem Koffer greifen.

„Nein", sagte ich entschieden.

„Wie du willst. Hast du das mit dem Zimmer geklärt?"

„Ja."

„Ausgecheckt?"

„Nein, für die nächsten zwei Tage gebucht."

„Warum? Hättest du nicht machen sollen."

„Laß es gut sein."

„Wie du meinst."

Die leidige Diskussion fand ein jähes Ende, denn bei Livius Auto, der direkt vor dem Eingang geparkt hatte, stand ein Hotelangestellter und empfing uns mit Vorwürfen. Liviu beschwichtigte den Mann, doch der ließ nicht locker, redete im Tonfall einer Moralpredigt weiter. Wir stiegen ein, Liviu war wütend.

„Arschloch. Diese Wichtigtuer!"

„Anschnallen!"

„Sonst noch Wünsche?"

„Die Blumen."

„Schon gekauft. Im Friedhof gibt es bestimmt keinen Brun-

nen, ich habe eine Plastikflasche mit Leitungswasser im Kofferraum, die wird durchgeschnitten, dient als Vase."
„Das ist genial. Darauf wäre ich nie gekommen. Was haben die Blumen gekostet?"
„Später."
„Nein, hier."
„50 Lei? Das ist zu viel. Willst du mich bestechen."
„Stecke es bitte ein."
„Zu Befehl! Wir reden noch."
„Nein, dabei bleibst."
„Ist dir nichts aufgefallen?"
„Was denn?"
„Daß ich den Wagen gewaschen habe."
„Doch."
„Du hättest meinen Alten hören sollen: Der Wagen wird gewaschen!"
„Und an der ersten Tankstelle wird angehalten."
„Ich habe schon getankt."
„Ich hatte dich doch gebeten!"
„Lassen wir das."
„In Großsanktnikolaus wird getankt und der Wagen gewaschen, auf meine Rechnung."
„Schon gut."
„Oder willst du deinem Vater den staubigen Wagen zurückgeben?"
„Von der staubigen Straße nach Wiseschdia hat dir bestimmt deine Mutter erzählt."
„Ja."
„Es geschehen noch Wunder, die Straße wurde asphaltiert, Glück gehabt."
Wir spekulierten gemeinsam. EU Gelder? Lobby? Eine Straße zwischen zwei Dörfern asphaltieren, einfach so? Konnte das mit rechten Dingen zugegangen sein, wenn

Hauptverkehrsstraßen in keinem guten Zustand waren? War die neue Straße nach Wiseschdia ein Zeichen dafür, daß dem abgelegenen Dorf eine wirtschaftliche Blüte bevorstand? Voraussetzung dafür waren doch moderne Verkehrswege.

Liviu bremste brüsk, hupte, legte auf Rumänisch los, ein Auto war plötzlich vor uns eingeschert. Auf Deutsch könne man gar nicht richtig fluchen, sagte er belustigt und während er Gas gab, um noch bei Gelb über die Ampel zu kommen, warf er mir eine kurzen Blick zu, weil er wohl erwartet hatte, daß ich mich wieder mal an den Angstgriff klammere, meinte, das ewige Problem, die Ausfallstraßen, hatte auch die Lösung parat: einen Ring um die Stadt legen, die Umgehungsstraßen würden dann endlich den Verkehr entlasten. Aber woher das Geld, meinte er resigniert.

Wir hatten die Landstraße erreicht, er erklärte mir, daß sich mit der Niederlassung ausländischer Firmen der Zustand der Straßen schon etwas verbessert habe, wollte man aber moderne Verkehrswege bauen, müßte radikal vorgegangen werden, für breitere Straßen müßten die Bäume dran glauben, ob die EU aber dafür Gelder zur Verfügung stellen würde im Rahmen des Ausbaus von Infrastruktur in den neuen Mitgliedsstaaten, sei fraglich, da andere Programme die Finanzierung zur Bewahrung von Landschaftsräumen vorsahen.

„Weißt du, was das für Bäume sind?" fragte er.

„Nein."

„Maulbeerbäume. Schon gehört?"

„Doch, hättest du wohl nicht gedacht", triumphierte ich.

„Und woher?" fragte er.

Meine Mutter habe mir von einem Wäldchen mit Maulbeerbäumen am Dorfrand erzählt, sagte ich und hatte nun auch eine Vorstellung, wie Maulbeerbäume aussahen, denn in

meinem Traum in der Nacht vor meiner Abreise waren das irgendwelche Laubbäume.
Liviu legte nach, fragte, ob sie mir auch erzählt hätte, warum ausgerechnet Maulbeerbäume. Ich verneinte, er kostete seinen Triumph aus und erklärte mir, daß Maulbeerbäume wegen der Seidenraupenzucht angepflanzt wurden mit der Ansiedlung der Banater Schwaben.
Die Bäume könnten doch unmöglich so alt sein, gab ich zu bedenken. Diese natürlich nicht, räumte er ein, aber von seinen Eltern und Großeltern wüßte er, daß an den Straßen schon immer Maulbeerbäume standen und er habe gelesen, daß es in Frankreich welche gebe, die 300 Jahre alt seien. Jetzt versuche man, wieder an die Tradition der Seidenraupenzucht anzuknüpfen, meinte er, unter den Kommunisten habe man in den Schulen Seidenraupen gezüchtet, seine Mutter ihm erzählt, daß sie als Schülerin Maulbeerblätter pflücken mußte.
„Meine Mutter hat mir erzählt, daß entlang des Weges nach Wiseschdia Akazien standen" konterte ich.
„Das stimmt, aber die wurden damals, als es kein Brennholz mehr zu kaufen gab, von den Bewohnern aus Gottlob und Wiseschdia in Nacht- und Nebelaktionen gefällt."
„Wirklich?"
„Was hätten die Leute denn machen sollen?"
„Woher weißt du das?"
„Hat mir jemand aus Gottlob erzählt."
„Und jetzt?"
„Vor ein paar Jahren hat man wieder Akazien gepflanzt, bis das aber Bäume werden, dauert es noch. Du wirst ja sehen."
Wir zuckelten einem Pferdewagen hinterher, im Unterschied zu gestern, wenn er in dergleichen Situationen riskant überholte, wartete er diesmal geduldig, bis keine Gefahr durch

Gegenverkehr mehr auf der schmalen Landstraße drohte, meinte scherzend, als er überholte, der Alte könnte sich aber auch ein schnelleres Pferd kaufen, wunderte sich, daß heute fast kein Verkehr herrschte. Wenn es so bliebe, wären wir bald dort, sagte er und gab Gas.

„Werde Du mal nicht übermütig!"

„Freie Fahrt für freie Bürger, heißt es doch bei euch in Deutschland."

„Erzähle mir lieber was von Alois Binder."

„Ein alter Mann, wie der auf dem Pferdewagen vorhin."

„Der war aber keine achtzig."

„So alt ist dieser Binder?"

„Soweit ich weiß, ja."

„Hätte ich nicht gedacht."

„Wovon leben er und seine Frau?"

„Vom Verkauf von Tomaten und Paprika aus dem Hausgarten an einen Zwischenhändler, Herr Binder schien zufrieden. Ich dachte, deine Mutter hätte dir davon erzählt."

„Nach dem Tod meines Großvaters brach die Verbindung zu Herrn Binder ab."

„Ich verstehe."

Ich hatte befürchtet Liviu könnte mich fragen, wann meine Mutter das letzte Mal zu Besuch war, doch er versicherte mir, wie großartig er die Geschichte mit Alois Binder und meinem Großvater fand, wies darauf hin, daß nun in Wiseschdia vor allem die älteren Leute unter den neu Angesiedelten die Tradition des Gemüseanbaus fortführten, auch weil es ihre einzige Verdienstmöglichkeit wäre.

Ich hätte ihn gerne gefragt, ob er mir den Widerspruch zwischen dem, was meine Mutter mir über die Anzahl der Rumänen im Dorf erzählt hatte, und den sozusagen offiziellen Angaben dazu erklären könnte.

Sie hatte im Vorfeld unserer Reise die Idee, in Google nach

Wiseschdia zu suchen, war verwundert, daß es überhaupt Einträge dazu gab, zur Lage, zum Wetter, zur Verwaltung durch das Bürgermeisteramt von Gottlob. Ihre kindische Freude aber war in Empörung umgeschlagen, als sie den auf Rumänisch verfaßten Eintrag in Wikipedia gelesen hatte. Dort nämlich stand, das Dorf sei schon immer von Rumänen besiedelt gewesen, die in der Hauptgasse wohnten, davon legten die stattlichen Häuser Zeugnis ab.
Das sei eine Unwahrheit, hatte sie gesagt , und die Anzahl der rumänischen Bewohner in der Statistik stimme nicht, sie werde doch wohl noch wissen, wie viele Rumänen Ende der siebziger Jahre im Dorf gelebt haben, bestimmt habe man die Saisonarbeiter dazu gezählt. Wir könnten die Eintragung ja korrigieren, hatte ich ihr vorgeschlagen, doch sie resigniert gemeint: Was soll's.
Liviu hätte meine Nachfrage falsch verstehen können. Ich hätte ihn spontan fragen sollen, dann wäre diese Befürchtung gar nicht aufgekommen. Er schaute zu mir und meinte, das Leben auf dem Dorf sei natürlich nicht vergleichbar mit dem in Deutschland, die Leute lebten in ärmlichen Verhältnissen, ein Glück mit den kleinen ausländischen Firmen in Hatzfeld und Großsanktnikolaus, deren Werkbusse die Leute aus den umliegenden Dörfern einsammelten, auch aus Wiseschdia fanden Jüngere dort Arbeit und soweit er in Erfahrung bringen konnte einige sogar Jobs in Deutschland, bei der Spargelernte.
Hier gebe es fast nur noch riesige landwirtschaftliche Betriebe wie im Osten Deutschlands, Hunderte von Hektar an Weizen, Mais, Sonnenblumen, alles in der Hand ausländischer Investoren, vorwiegend deutsche, aber auch italienische, englische, sogar schottische. Er hätte erwartet, daß sein Vater gestern abend das Thema anspreche, denn der sehe, wie andere auch, darin einen Ausverkauf Rumäniens.

Sei es im Grunde ja auch. Aber wie hätte man die rumänische Landwirtschaft wieder auf Vordermann bringen können? In Wiseschdia übrigens habe ein in die Bundesrepublik ausgewanderter Deutsche aus dem Dorf mit einem rumänischen Kompagnon auch einen landwirtschaftlichen Betrieb, wenn auch bedeutend kleiner als die der ausländischen Investoren, der Fall einer geglückten Reintegration eines Ausgewanderten, ein brisantes Thema. Darüber habe er eine Reportage schreiben wollen für die deutschsprachige Zeitung und für eine auflagenstarke rumänische die ausführlichere Fassung, alles sei mit den Redaktionen schon besprochen gewesen. Er habe sogar mit dem Gedanken gespielt, die Reportage einer Zeitung aus der Bundesrepublik anzubieten, aber dann habe dieser Schmidt nicht mitgespielt, wollte von einem Gespräch nichts wissen, das sei Wochen her, nun wolle er die Gelegenheit dieses Besuches nutzen, habe heute morgen wieder angerufen, um sein Kommen anzumelden, habe leider niemanden erreichen können, aber vielleicht wäre der Schmidt vor Ort nun doch zu einem Gespräch bereit, so einfach wie damals am Telefon lasse er sich nicht mehr abwimmeln. Darüber also wollte er schreiben, dachte ich, fragte, ob der rumänische Staat tatsächlich für die Rückwanderung ausgesiedelter Deutsche werbe, meine Mutter habe da was erwähnt. Als Geschäftsleute schon, meinte er und fragte, ob ich mir vorstellen könnte, die Deutschen würden zurückkehren.

„Warum nicht!"
„Mensch, bist du naiv."
„Wieso?"
„Würde deine Mutter zurückkehren?"
„Nein."
„Na, siehst du!"

„Aber mein Großvater hätte es gewollt", sagte ich trotzig. Diese Generation, die vom Dorf stammte, schon, räumte Liviu wohl deshalb ein, aber bereits die Generation unserer Eltern hätten diese Bindung zu ihrem Dorf nicht mehr gehabt, allein schon wegen ihrer Berufe.
„Und der Rückwanderer aus Wiseschdia", ließ ich nicht locker.
„Das ist eine Ausnahme."
„Aber du willst doch darüber schreiben."
„Als Ausnahme."
„Ach so. Vielleicht will er dir gerade deshalb kein Interview geben."
„Will ich doch gar nicht, bloß einige Daten."
„Na ja, wenn er nicht will."
Wie gesagt, vor Ort sei das ja was ganz anderes als am Telefon, gab sich Liviu zuversichtlich. Ich hakte ein und fragte, ob man denn jetzt so einfach mit Wiseschdia telefoniere könne. Verständlich, daß mir dieses Dorf nicht mehr aus dem Kopf gehe, meinte er, wollte wissen, was mir denn meine Mutter davon erzählt habe.
Ob er mich auf den Arm nehmen wolle, fragte ich. Nein, bestimmt nicht, beteuerte er, die damalige Realität kenne er auch nur vom Erzählen, das sei natürlich etwas anderes als bei mir, meinte, daß es für seine Reportage wichtig wäre, Einzelheiten zu kennen wie beispielsweise das Telefonieren, daraus werde doch auch ersichtlich, welche Fortschritte man gemacht habe, wenn ein Dorf ans Festnetz angeschlossen sei, die Leute jetzt Telefon im Haus hätten.
„Ist das dein Ernst?"
„Was?"
„Daß ich dir erzählen soll, wie man früher von Wiseschdia telefonierte?"
„Natürlich. Von meinen Eltern weiß ich, daß es sogar in

Temeswar nicht selbstverständlich war, einen Telefonanschluß zu haben."
„In Wiseschdia gab es ein Telefon, in der LPG. Weißt du, was eine LPG war?"
„Hältst du mich für blöd? Landwirtschaftliche Produktionsgenossenschaft."
„Richtig."
„Und weiß du, was eine IAS war?"
„Nein."
„Intreprindere Agricolă de Stat."
„Und was heißt das?"
„Wörtlich übersetzt Staatlicher landwirtschaftlicher Betrieb. Diese Betriebe waren bedeutend größer als eine LPG und besser ausgestattet."
„Ich verstehe."
„Ein Banater Schwabe gebrauchte aber nicht die Bezeichnung LPG, sondern Kollektiv von Kollektivwirtschaft, weil sie ursprünglich Landwirtschaftliche Kollektivwirtschaften hießen und die Staatlichen Landwirtschaftlichen Betriebe hießen im Sprachgebrauch Ferma, von Staatsfarm, wenn man so will."
„Der Philologe, Respekt."
„Machst du dich über mich lustig?"
„Überhaupt nicht, ehrlich."
„Apropos Philologie. Weiß du, wie in der Mundart Weizen heißt?"
„Frucht."
„Und Mais?"
„Kukuruz"
„Und Tomaten?"
„Paradeis."
„Woher weißt du das?"
„Ich habe mich für die Reise vorbereitet."

„Willst du mich verarschen?"
„Entschuldigung. Kannte ich schon als Kind, von meinem Großvater."
„Hätte ich mir ja denken können. Wie war das nun mit dem Telefon in der LPG von Wiseschdia."
„Also: mit dem Kurbeltelefon aus der LPG hat man das Amt im Nachbardorf angerufen und die gewünschte Verbindung in Auftrag gegeben."
„Amt?"
„Die Telefonzentrale."
„Ach so. Und in welchem Dorf?"
„Etwas mit K glaube ich."
„Komlosch?"
„Genau. Du kennst dich in der Gegend ja gut aus."
„Ein bißchen."
Ich erzählte ihm, wie verzweifelt mein Großvater war, als er beim Tode meiner Großmutter die Töchter in Deutschland telefonisch nicht erreichen konnte, daß er schließlich ein Telegramm schickte, das aber nicht rechtzeitig eintraf, so daß keine zur Beerdigung kommen konnte, wies darauf hin, daß meine Mutter gar nicht hätte kommen können, da ihre Straftat der Republikflucht noch nicht verjährt war.
Traurige Geschichten, für unsere Generation kaum noch nachvollziehbar, meinte er und erzählte von seinem verstorbenen Großvater väterlicherseits, der es als ehemaliger Beamter bei der Finanzdirektion nach dem II. Weltkrieg nicht einfach hatte, unter den Kommunisten Hilfsbuchhalter in einem staatlichen Betrieb wurde, sein Leben lang darunter litt. Hinzu kam, daß der Onkel wegen der sogenannten ungesunden Herkunft erst spät studieren konnte, das Problem habe sich bei seinem Vater, bedeutend jünger, schon nicht mehr gestellt, der sogar Parteimitglied geworden sei.
Der Großvater, der den Umsturz im Dezember 1989 nicht

mehr erlebt habe, sei auf seinen jüngsten Sohn besonders stolz gewesen, obwohl ihm das Regime doch die eigene Karriere zerstört hatte. Nach dem Umsturz habe sein Vater wegen der Parteimitgliedschaft um seinen Posten bangen müssen. Beide, Vater und Sohn, hätten mit dem Umsturz eines Regimes jeweils auf der falschen Seite gestanden, das sei doch verrückt, meinte er, erzählte, daß sein Großvater gegen das kommunistische Regime gestichelt habe, wenn er von früher erzählte, sein Vater hingegen spreche nicht gerne von seiner Zeit, reagiere auf Fragen unwirsch. Warum er denn nicht aus der Partei ausgetreten sei, habe er ihn gefragt und eine Abfuhr erteilt bekommen: Aus der Partei sei man nicht ausgetreten und wurde man rausgeschmissen, habe man seinen Posten verloren. Verlust beim Großvater, Angst vor Verlust beim Vater, Lebensläufe als Spiegelbild von Geschichte und Haltungen, schlußfolgerte er, meinte, an Biographien von Deutschen aus dem Banat ließe sich Geschichte exemplarisch ablesen: die Deportation im Januar 1945 zur Zwangsarbeit in die Sowjetunion, die Enteignung, die Zwangsumsiedlung 1951 in den Bărăgan, die nicht nur Deutsche betroffen habe, sondern alle als politisch unzuverlässig Eingestufte, mit der Zwangskollektivierung sei schließlich nicht nur die wirtschaftliche Grundlage der ehemaligen Bauern zerstört worden, sondern auch deren Identität. Das alles seien weiße Flecken in der offiziellen Geschichtsschreibung gewesen, eiferte er sich, es wären wohl viele Bücher zu diesem Thema erschienen, die Befragung von Zeitzeugen aber bleibe weiterhin wichtig, denn bald gebe es sie nicht mehr, wie im Falle der Frau aus Wiseschdia.
„Aber du kannst doch Herrn Binder befragen."
„Hatte ich ja vor?"

„Und?"
„Er will nicht, er ist mißtrauisch. Aber das wird sich nun bestimmt ändern."
„Willst du ihn heute befragen?"
„Nein, das geht doch gar nicht auf die Schnelle, und sind andere anwesend, kommt es doch zu keinem vertraulichen Gespräch, das ist doch Voraussetzung."
„Ich verstehe."
„Ich habe außer der Frau aus Wiseschdia noch zwei ausfindig gemacht, die eine Notheirat mit einem Rumänen eingegangen waren, um nicht nach Rußland deportiert zu werden, bis ich ihr Vertrauen gewinnen konnte, hat es gedauert. Nächste Woche werden sie mir davon erzählen. Hoffentlich ergeht es mir nicht wie mit der Frau aus Wiseschdia."
„Meine Mutter hat mir von einer solchen Heirat erzählt."
„Wirklich? Dann kennst du dich ja aus. Warum hast du mir das denn nicht gesagt?"
„Auskennen, wäre übertrieben, aber meine Mutter hat mir einiges über die Mentalität der Leute erzählt."
„Dann kannst du dir bestimmt vorstellen, was das damals für ein banatschwäbisches Mädchen bedeutete. Arrangierte Heiraten waren ja üblich, aber doch nicht mit einem Rumänen."
„Und darauf willst du sie direkt ansprechen?"
„Nicht direkt, aber das ergibt sich bestimmt."
„Ich stelle mir das schwierig vor."
„Ist es auch, Fingerspitzengefühl ist gefragt. Die Leute sind in dem Alter aber auch bereitwilliger über Dinge zu reden, über die sie früher nie erzählt hätten."
„Vielleicht erzählt dir eine der Frauen, daß sie eine heimliche Liebesbeziehung zu dem Mann hatte."
„Du hast aber Phantasie!"
„Wäre das so abwegig?"

„Es wäre ein Glücksfall. Hast du eine Freundin?"
„Was hat denn das damit zu tun?"
„Man darf doch wohl noch fragen, oder?"
„Nein."
„Wie nun?"
„Nein, ich habe keine Freundin. Und du?"
„Zur Zeit auch keine."
„Glaube ich dir nicht?"
„Glaubst du vielleicht ich bin schwul?"
„Was soll denn das?"
„Und glaubst du mir jetzt?"
„Was?"
„Daß die Straße nach Wiseschdia asphaltiert ist."
„War das schon Gottlob?"
„Du kennst den Namen?"
„Von meiner Mutter, und weil er so ungewöhnlich ist, habe ich ihn mir gemerkt."
„Ist Wiseschdia doch auch."
„Ja, schon."
„Und könntest du mir Namen von Dörfern sagen, durch die wir gefahren sind?"
„Bin ich jetzt in einer Prüfung? Biled zum Beispiel."
„Richtig. Und jetzt zeige ich dir mal, wie es sich auf dieser Straße fährt."
„Hör auf damit! Fuß vom Gas!"
„Schon geschehen, nur keine Angst."
Schnurgerade Straße, perfekter Zustand, kein Gegenverkehr, da gerate man schon in Versuchung, meinte er, vielleicht fanden hier Rennen statt, nachts, könne man sich doch vorstellen, in dieser abgelegenen Gegend, keine Gefahr durch Bäume entlang der Straße, bloß diese neu angepflanzten Akazien.
Diese Phantasien interessierten mich überhaupt nicht. Zum

ersten Mal erschloß sich mir die Weite der Ebene. Die Horizontlinie kaum wahrnehmbar, die Ahnung von Unendlichkeit bei Schönwetter im Sommer, hatte meine Mutter geschwärmt. Ich erinnerte mich an die Geschichte, die sie mir erzählt hatte, damals, als der Weg noch im Zickzackkurs durch die Felder verlief, sie und andere Kinder in den Schneesturm geraten waren.
Auf halbem Weg kann man rechts und links die Kirchtürme der Nachbardörfer sehen, hatte sie gesagt. Ich suchte den Horizont ab, konnte aber keinen erspähen. Es war mir zu spät eingefallen, wahrscheinlich sah man die Kirchtürme jetzt so kurz vor dem Dorf nicht mehr.
Aber dort, das gemauerte Wegkreuz. Das war der Hausgarten meiner Lehnert Urgroßmutter. Sollte ich Liviu bitten, anzuhalten? Aber was hätte ich ihm erzählen können? Daß dies mal der Hausgarten meiner Urgroßmutter war? Mehr wußte ich nicht. Zwei Ruinen linkerhand, mit dieser Häuserzeile beginnt das Dorf, hatte meine Mutter gesagt und mir ein Foto, von Tante Hilde gemacht, gezeigt.
„Na, nervös?"
„Ja, schon."
„Da vorne geht es nach rechts, der Weg bis zur Kirche ist asphaltiert."
„Weißt du, wo der Friedhof liegt?"
„Natürlich. Auch wenn ich es nicht wüßte, würden wir ihn finden, groß verfahren kann man sich in diesem Dorf nicht. Zuerst also zum Friedhof."
„Ja. Ich schaue zur Sicherheit mal nach."
„Was hast du denn da aus der Tasche geholt?"
„Einen Plan des Dorfes, hat mir meine Mutter aufgezeichnet. Ich konnte ja nicht wissen, daß ich dich treffen würde."
„Und wo sind wir laut deinem Plan?"
„Dort die Kirche, dann nach rechts."

„Richtig. Guter Lotse", sagte Liviu, bog auf die Schotterstraße ab und fuhr in Schrittempo weiter.
„Bevor die Gasse endet, geht es nach rechts, linkerhand liegt der Friedhof", gab ich mich ortskundig.
„Und an der Biegung steht rechterhand das Haus der Katharina Loibl, die mit einem Rumänen verheiratet war und die ich befragen wollte", sagte er.
„Auf der gegenüberliegenden Seite wohnt Alois Binder", trumpfte ich auf.
„Deshalb bin ich dem also damals begegnet" meinte er, fragte, was denn los sei, da ich angestrengt auf meinen Plan schaute.
„Hier irgendwo steht das Haus der Großeltern meines Großvaters, sein Bruder hat darin gewohnt", sagte ich.
„Soll ich anhalten?"
„Nein, nein, wir können ja dann durchs Dorf gehen."
„Machen wir."
Alles war anders, heruntergekommene Häuser, kein Mensch zu sehen, ein Geisterdorf, nichts von dem intakten und idyllischen Aussehen, wie es mir meine Mutter geschildert. Langhäuser wie Schmuckkästchen, in der Regel drei Zimmer, Küche, anschließend der Stall und Schuppen, Bestandteile des Hauses, auf den Giebel, in Mörtel geformt, die Namen der Besitzer und das Jahr der Erbauung, die Giebel mit geschwungenen Rundungen laufen spitz zu, sind weiß oder gelb getüncht, die Sockel dunkelgrün oder braun, die Hausgänge mit Heckenrosen zugesponnen, davor Spalierreben oder Blumenbeete, die Lattenzäune zur Gasse in Schulterhöhe, die Tore etwas höher, jeder Vorübergehende konnte in die Höfe schauen, die Gasse gesäumt von schattenspendenden Akazien, die Stämme mit Kalk getüncht.
Den Staub von den Gassen gekehrt bis auf den Fahrdamm, jeden Samstag, hatte sie mir erklärt. Jetzt wuchs Gras ent-

lang des Gehwegs, unter den Bäumen, bis zum Fahrdamm. Dort hat sie gewohnt, hörte ich Liviu sagen, sah ihn auf das Haus zeigen, während wir links abbogen, nahm ich noch wahr, daß die Gasse nach ein paar Häusern endete, jetzt fuhren wir entlang von Hausgärten, das war der Weg auf die Hutweide, davor lag der Friedhof, schon zu sehen der Lindenbaum.

Wir hielten am Friedhof. Mauer aus roten Ziegeln in Brusthöhe, ein Lattentor, der Fußweg verlief entlang der Mauer. So kannte ich es von Fotos, die Tante Hilde gemacht hatte. Das Gras auf der leicht abfallenden Aufschüttung war verdorrt, unter einem der Akazienbäume saßen zwei Männer und rauchten.

Liviu nahm die Tüte mit der Flasche Wasser aus dem Kofferraum, die um die Stiele mit nassen Tempotaschentüchern umhüllten weißen Nelken, begrüßte die Männer, kam mit ihnen ins Gespräch.

Von Liviu erfuhr ich, daß sie im Auftrag eines nach Deutschland ausgewanderten ehemaligen Dorfbewohners dessen Familiengrab in Ordnung bringen, sie hätten geahnt, daß hier jemand aus Deutschland zu Besuch gekommen war und wegen der Grabpflege nachgefragt, und obwohl er ihnen versichert habe, es kümmere sich jemand darum, hätten sie insistiert: sie machten es billiger als andere, nicht um 30 Euro, sondern um 25 Euro im Jahr.

Er reichte mir die Nelken, öffnete das Friedhofstor, ließ mir den Vortritt. Erst jetzt bemerkte ich, daß ich den Zettel mit meinem Plan noch immer in der Hand hielt, warf noch rasch einen Blick darauf und steckte ihn in die Tasche.

Nachsehen, wäre nicht nötig gewesen, denn ich erinnerte mich noch genau an die Beschreibung meiner Mutter: Vom Hauptweg in den vierten Querweg nach rechts, das Grab fast am Ende, in der linken Reihe, die Betonplatte des Familiengrabes in der Mitte aufgebrochen, im hohen Marmorkreuz das Grabbild von Großvater und Großmutter, das kleine Marmorkreuz das der Ururgroßeltern.

Auch davon gab es Fotos, die Grabsteine waren auf Veranlassung von Tante Hilde gesäubert, die Inschriften nachgezogen worden, vielleicht sogar von diesen Männern, die sich offensichtlich darauf spezialisiert hatten. Wo sich das Grab der Großeltern des Großvaters mütterlicherseits, der Bettendorf, befand, an dem ich auch ein Grablicht anzünden sollte, hatte sie mir nicht genau erklären können, bloß in ungefähr: nicht weit vom Hauptweg entfernt, gemeint, der Friedhof sei ja klein, ich würde das Grab schon finden.

Wie wird es sein? Diese Frage hatte mich nicht nur heute morgen beschäftigt. Und nun, da ich vor den Ruhestätten der Familie Lehnert stand, wie auf den beiden Marmorkreuze zu lesen war, Ururgroßeltern, Urgroßeltern, Großeltern, wußte ich nicht, wie mich verhalten.

Liviu, der neben mich trat, bekreuzigte sich, und ich machte es ihm unbeholfen nach. Verwunderung in seinem Gesicht. Entsetzen? Ich fühlte mich wie erlöst, als er flüsternd vorschlug, aus der Wasserflasche die Blumenvase zu improvisieren, ein Taschenmesser aus der Hosentasche nahm und es aufklappte.

Wie aber die Plastikflasche mit dem Wasser drin aufschneiden? hörte ich ihn fragen. Im nächsten Moment drückte er mir Wasserflasche und Taschenmesser in die Hand, sagte, er müsse zum Wagen, im Kofferraum habe er noch eine leere Flasche.

Ich legte die Nelken auf die Grabeinfassung, die Flasche mit dem Wasser dazu, stellte die Umhängetasche ab. Das beruhigte schon mal. Als ich bemerkte, daß ich mit dem offenen Taschenmesser in der Hand vor dem Grab stand, klappte ich es rasch zu und steckte es ein.

Mein Gott! Ich kriegte den Reißverschluß an der Umhängetasche nicht auf. Endlich! Die drei Grablichter auch auf die Grabeinfassung stellen! Ich atmete tief durch, es hörte sich wie Wimmern nach einem Weinkrampf an. Jetzt noch die Deckel von den Grablichtern abnehmen!
Wohin sie am besten platzieren? Je eines auf die Betonplatte vor den Grabsteinen, eines auf den Grabhügel, vor die rot blühenden Geranien. Liviu hätte ich das Feuerzeug verlangen sollen, dann wäre das schon mal erledigt gewesen. Wo der nur blieb?
Die ernsten Mienen von Otta und Oma auf den Grabbildern, ich hätte mir gewünscht, wenigstens den Ansatz eines Lächelns darin zu entdecken. Über ihren Namen in dem höheren Marmorkreuz waren die der Eltern von Otta eingemeißelt, der Hinweis, daß sein Vater 1927 beim rumänischen Militär verstarb, im Jahr seiner Geburt fiel mir ein, der lange Name seiner Mutter, Katharina Huber, geb. Bettendorf, verwitwete Lehnert, auch ein Hinweis auf eine Lebensgeschichte, daß sie ein zweites Mal geheiratet hatte. Aber sie war doch hier nicht beerdigt, starb in Deutschland, das wußte ich genau. Seltsam. Und seltsam war auch, daß der Sterbeort von Otta verzeichnet war, Wiseschdia.
Liviu stand plötzlich neben mir, ich hatte ihn gar nicht kommen hören. Wortlos gab ich ihm das Taschenmesser zurück, er reichte mir, auch ohne etwas zu sagen, das Feuerzeug.
Und während er damit beschäftigt war, die leere Plastikflasche durchzuschneiden, zündete ich die Grablichter an. Eines stellte ich auf den Grabhügel, mit den beiden anderen wußte ich nicht, wie es anstellen, war schon im Begriff die Betonplatte zu betreten, schreckte aber zurück.
Wie bei einer Prozession kam ich mir vor, als ich das Grab umrundete, in den Händen die Kerzenlichter. Ich mußte sie

wieder anzünden, sie waren beim Abstellen ausgegangen, obwohl nicht einmal ein Lufthauch zu spüren war. Liviu erwartete mich mit den Nelken in der improvisierten Vase, reichte sie mir und machte sich daran, mit den Händen ein Loch in den Grabhügel zu schaufeln. Mir schauderte und ich schaute weg.
Ich war erleichtert, als ich ihn sagen hörte, daß es reichen dürfte. Er nahm mir die Vase ab, stellte sie ins Loch, füllte sie mit Wasser, drückte die Erde ringsherum an.
„Fertig", meinte er.
„Danke", sagte ich leise.
„Sieht doch gut aus."
„Wunderbar."
„Sei so nett", forderte er mich auf.
Er hielt die Arme ausgestreckt über die Gräser, die das Grab von nebenan überwucherten. Ich begriff, goß ihm von dem übrig gebliebenen Wasser aus der Flasche über die Hände. Und während er sich mit den Tempotaschentüchern von den Nelken die Hände abtrocknete, nahm ich den Fotoapparat aus der Umhängetasche.
„Eine Digitalkamera?"
„Nichts Besonderes."
„Soll ich dir ein Foto mit dem Grab machen?"
„Ich weiß nicht."
„Deine Mutter würde sich bestimmt freuen."
„Na, gut."
„Am besten, du stellst dich hinten zwischen die zwei Kreuze."
„Wie du meinst."
Liviu fotografierte aus unterschiedlichen Positionen, und ich kam mir wie bei einem Fotoshooting vor.
„Es reicht jetzt", sagte ich genervt.
„Sind ganz gut geworden, willst du sie dir anschauen?"

„Später, jetzt fotografiere ich das Grab", sagte ich und nahm ihm die Kamera aus der Hand.

„Ich sehe mich mal im Friedhof um", sagte er, steckte den Rest der Plastikflasche, die Deckel der Grablichter und die verbrauchten Tempotaschentücher in die Tüte.

„Hätte ich ja auch machen können", meinte ich entschuldigend.

„Ist schon in Ordnung", sagte er, hob die Tüte zum Gruß.

Um das Familiengrab in vollem Umfang zu erfassen, mußte ich bis in die nächste Grabreihe zurückweichen. Dann machte ich Nahaufnahmen der Inschriften. Als ich die Grabbilder von Otta und Oma fokussierte, fiel mir auf, daß sie so angebracht waren, als schauten sie sich an. War da doch ein Lächeln auszumachen, wie bei einem Liebespaar? Von dieser Entdeckung mußte ich unbedingt meiner Mutter erzählen! Die Beklemmung, mit der ich seit dem Betreten des Friedhofs gekämpft hatte, war mit einem Male gewichen. Ich schulterte meine Tasche, versicherte mich, daß die Grablichter brannten, und als ich im Weggehen einen Blick zurück warf, war mir nicht unheimlich zumute.

Erst jetzt fielen mir die gepflegten und nicht zubetonierten Gräber auf, Kreuze aus Holz oder Schmiedeeisen mit rumänischen Namen. Diese Maria war genau vor einem Monat verstorben.

„Können wir jetzt gehen?" hörte ich Liviu fragen, sah, daß er unter dem Lindenbaum im Hauptweg stand.

„Ich muß noch das Grab der Großeltern meines Großvaters mütterlicherseits suchen hier irgendwo muß es sein, Bettendorf."

„Wie sagtest du?"

„Bettendorf."

„Dort das dritte Grab, die Schrift auf dem Grabstein ist nur noch schwer lesbar, ist mir aber aufgefallen, weil ich einen

Klassenkollegen mit diesem Namen hatte, allerdings nicht aus Wiseschdia."
„Das mit dem kleinen Marmorkreuz?"
„Ja. Soll ich auch nach den Gräbern der Eltern und Großeltern deiner Großmutter suchen? "
„Meine Oma stammte nicht aus Wiseschdia."
„Von wo denn?"
„Aus Biled."
„Deshalb hast du den Namen des Dorfes gewußt, warum hast du nichts gesagt, als wir durchgefahren sind? Aber wir können ja morgen auf der Rückfahrt von Großsanktnikolaus dort Halt machen."
„Die Gräber gibt es nicht mehr."
„Ach so. Ich warte hier auf dich."
Wenn Liviu mich nach den Namen der Eltern meiner Großmutter gefragt hätte, wäre ich ganz schön blöd dagestanden, ich kannte sie nicht. Zu Hause war immer nur von der Familie des Großvaters die Rede, daß es aber in Biled keine Gräber mehr gab, hatte mir meine Mutter gesagt. Liviu kannte bestimmt die Namen seiner Familienangehörigen bis ins vierte Glied, den ganzen Stammbaum.
Auch das Grab der Bettendorf war zubetoniert, versiegelt für die Ewigkeit. Das Marmorkreuz und die Betonplatte von Flechten durchsetzt, alles schmutzig grau, laut Inschrift war hier nur ein Ehepaar beerdigt.
Ich stellte das Kerzenlicht auf die Betonplatte, zündete es an. Kein Grabbild, um wenigstens eine Vorstellung zu bekommen, wie die Bettendorf, beide 1961 verstorben, konnte ich entziffern, ausgesehen haben könnten. Ich konnte mich nicht erinnern, daß meine Mutter mich auf ein Foto von ihnen in ihrem Album hingewiesen hätte. Und warum hatte Tante Hilde die Säuberung des Grabsteins und die Erneuerung der Inschrift nicht in Auftrag gegeben?

Schau mal, dort! hörte ich Liviu rufen, und als ich in Richtung der ausgestreckten Hand schaute, sah ich gerade noch, einen Hasen über das Grab springen, in unmittelbarer Nähe des Maisfeldes, das an den Friedhof grenzte.

Nun hatten wir wenigstens Gesprächsstoff bis zum Ausgang, denn Liviu amüsierte sich, erging sich in Überlegungen, was Hasen wohl auf Friedhöfen suchten. Die beiden Männer reinigten das Marmorkreuz auf einem Grab in Nähe des Ausgangs, Steine in unterschiedlichen Größen und Farben lagen auf der Betonplatte.

Liviu verabschiedete sich von den Männern durch ein Handzeichen, ich tat es ihm nach, die Männer grüßten zurück. Als Liviu den Kofferraum öffnete und Tüte hineinlegte, rief einer der Männer ihm was zu.

Nu, nu, wehrte er ab. Als dann der Name Binder fiel, die Männer nickten, war klar, daß es wieder um die Grabpflege gegangen war.

Ich schaute auf meinem Plan nach, Liviu warf einen Blick darauf, tippte mit dem Finger auf das eingezeichnete Kreuz.

„Das Haus deiner Großeltern?"

„Ja."

„Ich bin soweit."

„Zuerst zu Alois Binder."

„Wie du willst."

„Sollten wir nicht zu Fuß gehen?"

„Du glaubst doch nicht, daß ich mein Auto hier stehen lasse?"

„Warum?"

„Bis wir zurückkommen, sind die Räder abmontiert oder das Auto geklaut."

„Übertreibst du denn nicht?"

„Hast du eine Ahnung! Kann ich mein Feuerzeug wieder haben?"

„Entschuldigung."

Er zündete sich ein Zigarette an, wir stiegen ein und fuhren los. Ein Traktor mit Anhänger kam uns entgegen, zog eine Staubwolke hinter sich her. Liviu war verärgert, warf die angerauchte Zigarette weg, kurbelte das Fenster hoch, schaltete die Lüftung aus, drehte sie auf beiden Seiten zu, wich so weit wie möglich aus, bis auf den Grasstreifen durch den ein Fußgängerpfad verlief.

Dann begann er zu gestikulieren, zu fluchen, denn der Traktorfahrer fuhr näher heran, man sah sein Grinsen, der Motor des Wagens heulte auf, wie bei einem Rennwagen hörte es sich an, wir schossen davon, nach kurzer Zeit war schon die Gasse in Sicht, Liviu riß das Lenkrad nach links, ließ den Wagen ausrollen.

Unter Akazien, die Stämme geweißt, hielten wir an, auf der Gasse vor dem Haus und entlang des Zauns kein Gras, im Unterschied zu den Grundstücken rechts und links, auf denen verfallene Häuser standen.

„Na, ein bißchen Angst gehabt?"

„Doch nicht mit dir."

„Dann wollen wir mal sehen, was für Augen der Herr Binder macht."

Wir stiegen aus. Noch bevor ich um das Auto herum war, stand er schon am Zaun zum Hof und rief: Hallo! Hallo! Ein Hund im Hinterhof begann wütend zu bellen, er war an eine Kette gelegt, an der er zerrte.

Ein alter Mann erschien im Rundbogen des Hausgangs, von wo die aus Ziegelsteinen errichtete breite Treppe in den Hof führte, rief, während er die Stufen herabstieg, in Richtung des Hundes etwas, das sich anhörte wie: Gehst du! Der Hund verstummte, aus dem Haus war eine fragende Frauenstimme zu vernehmen. Der Alte antwortete beschwichtigend.

Das also war Alois Binder, der Freund meines Großvaters.

Wie er so auf uns zu kam, hätte ich ihn mir gar nicht anders vorstellen können: Schiebermütze, tiefliegende Augen, buschige Augenbrauen, breites Gesicht, faltig, zahnloser Mund. Liviu machte eine ernste Miene, stand einfach da. Warum sagte er nicht endlich was?

„Ach, du!" meinte Alois Binder ganz trocken, nachdem er ihn gemustert hatte.

„Ich habe jemanden mitgebracht, eine Überraschung", sagte Liviu schmunzelnd.

„Kurt Brauner", stellte ich mich vor, sah Alois die Schultern zucken, sein verlegenes Gesicht.

„Wie?" fragte er.

„Der Enkel des Anton Lehnert, der Sohn von Susanne", fügte ich hinzu.

Das schmerzverzerrte Gesicht von Alois, dann strahlend, ich spürte eine rauhe Hand meine umfassen, sie tätscheln.

„Mein Gott, mein Gott", sagte Alois und ließ endlich meine Hand los, Liviu fragte lachend, ob man hereinkommen dürfte.

„Bin noch ganz durcheinander", entschuldigte sich Alois, rief der Frau, die im Hausgang erschienen war, etwas zu, der Name Anton fiel, die Frau schlug die Hände über dem Kopf zusammen und eilte uns entgegen.

„Florica", sagte sie, reichte mir weinend die Hand, ich zuckte leicht zurück, als sie schluchzend meine Wange streichelte.

„Nur herein", sagte Alois, machte wie Florica die einladende Handbewegung, die beiden gingen voraus, Alois blickte über die Schulter immer wieder zurück, seine Frau eilte die Treppen hoch und verschwand im Zimmer.

„Bitte schön", sagte Alois vor der Tür stehend und gab uns den Vortritt.

Vitrinenschrank, Diwan, in der Mitte stand ein Tisch mit vier Stühlen, Alois machte eine einladende Geste, wir nahmen am Tisch mit dem gehäkelten Tischtuch Platz.

„Mein Gott, mein Gott", sagte er wieder.
„Na, Kurt", scherzte Liviu.
„Kurt, wie dein Onkel", sagte Alois.
Florica erschien aus dem Zimmer von nebenan in einer frischen Kleiderschürze und weil sie lächelte, fiel mir auch auf, daß sie jetzt eine Zahnprothese trug. Sie nahm eine Flasche und Schnapsgläser aus dem Vitrinenschrank, stellte sie auf den Tisch, Alois schenkte ein.
„Na, hör mal", sagte er, da Florica für sich kein Glas auf den Tisch gestellt hatte. Sie holte sich eins, zeigte ihm, nur ein Schlückchen, blieb neben ihm stehen. Er stand auf, Liviu und ich fast gleichzeitig.
„Fühl dich wie zu Hause", sagte Alois.
Ein Klirren, als sich unsere Gläser über dem Tisch trafen. Alois und Liviu kippten den Schnaps, ich tat es ihnen nach, auch Florica stellte ihr Glas ab, gab uns, während wir uns wieder setzten, zu verstehen, daß sie gehe.
„Guter Schnaps", sagte Liviu.
„Hausgemachter, von einem Bekannten aus Gottlob", beeilte sich Alois zu betonen, fragte dann, woher wir uns kennen. Zufall, sagte Liviu und begann zu erzählen. Ich saß da, war erleichtert, nichts sagen zu müssen, nichts gefragt zu werden. Alois, auch weiterhin bemüht Hochdeutsch zu sprechen, fragte nach Livius Eltern, wo sie arbeiten. Der gab, schon im Aufstehen begriffen, kurz Auskunft, meinte, er wolle nicht weiter stören.
„Wohin?" fragte Alois.
„Ich habe was mit dem Schmidt zu besprechen", sagte Liviu
„Ach, der," meinte Alois und wollte aufstehen, aber Liviu sagte, das sei nicht nötig, und wir beide hätten jetzt ja Zeit zum Erzählen.
„Ja, ja", sagte Alois seufzend.
Florica, die den Aufbruch von Liviu wohl mitbekommen

hatte, stand im Hausgang und war im Begriff ihn nach draußen zu begleiten, doch auch das wehrte Liviu ab: Nu, nu! Der Hund begann zu bellen, Florica schimpfte ihn, Alois sagte etwas, und sie setzte sich zu uns an den Tisch.
Ob ich ihn verstehe, wenn er mit mir wie in Wiseschdia rede, fragte Alois. Ja, schon, ich hätte meine Mutter oft sprechen hören, mit ihren Schwestern.
Mein Großvater habe doch bestimmt auch so mit mir geredet, setzte er nach. Ich sei damals ja noch ein Kind gewesen, habe nur vage Erinnerungen, aber verstanden hätte ich ihn schon, ihm allerdings auf Hochdeutsch geantwortet, wie mir meine Mutter erzählte, erklärte ich.
So viel kriege er auch noch zusammen, meinte Alois aufgeräumt. Er könne ruhig banatschwäbisch mit mir sprechen, wollte ich ihm sagen, doch er forderte mich mit ernster Miene auf, ihnen etwas von daheim zu erzählen.
Ich wußte nicht wie beginnen und womit, meine Verunsicherung hatte er wohl mißdeutet, denn er versicherte mir, daß Florica ein wenig Deutsch verstehe.
Meine Mutter lasse schön grüßen, begann ich, Alois bedankte sich, meinte, er habe sie schon eine Ewigkeit nicht mehr gesehen, erkundigte sich nach meinem Vater, den er leider nicht kenne, fragte nach den Schwestern meiner Mutter und deren Familien, den Potjes, begnügte sich jedes mal mit der Auskunft, daß es ihnen gut gehe.
Ihnen auch, sagte er, und nach einer Pause, sie seien keine reichen Leute, aber zufrieden mit dem, was sie haben, er zeige mir jetzt den Stall.
Wir standen auf, Florica warf, während sie ins Zimmer nebenan ging, etwas ein, Alois meinte, sie habe gesagt, das Mittagessen sei bald fertig.
Im Hausgang angelangt, wollte ich die Treppen in den Hof nehmen, doch Alois zeigte mit der Hand in Richtung hinte-

res Ende des Ganges und fragte, ob ich schon mal einen Stall gesehen hätte. Meine Mutter habe mir von dem meines Großvaters erzählt, sagte ich, und er meinte, das hätte er sich ja auch denken können.

Unser Schlafzimmer, sagte er, als wir an dem großen Fenster vorbei gingen. Nach ein paar Schritten blieb er kurz vor der offen stehenden Tür stehen und sagte: Unsere Küche. Florica, die gerade den Tisch abwischte, lächelte uns zu. Der Hund an der Kette gab nicht laut, und Alois meinte, der Rexi könne mich wahrscheinlich gut leiden.

Im Stall standen ein Pferd und eine Kuh. Rosa, sagte Alois, und Doina, als er auf das Pferd deutete. Doina sei schon alt, kriege aber das Gnadenbrot. Ja, Gnadenbrot, wiederholte er, und es klang ganz feierlich, als er hinzufügte, das sei er dem Anton schuldig.

Dann begann er, in der Stalltür stehend, zu erzählen. Damals, das erste Mal, sei der Großvater doch mit einem Kleinbus zu Besuch gewesen, bei seiner Heimfahrt hätten sie vor der Kirche auf den Bus gewartet, da habe der Großvater ihm ein Kuvert mit Geld gegeben, das Geld hatte er bei jemanden hinterlassen bei der Auswanderung, und gesagt: Roß und Wagen kaufen. Habe er dann auch gemacht, der Großvater sei bei seinem nächsten Besuch hoch zufrieden gewesen, und es hätte alles so werden können, wie sie es sich vorgenommen hatten, er könne mir noch viel von meinem Großvater erzählen.

„Du bleibst doch wenigstens bis morgen?" fragte er.

„Ich weiß nicht", sagte ich.

„Na, hör mal!" erwiderte er.

„Gut", sagte ich, wollte mich für die Einladung bedanken, doch der Hund schlug an.

Liviu war zurück gekommen, Alois rief in Richtung Hund: Kusch! Florica, die in der Küchentür stand, winkte Alois

hinein, der meinte, wir sollten es uns gemütlich machen, er komme gleich.
Wie die Entscheidung Liviu nun schonend beibringen? Der saß am Tisch und war, wie es schien, verärgert.
„Und?"
„Nichts!"
„Tut mir leid."
„Ich bin an so eine Sekretärin geraten, eine blöde Kuh."
„Liviu, ich bleibe bis morgen, ich konnte es Alois nicht abschlagen."
„Noch so eine Nachricht!"
„Entschuldigung."
„Du mußt dich nicht entschuldigen, kann ich verstehen."
Alois betrat das Zimmer, lud zu noch einem Stamperl ein, doch Liviu sagte, er fahre dann. Aber doch nicht jetzt, vor dem Mittagessen, staunte Alois, meinte, es gebe wohl bloß Kartoffelsuppe mit Eier drin und Palatschinken, sie seien auf Gäste nicht vorbereitet gewesen.
Liviu bedankte sich für die Einladung, versicherte Alois, daß es ein Lieblingsessen von ihm wäre, auch seine Mutter koche das, aber er habe noch Wichtiges zu erledigen, sei schon spät dran, schaute, um es zu bekräftigen, auf seine Uhr.
Dann könne man eben nichts machen, meinte Alois, Florica, die hinzugekommen war, die Situation erfaßt hatte, versuchte ebenfalls Liviu umzustimmen, sprach rumänisch auf ihn ein.
Wir begleiteten Liviu zum Wagen. Mir war eigentlich recht, daß es so gekommen war. Ich wäre doch blöd dagestanden, hätte ich mich jetzt vor ihm noch lang und breit rechtfertigt, im Beisein von Alois und Florica kam das schon gar nicht in Frage.
Als ich mein Gepäck aus dem Kofferraum nahm, war Alois nicht verwundert, denn für den war wohl von Anfang klar, daß ich bleibe. Liviu schloß den Kofferraum, meinte flüsternd: Deine Entscheidung, kein Problem.

Ich wollte mich nun doch noch einmal entschuldigen, doch er drückte mir seine Karte in die Hand und sagte jovial: Einfach anrufen. Er ließ sich seine Verärgerung nicht anmerken, als er sich von meinen Gastgebern verabschiedete, erinnerte Alois noch rasch an sein Versprechen, ihm aus seinem Leben zu erzählen. Machen wir, sagte der.
Ich komme mit dem Zug zurück nach Temeswar, hätte ich ihm noch mitteilen wollen, aber er fuhr schon hupend los. Alois und Florica winkten dem Wagen nach, sie hatten von der kurzen Auseinandersetzung zwischen mir und Liviu bestimmt nichts mitgekriegt, und ich war froh, mich nicht erklären zu müssen.
Alois ließ es sich nicht nehmen, den Koffer zu tragen. Florica eilte voraus, sagte etwas, Alois übersetzte: Bald gebe es Mittagessen.
Was hätte ich denn in Großsanktnikolaus suchen sollen? Mir ein Schul- und Internatsgebäude von außen anschauen? Ein bißchen durch die Kleinstadt spazieren, bis morgen bei Livius Freund herumhängen? Hier in Wiseschdia, beim Freund meines Großvaters, das hätte ich mir heute morgen noch gar nicht vorstellen können, und es hätte mir ewig leid getan, wäre es bei der vorgesehenen Stippvisite geblieben.
Als wir ins Zimmer kamen, es war das zur Gassenseite, schob Florica gerade die langen Vorhänge beiseite, die kleinen zweiflügligen Fenster waren geöffnet, davor die Läden aus Holz.
Ich solle es mir bequem machen, sagte Alois und stellte den Koffer ab. Florica, die das Zimmer verlassen hatte, kam mit einer Flasche Mineralwasser zurück, stellte sie auf den Tisch, Alois erklärte: Mineralwasser gebe es jetzt überall zu kaufen, Florica trinke davon, er aber sei bei Brunnenwasser geblieben.
Da er wohl weiter erzählt hätte, zupfte Florica ihn am Är-

mel, er sagte, das Mittagessen gebe es in der hinteren Küche. Im Weggehen sagte sie etwas, zeigte auf den Tisch im mittleren Zimmer, dem Tonfall von Alois war zu entnehmen, daß er nicht einverstanden war.

Das Zimmer war bescheiden möbliert: breiter Kleiderschrank, braun, zwei aneinander gerückte Betten mit hohen Endteilen, die abgerundeten Kopfteile höher, an der Wand darüber ein Heiligenbild, ein Tisch mit zwei Stühlen, an der Zimmerdecke ein dreiarmiger Luster.

Die geweißten Wände mit einem Blumenmuster, der massive Ofen, an die Wand gebaut, das mußte der dicke Ofen sein, von dem mir meine Mutter erzählt hatte, und die Tür führte bestimmt in die Speisekammer, wahrscheinlich befand sich am anderen Zimmer die zweite, wie beim Haus von Otta. Die schmalen Teppiche auf dem Bretterfußboden aus Stoffresten gewebt, Fetzenteppiche hatte meine Mutter gesagt, nur der große Teppich war ein handelsüblicher. Sich auf dem Bett ausstrecken wie zu Hause, ging nicht, denn die Betten, mit einer verzierten Decke abgedeckt, türmten sich auf, bestimmt wegen der mit Daunen gefüllten Tuchenten und Kissen.

In Wiseschdia bei Alois Binder übernachten, war nie erwogen worden. Wäre zu dritt ja auch nicht möglich gewesen. Warum nicht? Sie in diesem Ehebett, ich draußen auf dem Diwan. Bestimmt hätte meine Mutter nicht gewollt, daß Alois und Florica sich Umstände machen. Vielleicht hatte sie sich auch geniert: jahrzehntelang kein Lebenszeichen und dann einfach so hereinplatzen. War ich im Grunde ja auch.

Die schattenspendenden Akazien vor dem Haus entlang des Gehwegs, ein Pferdewagen fuhr vorbei. Die idyllische Atmosphäre, von der meine Mutter geschwärmt hatte. In die Stille hinein der Aufschrei von Florica, gleichzeitig war etwas in Scherben gegangen. Die verärgerte Stimme von

Alois. Auch Otta soll immer großes Tamtam gemacht haben, wenn Geschirr kaputt ging. Das Geschenk für Alois und Florica, Kaffee, Aftershave, eine Schachtel Pralinen, kam mir jetzt mickrig vor. Was noch schenken? Ein Hemd für Alois, für seine Frau eine Bluse, hatte mein Vater vorgeschlagen. Davon hatte meine Mutter nichts wissen wollen, sich aber nicht erklärt. Zigaretten? Alois rauche nicht, das wisse sie, und dort seien ausländische Zigaretten im Vergleich jetzt spottbillig, früher das gängiges Bestechungsmittel gewesen, harte Währung. So war es bei diesem Geschenk geblieben.

Als ich in den Hausgang trat, kam Florica mit einer Kehrschaufel aus der hinteren Küche, deutete auf die Tellerscherben, eilte in den Hinterhof. Alois streckte den Kopf aus der Küchentür und meinte: Scherben bringen ja Glück. Hereinspaziert! forderte er mich auf, ich sah Florica kommen und überreichte ihr, vor der Küchentür stehend, das Geschenk. Sie tat erstaunt, als sie es entgegennahm, sagte etwas, ihrer Gestik und Mimik entnahm ich: Für uns? Ich nickte, sie stellte sich auf die Zehenspitzen und küßte mich auf die Wange.

Da schaue einer an, sagte Alois lachend und meinte dann, auf das Geschenk deutend, das Florica ins Zimmer trug: Hätte doch nicht sein müssen.

Auf dem Tisch stand eine dampfende Suppenschüssel. Schade, daß der Kamerad nicht geblieben sei, meinte Alois, der an den Waschtisch aus Metall trat, der unter dem kleinen Fenster an der Rückwand stand, seine Mütze an einen Nagel hängte und sich Hände und Gesicht wusch.

Und während er sich abtrocknete, nahm Florica eine Schüssel aus der Röhre des Herdes, dessen Rohr in die Seitenwand führte. Ein Sparherd, wie meine Mutter ihn beschrieben. Die Palatschinken, hätten dem Kameraden bestimmt geschmeckt, meinte Alois und fügte, während er sich kämmte, hinzu: Gefüllt mit Käse von der eigenen Kuh.

Das noch dichte, schlohweiße Haar von Alois, nach hinten gekämmt, fiel mir auf, und das Ganze, Waschen und Kämmen, war mir wie ein Ritual vorgekommen. Auch Florica wusch sich eilig, fuhr sich mit den nassen Fingern über das Haar an den Schläfen, es war kurz geschnitten und schon ein wenig ergraut.

Hier in der hinteren Küche sei es am gemütlichsten, meinte Alois am Tisch sitzend, forderte mich aber noch immer nicht auf, Platz zu nehmen. Florica kam mit der leeren Waschschüssel von draußen zurück, schöpfte mit einem Töpfchen Wasser aus dem Eimer. Ich verstand: Nun war ich dran.

Fährten

Ein ausgezeichnetes Essen. Florica hatte der Suppe Rahm beigemengt, verbessert, hatte Alois gesagt, betont, der Rahm sei auch von der eigenen Kuh, und Florica gelobt: Eine gute Köchin, mein Weib.
Auf das Brot deutend, hatte Florica etwas Entschuldigendes gesagt, Alois übersetzt: Zum Abendessen gebe es frisches Brot, werde heute nachmittag gebacken, der Teig sei schon vorbereitet. Nichts Besseres als ein banatschwäbisches Hausbrot, hatte er kommentiert.
Der Pfannkuchen mit Puderzucker drauf, wunderbar. Dann hatte es noch Melone gegeben, Alois hatte bedauert, daß er heute morgen keine in der Kühle geschnitten, woher hätte er auch ahnen sollen, daß Besuch komme, er habe sie wohl in einem Eimer mit Wasser gekühlt, das sei aber nicht dasselbe, denn eine Melone müsse morgens bei Tau geschnitten werden, morgen früh schneide er die dicksten.
Entgegen der Behauptung von Alois war die Melone sehr gut, Florica derselben Meinung. Endlich Melone aus Wiseschdia gegessen! Meine Mutter schwärmte immer davon, wenn sie eine gute aus dem türkischen Laden erwischte: Schmeckt wie die von zu Hause. Das war das höchste Lob.
Ich hörte Florica und Alois aus ihrem Schlafzimmer. Schimpfte sie ihn? Der Akku des Handys leer! Aber ich hatte es doch ausgeschaltet.
Verdammt! Nur das Aufladegerät für die Kamera war da.

In Temeswar hatte ich das fürs Handy nicht aus dem Koffer genommen, ganz sicher, ich mußte es in der Aufregung zu Hause vergessen haben. Scheiße!
Ein öffentliches Telefon gab es hier bestimmt nicht, aber Alois kannte doch diesen Schmidt oder sicher jemand anderen mit Telefonanschluß. Meine Mutter konnte ja noch warten, nur mit Liviu mußte ich unbedingt sprechen.
Wir können, hörte ich Alois rufen. Ich öffnete die Tür zu meinem Zimmer, er stand im mittleren wie zu einer Feier gekleidet: schwarzer Anzug, weißes Hemd, schwarzer Hut. Ob er jemanden kenne, von wo ich telefonieren könnte, fragte ich. Er habe Telefon, sagte Alois stolz, ging ins Schlafzimmer und kam mit einem Hocker zurück, darauf ein Telefon. Er stellte den Hocker neben die Tür zum mittleren Zimmer, meinte, er habe extra ein langes Kabel montieren lassen, es reiche bis in die hintere Küche, sie telefonierten ja nur mit dem Händler aus Temeswar, Florica hin und wieder mit ihrer Schwester, doch schon immer habe er sich ein eigenes Telefon gewünscht, damals schon, als er noch Wächter in der Kollektiv gewesen, wegen seinem Asthma, jetzt im Alter habe er kein Asthma mehr, auch der Großvater sei damals verwundert gewesen.
Ja, den Untergang der Kollektiv erlebt, fuhr Alois fort, davon werde er mir noch erzählen, zuletzt jedenfalls habe er in der Kollektiv nur noch das Telefon gehütet sozusagen, es dann mit nach Hause genommen, als Erinnerungsstück, er werde es mir bei Gelegenheit zeigen.
Von dem Telefon in der Kollektiv habe mir meine Mutter erzählt, sagte ich. Wirklich? staunte Alois und wies mich darauf hin: Jetzt könne man, im Unterschied zu früher, direkt von Wiseschdia nach Deutschland telefonieren, ich könne ruhig zu Hause anrufen. Aber er halte mich mit seinem Gerede nur auf, meinte er entschuldigend und verließ das Zimmer.

Das Telefon hatte noch Wählerscheibe! Ein Ausstellungsstück aus einem Museum für Telekommunikation. Auf die Sitzfläche des Hockers war ein Stück Papier geklebt, ich hob das Telefon an, auf dem Blatt, mit Bleistift geschrieben, stand die Nummer, die Ziffern waren mehrmals nachgezogen. Ich legte Livius Karte neben das Telefon, hob ab, das Freizeichen ertönte.

Bizarr, wie ich so dastand, den Hörer in der einen Hand, mit dem Zeigefinger der anderen die Wählerscheibe betätigte, wartete, bis ich die nächste Nummer wählen konnte. Vorerst Stille, ein Rauschen, wieder Stille, die sich aber anders anhörte, dann läutete es.

„Da?" war zu vernehmen.

„Liviu?"

„Da", hörte es sich verärgert an.

„Hier Kurt Brauner", sagte ich.

„Ach, du bist das. Wer ruft mich da an, habe ich mich gefragt."

„Es ist die Nummer von Alois Binder, der Akku meines Handys ist leer und das Aufladegerät habe ich zu Hause vergessen. Bist du schon in Großsanktnikolaus?

„Natürlich."

„Ich wollte mich noch einmal ausdrücklich entschuldigen."

„Lassen wir das. Wie sind die Binder? Fühlst du dich wohl?"

„Ja. Sie haben bedauert, daß du nicht zum Essen geblieben bist, das übrigens hervorragend geschmeckt hat, vor allem der Pfannkuchen."

„Palatschinken, sagt man im Banat."

„Ist ja gut. Und wie geht es dir?"

„Ausgezeichnet, ich sitze mit meinem Freund und seiner Frau hier im Biergarten."

„Liviu, ich hätte eine Bitte."

„Ja?"

„Ich wollte doch von der Schule und dem Internat Fotos machen, für meine Mutter, würdest du das für mich tun?"
„Schon gemacht. Nur die ehemalige Klosterschule, das spätere Internat, wurde abgerissen, jetzt steht dort was anderes. Habe ich aber fotografiert."
„Danke!"
„Ich komme dich morgen dann holen."
„Ich weiß noch nicht."
„Ich rufe dich noch an."
„Oder ich rufe dich an."
„Wir werden ja sehen."
„Gut."
„Aber bis zu meiner Rückkehr nach Temeswar, morgen am frühen Nachmittag, mußt du dich entscheiden, ich will den Weg nach Wiseschdia nicht umsonst machen."
„Liviu, verbleiben wir doch so: Ich rufe an und sollte ich nicht anrufen, brauchst du nicht zu kommen."
„Ich verstehe dich ganz schlecht", hörte ich noch, dann war die Verbindung unterbrochen.
Livius Stimme hatte sich tatsächlich wie von weit her angehört, aber es hätte auch der bewährte Trick sein können, wenn man mit jemandem ein Gespräch beenden wollte. Doch nicht darüber war ich verärgert, sondern, weil ich wieder alles in der Schwebe gelassen hatte. Ein erneuter Anruf blieb mir nicht erspart. Heute abend, dann aber Klartext.
Meine Mutter jedoch sollte ich jetzt anrufen, die wird sich Sorgen machen. Ein Gespräch mit Deutschland kostete bestimmt, aber Alois hatte es mir ja erlaubt. Am besten ich rufe an und bitte sie um Rückruf.
Die Verbindung klappte auf Anhieb. Sie war erstaunt, als ich ihr mitteilte, von wo ich anrief, wollte mich schon mit Fragen bestürmen, ich setzte sie ins Bild und bat um Rück-

ruf. Während ich ihr die Nummer diktierte, fiel mir ein, daß ich die Vorwahl nicht wußte. Das habe sie irgendwo notiert, sagte sie, als ich sie darauf hinwies. Hatte sie die Nummer von Alois? Sie verabschiedeten sich bis auf gleich. Alois erschien im Türrahmen und fragte flüsternd, ob wir nun gehen könnten. Ich hätte mir erlaubt, meine Mutter anzurufen, die müsse nun gleich zurückrufen, erklärte ich ihm, er stutzte kurz, begriff dann und meinte: Warum? Was sollte die Mutter denn von ihnen denken? Das Telefon klingelte, und er zog sich auf leisen Sohlen zurück. Ja, es ginge mir gut, bestätigte ich ihr, sagte, daß ich vorhätte, noch bis morgen zu blieben. Nein, nein, bestimmt nicht, beruhigte ich sie, da sie wissen wollte, ob ich den Leuten denn keine Umstände mache. Wie es im Dorf aussehe? Ich hätte noch nicht viel gesehen, wolle anschließend mit Alois einen Spaziergang zum Haus machen, es fotografieren, auf dem Friedhof wäre ich schon gewesen, hätte Fotos gemacht. Überhaupt nicht, sagte ich, da sie fragte, ob es schwer gewesen wäre, die Gräber zu finden. Und weil ich sie nicht aufwühlen wollte, erwähnte ich nichts von den Blumen. Sehr nett, sagte ich, als sie sich wieder nach der Aufnahme durch Alois und Florica erkundete. Überhaupt nicht, versicherte ich ihr, da sie fragte, ob ich Schwierigkeiten hätte, den Dialekt zu verstehen, sagte, ich müßte ihr doch nicht erklären, daß sich vieles ähnle, einiges müsse man sich sozusagen bloß zurechtlegen, Alois bemühe sich übrigens Hochdeutsch zu sprechen, ich hätte ihm schon vorschlagen wollen, doch Mundart mit mir zu sprechen, aber befürchtet, ihn vielleicht zu kränken, andererseits hätte er scheinbar Spaß daran. Hauptsache sei doch, ich könne mich mit ihm verständigen, meinte sie, wollte wissen, wie das denn mit Florica gehe. Ganz einfach, sagte ich, Alois erkläre mir, was Florica sage, sie verstehe aber auch ein wenig Deutsch, habe er mir versichert. Sie meinte daß sie sich Alois trotz der Jahre, die vergangen seien, gut vorstellen könne, fragte, wie denn seine Frau aussehe, von der sie nur wisse, daß sie bedeutend jünger sei. Aber es gab doch das Foto, von Tante Hilde gemacht, ging mir durch den Kopf. Ich werde Fotos machen, sagte ich, auch vom Dorf, versprach ich ihr. Ja, da hätte sie recht, stimmte ich ihr zu, anhand der Fotos ließe sich dann zu Hause besser erzählen. Bestimmt, einen Augenblick, sagte ich, bedeutete Alois, der wieder im Türrahmen stand, daß meine Mutter ihn sprechen wolle und hielt dem Verdatterten den Hörer hin.

Hallo! hörte ich Alois ganz laut sagen, als ich das Zimmer verließ. Florica kam aus der hinteren Küche, ihren Zeichen entnahm ich die Frage, ob Alois telefoniere, ich nickte, sie eilte zum mittleren Zimmer und stellte sich in den Türrahmen. Freuen, schön, natürlich, selbstverständlich, na, hör mal, verstand ich von dem, was Alois mit meiner Mutter sprach, während ich im Hof stand. Dann sah ich, wie Alois seiner Frau zu verstehen gab, ob sie nicht auch sprechen wolle, die wehrte mit beiden Händen gestikulieren ab. Ja, ja, keine Sorgen machen, ja, jetzt öfter reden, Gruß an die Familie, verstand ich von dem, was Alois abschließend sagte.

Als er aus dem Zimmer kam, atmete er tief durch und meinte, wir könnten jetzt gehen. Florica nickte ihm anerkennend zu, als wollte sie sagen, gut gemacht, befeuchtete die Fingerspitzen mit Spucke und putzte ihm das Revers des Rocks. Daß sie aber mit bis auf die Gasse kam, schien ihm nicht zu gefallen. Wir waren schon ein Stück gegangen, da meinte Alois, schön, wenn alle Häuser wieder so hergerichtet wären wie das auf der anderen Gassenseite, es gehöre jetzt einem zugewanderten Rumänen, wenn man das aber nicht wüßte, könnte man glauben, daß hier noch immer der Weber Hans wohne. Früher hätten in Wiseschdia nur Deutsche gelebt, nach dem Krieg drei Frauen Rumänen geheiratet, die Familien seien aber nach der Revolution wegen der Kinder auch ausgewandert. Von den Kolonisten, die nach dem Krieg angesiedelt wurden, seien nur fünf Familien im Dorf geblieben, man sei ganz gut miteinander ausgekommen, von denen lebten im Dorf jetzt nur noch sechs Personen, der Rest alles Zugewanderte.

Ich wollte Alois sagen, daß meine Mutter mir davon erzählt hatte, doch wir hörten Florica rufen, die uns mit einem Stock winkend nachgelaufen kam. Alois war verärgert, rief ihr etwas zu, die Geste war eindeutig, keinen Stock, und sie machte kehrt.

Ein gutes Weib, sagte er, der Großvater habe gestaunt, als er sie ihm damals vorgestellt habe, die beiden hätten sich gut verstanden. Ja, er sei froh, auf seine alten Tage noch geheiratet zu haben, im Mai seien es zwanzig Jahre gewesen, auch mal Glück gehabt im Leben.

Wie er denn seine Frau kennen gelernt habe, fragte ich spontan, entschuldigte mich im nächsten Moment, ich hätte nicht indiskret sein wollen. Er schaute mich verdutzt an, meinte dann lächelnd: Gefragt sei nun mal gefragt, und er habe doch nichts zu verheimlichen.

Schon seit Jahren habe es zu wenig Leute in der Kollektiv gegeben, begann er, dann habe man mal wieder Saisonarbeiter gebracht, von weit, aus der Maramuresch, im Norden, nach Wiseschdia seien so an die fünfzehn gekommen. Um sich ein Stück Brot zu verdienen, waren die Leute gekommen, haben in einem Getreidemagazin geschlafen, Eisenbetten, Matratzen, Decken wurden gestellt, mittags habe es eine warme Mahlzeit gegeben, aus der Kindergartenküche, einen Kindergarten habe es damals aber schon nicht mehr gegeben, zu wenig Kinder. Von den Leuten aus dem Dorf haben sich die Fremden alte Herde beschafft, im

Freien gekocht für morgens und abends, was man vom Feld mitgebracht oder gekauft hatte. Geld habe es nur wenig gegeben, der Hauptverdienst sei Frucht und Kukuruz gewesen. Im Spätherbst haben die Leute sich Waggons bestellt und ihren Verdienst nach Hause gebracht, im nächsten Frühjahr seien sie wieder gekommen.

Und er, fuhr Alois nach einer Pause fort, habe, wie gesagt, als Wächter in der Kollektiv Telefondienst gehabt, wenn niemand im Büro war, am 23. August, damals Nationalfeiertag, und am 1. Mai, ebenfalls ein Feiertag, auch nachts. Er habe inzwischen ja die Leute aus der Maramuresch gekannt, und am 23. August, abends, habe Florica ihm einen Teller Suppe ins Büro gebracht, sie hätten erzählt, seien von einem ins andere gekommen, bis sie ihm ihr Herz ausgeschüttet habe.

Ihr Mann sei ein Nichtsnutz gewesen, ein Versoffener, habe sie geschlagen, zum Glück hätten sie keine Kinder gehabt. Florica habe geweint und gesagt, daß sie im Herbst nicht mehr nach Hause zurück wolle. Wo aber bleiben? Er habe sie beruhigt und ihr versprochen, im Dorf zu fragen. Der Loibl Josef habe zwei Häuser gehabt, seines und das von seinen verstorbenen Großeltern, in dem niemand wohnte, der Loibl Josef habe bloß den Garten genutzt. Und er sei einverstanden gewesen, daß die Florica in der hinteren Küche wohne, dafür habe sie das Haus sauber halten und im Garten mithelfen müssen.

Seine Mutter sei schon alt gewesen, habe nicht mehr so gekonnt, und er habe die Florica gefragt, ob sie ihr nicht samstags im Haus helfen könnte. 15 Lei habe sie verlangt, die Mutter sei hoch zufrieden gewesen und habe nicht nur einmal gesagt: Was es doch ausmache, wenn noch eine rüstige Frau im Haus sei.

Im Sommer 1988 sei sie gestorben, 88 Jahre alt, wäre nur

kurz bettlägerig gewesen. Im Herbst dann habe er Florica zu sich genommen, weil der Schmidt Josef nicht mehr wollte. Der Mann von der Florica habe sich zu Hause zu Tode gesoffen, sie hätten noch im selben Jahr auf dem Standesamt der Gemeinde, in Lovrin, geheiratet, damit alles seine Ordnung habe. Ja, und keinen Tag habe er es bereut, schloß Alois. Wir waren am Friedhofstor angelangt.

Ich sei schon am Grab der Großeltern gewesen, hätte auch Fotos gemacht, sagte ich, da er das Tor öffnen wollte, und mir fiel ein, daß ich vergessen hatte, meine Kamera mitzunehmen. Wie ich denn das Grab gefunden hätte, fragte er. Meine Mutter habe es mir erklärt, sagte ich. Ach so, meinte Alois und bevor er sich zum Gehen wandte: So lange er und Florica lebten, werde das Familiengrab der Lehnert in Ehren gehalten.

Nach ein paar Schritten blieb er stehen, fragte, ob mir der Friedhof gefalle. Auf alles, nur auf diese Frage war ich nicht gefaßt. Hübsch, sagte ich, es war mir peinlich, sehr schön, fügte ich rasch hinzu.

Ja, sagte er, deutete mit der Hand auf die zwei Häuser von vis-à-vis und erläuterte: das rechts vor drei Jahren gebaut, das andere das alte Halterhaus, später Büros der Kollektiv, dort habe er Telefondienst gemacht, vom Brunnen im Hof des Halterhauses holten die Leute aber noch heute Wasser für die Blumen auf dem Friedhof.

Was denn Halterhaus bedeute, fragte ich. Woher sollte ein Fremder das auch wissen, meinte Alois und erklärte: Von der Gemeinde in der Zwischenkriegszeit gebaut, hier habe der Kuhhirte des Dorfes gewohnt, zuständig auch für den Zuchtstier und den Zuchthengst, die hier ihren Stall hatten, jetzt wohne ein Zugewanderter im alten Halterhaus, sein Schwiegersohn habe sich nebenan das Haus gebaut, das einzig neue im Dorf.

Na ja, meinte er. Und von der Kollektiv sei alles weg, Pferdeställe, die Schuppen, Schmiede, Wagnerwerkstatt, nur noch ein Magazin und zwei Kuhställe seien übrig geblieben, die hätten Schafhalter repariert, halten im Winter dort ihre Schafe, früher habe es in Wiseschdia keine Schafe gegeben.
Mehr als zwanzig Jahre Kollektivwächter gewesen, setzte er erneut an, in den ersten Jahren auch jede zweite Nacht, dann nur noch am Tag und wie gesagt: Telefondienst.
Zu ihm sei damals der Großvater gekommen, um nach Deutschland zu telefonieren, als die Großmutter gestorben, ein großes Unglück. Bis spät in die Nacht hätten sie auf die Verbindung gewartet, umsonst. Und als es mit der Auswanderung von Großvater soweit gewesen, habe der oft mit Temeswar telefoniert, hatte dort einen an der Hand wegen den vielen Akten, habe alles die Hilde arrangiert, als sie zu Besuch war.
Davon habe mir meine Mutter erzählt, sagte ich. Er tat nicht erstaunt, fragte, ob sie mir auch vom größten Wunsch meines Großvaters erzählt habe, mit mir, wenn ich mal groß sei, nach Wiseschdia zu kommen, um mir alles zu zeigen.
Ja, schon, sagte ich, um ihn nicht zu enttäuschen.
Ein wenig verschnaufen, sagte er und blieb stehen. Mir schwirrte der Kopf. Sich zurechtlegen, was er sagte, klappte recht gut, seinem Erzählen aber zu folgen, strengte an. Diese Sprünge, verwirrend, aber auch faszinierend, wie eine Geschichte die andere ergab.
Wir können, sagte er, holte tief Luft und erzählte wie selbstverständlich weiter. Mein Großvater sei ein guter Mensch gewesen, zwischen ihnen habe es bloß ein Jahr Unterschied gegeben, er Jahrgang achtundzwanzig, der Großvater siebenundzwanzig, und erst elf Jahre nach dem Krieg hätten sie sich wieder gesehen, als der Großvater mit Familie aus Österreich zurückkehrte, sechsundfünfzig, da wären die

Leute ein Jahr zuvor aus der Bărăgan Verschleppung wieder zu Hause gewesen, und viele hätten die Verschleppung nach Rußland hinter sich gehabt, Januar fünfundvierzig. Auch er sei, wie meine Großmutter, in Rußland gewesen, und wäre mein Großvater damals im Herbst vierundvierzig mit nicht noch zwei aus Wiseschdia geflüchtet, hätte er auch nach Rußland müssen. Der Großvater habe sich gegen den Willen der Familie durchgesetzt, ihn aufgefordert mitzukommen, er habe aber nicht die Courage gehabt. Umsonst habe sein Vater dann bedauert, er hätte sagen müssen: Bub, schau, daß du auch fortkommst.

Sein Vater sei dann auch verschleppt worden und habe den ersten Winter nicht überlebt, ruhe jetzt in fremder Erde. Sieben in seinem Alter, siebzehn, er im Dezember geworden, seien die jüngsten aus dem Dorf gewesen. Fünf Jahre in der Kohlengrube und beim Verladen von Waggons gearbeitet, ein Kamerad sei kurz vor der Entlassung im Dezember neunundvierzig gestorben.

Überlebt und endlich wieder zu Hause. Und hier? Enteignet, kein Feld mehr, rumänische Kolonisten im Haus, ohne Rechte, sich als Pächter durchgeschlagen. Glück im Unglück gehabt, denn er und seine Mutter seien von der Deportation einundfünfzig in den Bărăgan verschont geblieben. Fünfundfünfzig habe man die Leute wieder nach Hause gelassen, dann sei hier die Kollektivwirtschaft gegründet worden, wo hätten die Leute auch arbeiten sollen. Auch er habe in den ersten Jahren als Kutscher gearbeitet, dann wegen dem Asthma von der Kohlengrube in Rußland als Kollektivwächter.

Nach dem Krieg und den Deportationen sei Mangel an Männern gewesen, aber welche Frau hätte schon einen Asthmakranken gewollt, und vorne und hinten nichts, also unverheiratet geblieben.

Als Alois mit einem Seufzer stehen blieb, mußte er sich nicht näher erklären. Das war das Haus meiner Großeltern. Unser Zuhause, hatte meine Mutter gesagt. Es sah kleiner als auf dem Foto aus, auch das aus Blechtafeln und Metallrohren gefertigte Tor erkannte ich wieder, es war von Rost zerfressen.
Alois meinte, ich solle ruhig näher kommen, das Haus sei zur Zeit unbewohnt, den Garten habe jemand gepachtet. Wir könnten leider nicht in den Hof, sagte er, deutete auf das Vorhängeschloß, die Kette war um den Torposten und die verrostete Tür gelegt.
Alles weg, aber ich müßte mir vorstellen, sagte er und zeichnete mit der Hand nach: Am Hausgang hinten ein Zaun durch den Hof, auf der anderen Seite zwei Schuppen, einer im Vorderhof, der andere im Hinterhof, kein Unkraut in den Höfen, die Zäune rundherum noch da, im Hinterhof zum Garten eine Reihe Akazienbäume, im Vorderhof entlang der Reben Blumenbeete, der Stolz meiner Großmutter.
Ich sah sie mit ihren Töchtern im vorderen Schuppen sitzen, zwischen Weidenkörben voller Tomaten, die sie nach Größe und Reifegrad für den Export nach Deutschland sortierten. Dann erhob sich Oma, ging zu dem Backofen, der sah wie eine überdimensionale Hundehütte aus und stand im Vorgarten, mit einer Holzschaufel nahm sie ein Blech aus dem Ofen, stellte es auf einer Bank daneben ab und während sie das Brot, eine Art Fladenbrot, in Stücke riß, blies sie sich ständig die Finger, sammelte dann die Brotstücke in ihrer Schürze ein, rief nach dem Otta und dem Onkel, die aus dem Hinterhof kamen, die Familie verzehrte im Sitzen und Stehen das frische Brot, die Brotlaibe mußten noch gut eine halbe Stunde backen.
Jetzt hätte ich ja gesehen, was davon geblieben, das Haus verwahrlost, halte sich aber noch, ein Wunder, sagte Alois.

Und als wir losgingen, meinte er: Mein Gott! Es klang wie ein zorniges Wehklagen.
Er schien mich überhaupt nicht mehr wahrzunehmen, sein Schweigen wurde langsam unheimlich. Etwas Belangloses fragen. Aber was? Hier war doch alles nur mit schmerzhaften Erinnerungen verbunden.
Die Potjes, sagte er schließlich, zeigte auf ein Haus, an dem wir auf unserem Hinweg vorbeigekommen waren, begann mit leiser Stimme zu erzählen, als führe er ein Selbstgespräch.
Der Großvater habe hier Quartier bezogen, weil damals sein Haus nicht bewohnbar, jemand darin gehaust, war dann weggezogen, aber sie hätten das schon wieder hingekriegt. Die Paradeis damals im Hausgarten der Potjes gepflanzt, gehörte noch alles ihnen, weil sie erst nach der Revolution ausgewandert, jetzt habe der Potje Meinhard das Haus vermietet und den Garten verpachtet, schon fast die Hälfte der Paradeis damals im Garten gestanden, an jenem Unglückstag, 4. Mai dreiundneunzig, alles in Ordnung, als sie Feierabend gemacht, er und Florica mit dem Pferdewagen nach Hause gefahren, dann aber ein ungutes Gefühl am Abend gehabt, er mit dem Fahrrad noch einmal hergekommen, den Großvater tot vor der Stalltür gefunden, neben ihm die Mistgabel, hatte noch den Stall ausgemistet, wo tagsüber Doina gestanden.
Schönes Geld gemacht, wenn der Großvater das hätte sehen können, die Paradeis rauh voll, schon gar nicht mehr gewußt, was damit anfangen, zum Glück den aus Temeswar an der Hand gehabt, der die Paradeis mit dem Auto auf den Markt gebracht, auch die Melonen, die er und Florica im Garten des Großvaters gesetzt, das mit dem Garten habe der Großvater damals mit einem arrangiert, hatte im Dorf das Sagen, sich einen Teil seines Gartens zurückgenom-

men. Und wie viel Melonen das waren, mit einem Lastauto auf den Markt.

Wir gingen über die Hutweide, ich hörte ihn reden, diese Flut von Geschichten aus Stichwörtern und Halbsätzen. Und jetzt lokalisierte er wieder Gebäude, die nur noch in seiner Erinnerung existierten. Sand- und Grundkaulen hörte ich ihn sagen, schaute in die Richtung, in die er zeigte, die Bäume am Rande der Hutweide konnten nur die Maulbeerbäume sein.

Der Traum aus der Nacht vor der Abreise, ich durchlebte ihn wie in Zeitlupe, verspürte jedoch keine Angst. Das Gefühl von Schwere in den Beinen, während Alois ohne sichtliche Ermüdung Fuß vor Fuß setzte, redete und redete, Geschichten erzählte, doch nicht nur die hörte ich, sondern auch die, welche ich von meiner Mutter kannte, begleiteten mich.

Dann nahm ich wahr, daß wir um die Ecke bogen, in die Gasse, in der Alois wohnte, nach einer Weile hörte ich ihn sagen: Da wären wir. Es war mir, als erwachte ich aus einem Dämmerzustand, seine ganz anders klingende Stimme hatte mich in die Realität zurückgeholt.

Als wir den Hof betraten, hörten wir Florica aus dem Garten rufen. Alois wunderte sich, daß sie im Tomatenfeld stand, uns zuwinkte, murmelte: Wir kommen ja.

Immer gleich aufgeregt, sagte er, als wir in den Hinterhof kamen und in Richtung des Hundes, der vor seiner Hütte lag und mit dem Schwanz wedelte: Gell, Rexi.

Am Ende der Parzelle eine Schubkarre aus Holz, von den vier Weidenkörbe zwei voll mit Tomaten, leere Säcke. Auf einer Bank stand eine Zentrifugalpumpe, sie war mit Schrauben auf der Sitzfläche befestigt, durch einen Gummistutzen mit dem Rohr in der Erde verbunden, über der Zentrifugalpumpe war eine Wasserpumpe angebracht.

Florica kam aus dem Tomatenfeld, redete drauf los. Ein

Anruf, daß der Ankäufer komme, um Paradeis und Paprika zu holen, übersetzte Alois. Sie hätten eigentlich erst morgen abend liefern sollen, erklärte er mir, aber der mache manchmal solche Sachen, noch immer derselbe von damals, natürlich komme der Herr nicht mehr persönlich, habe seine Angestellten.
Leute aus dem Dorf hätten sich zusammengetan, Kleinlaster gekauft, um ihre Ware auf den Markt zu bringen, aber Leuten wie ihm bliebe keine andere Wahl als dieser Gauner. Der habe damals die Papiere für den Großvater erledigt, schönes Geld kassiert, nicht nur von ihm, sei darauf spezialisiert gewesen. Jetzt der großer Gemüsehändler, Preise wie es ihm gefalle.
Fertig mit dem Erzählen, umziehen, sagte er, denn er hatte wohl bemerkt, daß Florica verärgert war, weil er keine Anstalten machte, ihr bei der Ernte zur Hand zu gehen.
Ich helfe mit, sagte ich Alois, aber Florica machte klar: Kommt überhaupt nicht in Frage. Er sprach auf sie ein, sie gab nach, aber unter einer Bedingung verstand ich: Nicht in diesen Kleidern.
Sie eilte voraus, er lächelte verschmitzt, meinte, arbeiten habe noch niemandem geschadet, erzählte, was die Lehnert Kinder alles arbeiten mußten. Das kannte ich ja von meiner Mutter, aber aus seinem Munde hörte sich das ganz anders an, wie selbstverständlich.
Alois ging durch die Küche ins Schlafzimmer, um sich umzuziehen, mich erwartete Florica vor der Tür zum mittleren Zimmer, reichte mir eine Hose und ein Hemd, gab mir zu verstehen, frisch gewaschen, und betrachtete meine Füße. Ich ging mit den Kleidern in mein Zimmer. Während meiner Abwesenheit hatte sie die dicke Daunendecke aus dem einen Bett durch eine rote Steppdecke ersetzt, im weißen Überzug ein Ausschnitt in Form eines Rhombus.

Das kurzärmelige Hemd paßte so, die Hose war etwas zu kurz, der Bund zu weit, aber mein Hosenriemen schaffte Abhilfe. Meine Schuhe in der Hand haltend, posierte ich im Hausgang wie ein Model. Florica hielt sich prustend die Hand auf den Mund, Alois meinte amüsiert: Als Arbeitsmontur doch in Ordnung.

Florica gab mir zu verstehen, sie hätte gerne einen meiner Schuhe, legte ihn Sohle an Sohle mit einem von Alois, machte ein enttäuschtes Gesicht. Die Schuhe von Alois waren mir zu klein, ich machte ihr klar, daß ich meine Schuhe anziehe, kein Malheur.

Dann wären wir ja soweit, sagte Alois, als Florica mit zwei Plastikeimern erschien, die sie uns reichte und zur Eile mahnte, wie ich verstand. Sie ging voraus, Alois meinte, sie trage bei der Arbeit immer diese Schuhe aus Gummi, nichts für ihn, darin schwitzten seine Füße, er brauche ein festes Schuhwerk. Und ein Gebiß wie sie könnte er auch nicht tragen, sagte er, und ich begriff: Die Zahnprothese war gemeint.

Was man denn bei der Tomatenernte beachten müsse, fragte ich, er machte ein erstauntes Gesicht. Nichts, einfach vom Stiel abreißen, und scherzend: Aber nur die ganz roten.

Und während er mir noch das Bewässerungssystem erklärte, die Erde werde von beiden Seiten angehäuft, so entstehe eine Rinne, aber nur durch jede zweite werde Wasser geleitet, und versprach, es mir morgen zu zeigen, malte ich mir aus, wie es gewesen sein könnte.

Otta und Oma bei der Ernte, die Kinder helfen mit, die halbreifen Früchte, da für den Export bestimmt, werden behutsam in den Eimer gelegt, dieser wird nach vorne gerückt, so geht es schrittweise entlang der Tomatenreihe.

Geht doch ganz gut, meinte Alois, und Florica, die mit einem vollen Eimer vorbeikam, nickte mir anerkennend zu. Wie flink sie war, auch Alois hatte seinen Eimer schon fast voll, nur ich kam nicht vom Fleck und hatte erst einige Tomaten im Eimer.

Ob Otta mich wohl auch wie seine Töchter geschimpft hätte, wenn sie seiner Meinung nach zu langsam arbeiteten? Meine Mutter hatte erzählt, daß Tante Erika oft aufmuckte, da sie es sich als Nesthäkchen erlauben konnte, Großvater habe es mit einem Lächeln hingenommen. Aber einmal habe sie wegen einer Zurechtweisung von ihm, den Eimer mit Tomaten einfach stehen lassen, sei aus dem Garten gerannt, Großvater habe ihr folgen wollen, nur das Einschreiten von Oma das Schlimmste verhindert. In puncto Arbeit habe er keine Schlamperei geduldet, hatte sie anerkennend gemeint, aber auch: Mit ihm war es nicht immer einfach, kein Zukkerschlecken. Otta gewalttätig, seine Kinder geschlagen? Das konnte ich mir nicht vorstellen.

Die nachste Tomatenpflanze war übervoll mit reifen Früchten. Als ich die letzte gepflückt hatte, war mein Eimer endlich voll. Ich ging ausleeren, der dritte Weidenkorb war voll, der Inhalt meines Eimers paßte gerade noch in den vierten. Alois, der sich auf der Schubkarre ausruhte, meinte: Wie in der Apotheke.

Florica, die sich inzwischen schon an das Ernten von Paprika gemacht hatte, kam mit einem vollen Eimer aus der angrenzenden Parzelle, er war sofort zur Stelle, hielt einen der schmalen Säcke auf, in den sie den Paprika kippte. Spitzpaprika, ausgiebige Sorte, sagte Alois, und als wir Florica ins Paprikafeld folgten der Hinweis: Nur den gelben.

Ich war verzweifelt, denn schon wieder war der ganze Trieb der Pflanze abgebrochen, daran noch unreife grüne Früchte und Blüten. Alois lachte, woraufhin sich Florica umdrehte. Als sie den Trieb in meiner Hand sah, gab sie mir zu verstehen, halb so schlimm, unterbrach die Arbeit, kam auf mich zu, indem sie zwei Reihen Paprika in einmal überstieg, in Richtung von Alois sagte sie etwas, es hörte sich an wie: Was gibt es da zu lachen?

Trieb festhalten, den gelben Paprika am Stiel fassen und vom Stengel abbrechen, zeigte sie mir, forderte mich auf, es zu versuchen. Es klappte auf Anhieb, Florica lächelte mir anerkennend zu.

Es war ein Plage, hatte meine Mutter gesagt. Jetzt konnte ich spüren, was damit gemeint war, mein Rücken schmerzte. Ich richtete mich auf, streckte ihn durch. Wider Erwarten kein Kommentar von Alois, aus dem Augenwinkel aber konnte ich sehen, als ich weitermachte: Florica flüsterte ihm was zu, ihrer Gestik war zu entnehmen, daß sie ihm Vorwürfe machte. Sie hatten ihre Eimer voll und gingen sie leeren.

Ich hab's im Kreuz, sagten die Leute, wenn sie Rückenschmerzen hatten und viele alten Frauen im Dorf waren bucklig von der vielen Arbeit, hatte mir meine Mutter erzählt. Und wenn sie auch noch am Stock gingen, waren diese Alten in ihrer dunklen Kleidung und dem Kopftuch für sie als Kind das Sinnbild für Hexen.

Oft waren diese Gehstützen ein zurechtgeschnittenes Stück Ast, gekaufte wurden vererbt, auch Sehbrillen. Die Sparsamkeit der Banater Schwaben, hatte sie schmunzelnd gemeint. Ob der Gehstock von Alois, mit dem uns Florica nachgelaufen war, auch geerbt war? Ich sollte Ihn fragen.

Es war schon aufregend nun zu erleben, was ich vom Erzählen her kannte. Aber ich kam mir auch wie jemand aus diesen Fernsehreportagen vor, der vom einfachen Leben auf dem Lande schwärmte, aber bestimmt nicht in der Lage gewesen wäre, den Alltag zu bewältigen, richtig zu arbeiten, nicht nur so so zum Spaß.

In dieses Leben mußte man hineingeboren sein, es dann

auch mögen, um es nicht als Last zu empfinden. Bestimmt hätten sich Alois und Florica ein anderes Leben gar nicht vorstellen können. Hätten sie sich ein anderes gewünscht? Meine Mutter geriet wohl auch ins Schwärmen, wenn sie von ihrer Kindheit auf dem Dorf erzählte, doch im Grunde war ihr Fazit nüchtern.

Wir wären soweit, hörte ich Alois rufen, der am Ende der Parzelle stand, den fast vollen Sack aufhielt. Florica kam mir entgegen, begutachtete die Menge in meinem Eimer, nickte. Reicht, hatte das wohl zu bedeuten.

Na? fragte Alois, und ich sagte, als ich den Paprika in den offen gehaltenen Sack gekippt hatte: Wieder wie in der Apotheke. Hast du dir gemerkt, staunte Alois und meinte, während er den Sack zuband: Wer wenig nicht ehrt, ist viel nicht wert.

Ich staunte, als ich sah, wie Florica allein einen Korb mit Tomaten zur Schubkarre trug, die auf dem Fußweg stand. Beim nächsten half ich und machte ihr deutlich, daß ich die Schubkarre fahren wolle.

Nach ein paar Schritten geriet das Rad auf dem schmalen ausgetretenen Weg aus der Spur, im letzten Moment konnte ich noch abstellen. Florica eilte herbei, spuckte in die Hände, faßte die zwei Griffe der Schubkarre, zog sie mit einem Ruck wieder auf den Fußweg und fuhr los.

Die hat noch viel Kraft, kommentierte Alois, aber einen Sack Paprika könne er auch noch tragen, überhaupt nicht schwer, meinte er, bat mich, ihm behilflich zu sein und erklärte wie. Er fasse den Sack am zugebundenen Ende, auf sein Kommando hochheben und auf die Schulter damit.

Geklappt, sagte Alois, der den Sack mit einer Hand festhielt, die Schulter nach oben und unten bewegte, sich so die Last zurechtlegte. Kurz entschlossen griff auch ich nach einem Sack mit Paprika, hob ihn kurz an und hievte ihn mir mit Schwung auf die Schulter. Gut gemacht, sagte Alois. Florica wartete bei geöffneter Tür am Gartenzaun auf uns. So schnell könne man gar nicht schauen, schon seien die Hühner im Garten, meinte Alois schon etwas außer Atem.

Auch am Zaun zum Vorderhof machte Florica den Pförtner, half dann Alois den Sack Paprika am Gassenzaun abstellen, ich stellte meinen daneben.

Als wir die letzte Fuhre, wie Alois es nannte, der den Pförtner machte, in den Vorderhof gebracht hatten, Florica die Tomaten, ich den letzten Sack Paprika, kam auch schon der Kleinlaster angefahren.

Alois und Florica kannten den Fahrer wahrscheinlich nur flüchtig, sonst hätten sie mich ihm bestimmt vorgestellt. In meiner Arbeitsmontur hielt der mich wahrscheinlich für einen Helfer aus dem Dorf, und mir war es recht so.

Alois fragte den Fahrer etwas, wahrscheinlich nach dem Preis. Seine Reaktion verdeutlichte mir, daß er verärgert war, der Fahrer zuckte bloß mit den Schultern, was wohl heißen sollte: Nicht meine Schuld.

Es bleibe ihnen ja nichts anderes übrig, hatte Florica wohl Alois gesagt, der eine wegwerfende Handbewegung machte. Der Fahrer lud Plastikkisten und eine Waage aus dem Kleinlaster, der schon fast voll war, bestimmt Gemüse von anderen Lieferanten.

Mit dem Paprika ging es schnell. Wir leerten ihn einfach in die Kisten, die wurden dann gewogen. Der Fahrer hatte einen Taschenrechner dabei, wollte Alois die errechnete Summe zeigen, der winkte ab, doch nicht mißmutig, wie mir schien. Der Fahrer notierte den Betrag in ein Notizheft, stieg in den Kleinlaster, wir bildeten eine Reihe und reichten die Kisten hinein.

Und jetzt die Paradeis, sagte Alois, gab mir zu verstehen, an dem Korb mit anzupacken. Langsam schütten, sagte er, ich

spürte wie der Korb sich neigte, Florica hielt ihre Hände in die Kiste, und ich begriff: als Schutz vor dem Aufprall.
Geht doch, sagte Alois, als wir den letzten Korb geleert hatten, Florica noch die Tomaten in den Kisten gleichmäßig verteilte. Hätte auch mehr sein können, glaubte ich zu verstehen, was der Fahrer sagte, nachdem gewogen war. Da hätte ich der Mutter was zu erzählen, sagte Alois, als wir wieder eine Reihe bildeten und die Tomaten verladen wurden.
Der Fahrer verstaute die Waage, schloß ab und eilte in die Fahrerkabine. Alois und Florica sammelten die Körbe ein, steckten sie ineinander, die Säcke legte sich Florica auf den Arm.
Der Fahrer kam mit Geld zurück, zählte es Alois in die Hand. Der reichte ihm einen Schein, der Fahrer wollte nicht annehmen. Oder zierte er sich bloß? Alois steckte ihm das Geld in die Hosentasche, der Fahrer bedankte sich überschwenglich, das andere Geld reichte Alois Florica, die es in der Tasche ihres Kleides, das sie unter dem Arbeitskittel trug, verschwinden ließ. Ein kurzes Gespräch, wahrscheinlich die Vereinbarung eines neuen Liefertermins. Armer Kerl, kann doch nichts dafür, sagte Alois, als der Kleinlaster abfuhr.
Ich und er trugen die Körbe, Florica, mit den Säcken auf dem Arm, eilte schon wieder voraus. Rexi schlug kurz an. Verrückt geworden, kommentierte Alois.
Wir stellten die Körbe im Schuppen ab, Florica legte die Säcke hinein. Aus den Taschen ihres Arbeitskittels nahm sie Tomaten, reichte mir zwei und machte es mir vor: zerquetschen und damit die Hände und Unterarme abreiben. Mit Wasser allein würde die grüne, klebrige Schicht, die von den Tomatenpflanzen herrührte, nur schwer abgehen, verstand ich von Alois umständlicher Erklärung. Wir stan-

den im hinteren Hof, rieben uns Hände und Unterarme mit Tomaten ab, das Geflügel pickte die Reste auf.
Florica zog ihren Arbeitskittel aus, hängte ihn sich über die Schulter und eilte zum Pumpbrunnen. Nachdem sie sich in der alten Waschschüssel, die auf dem Holzklotz unter dem Brunnen stand, gewaschen hatte, schüttete sie das Wasser in den Hof und pumpte frisches nach.
Zuerst der Gast, sagte Alois, und ich wusch mir auch Hände und Unterarme. Florica, die sich schon abgetrocknet hatte, reichte mir den Arbeitskittel, den ich dann an Alois weiter gab. Jetzt noch den Stall ausmisten, sagte er, während er sich abtrocknete. Ich helfe mit, sagte ich, doch Florica wollte davon nichts hören. Er lenkte ein, meinte, es sei nicht ungefährlich, wenn ein Fremder sich Kuh und Roß näherte, man könne nie wissen, aber zuschauen dürfte ich schon.
Ich ging mit ihm in den Stall. In die Ecke vor den Haufen Gras sollte ich mich stellen, sagte er, griff nach einer Gabel und begann den Mist weg zu räumen, die Tiere fühlten sich überhaupt nicht bedroht. Morgens und abends werde immer ausgemistet, belehrte er mich.
Florica kam mit der Mistkarre und stellte sie in der Stalltür ab. Und während er den Mist in die Karre lud, kehrte sie mit einem Reisigbesen den Rest hinter der Kuh auf, berührte sie leicht mit dem Besen, damit sie Platz macht, begriff ich, Doina wich von selbst zur Seite.
Dann kehrte Florica alles auf eine Schaufel, kippte es in die Karre und ab damit auf den Misthaufen. Alois streute von dem Stroh, das auf Vorrat im Stall lagerte, unter die Tiere. Und ich staunte mal wieder, wie reibungslos auch das abgelaufen war, wie eingespielt die beiden waren.
Noch tränken, sagte Alois, nahm die zwei Blecheimer, die neben der Tür standen, und wir verließen den Stall. Er wies

mich darauf hin, daß der Eimer mit dem Holzgriff im Henkel der von Doina sei, sie wäre sehr heikel, saufe nur aus ihrem Eimer, meinte, während er ihn unter die Pumpe stellte, jetzt könnte ich doch noch helfen.

Nachdem ich ein paar mal gepumpt hatte, meinte er: Nicht so ungeschickt anstellen, mit einer Hand am Brunnen festhalten, dann könnte ich kräftiger pumpen, damit mehr Wasser komme. Da ich nicht wußte wie, zeigte er es mir, pumpte den Eimer voll. So, sagte er, stellte ihn ab, den leeren auf den Holzklotz, und ich legte los.

So ja, wenn man wisse, wie sich anstellen, gehe es viel leichter, meinte er und nahm Doinas Eimer. Ich folgte ihm mit dem anderen. Florica rief uns von hinten aus dem Hof etwas zu. Da, da, rief Alois zurück.

Er stellte den Eimer vor Doina ab, die Kuh muhte. Ja, du auch, sagte er, ich reichte ihm meinen Eimer, er trug ihn zu Rosa, blieb bei ihr stehen und hielt den Fuß daran. Sie habe die schlechte Angewohnheit, ihn umzuwerfen, sagte er, ich konnte hören, wie sie das Wasser saugte. Doina trank ganz ruhig, fasziniert sah ich, wie sich am gestreckten Hals ihre Kehle bewegte, als pulsierte sie, wenn sie schluckte.

Wieder auf ihren Platz stellen, sagte Alois und reichte mir die leeren Eimer. Schon gut, sagte er, da Rosa wieder muhte und trug ihr einen Arm voll Gras. Erst jetzt fiel mir auf, daß die Krippe von Rosa viel niedriger war als die von Doina. Die wartete geduldig, bis Alois auch ihr Gras gab. Er tätschelte ihr den Hals, fuhr ihr dann mit der Hand über den Rücken.

Wir wären fertig, Florica bestimmt auch, sie habe noch den Schweinestall ausgemistet, sagte er, erklärte mir, als wir den Stall verließen, vor dem Schlafengehen kriegten Rosa und Doina noch einmal, über Nacht, meinte, er fahre morgen abend mit dem Pferdewagen frisches Gras holen, wenn ich

also noch bleiben würde, könnte ich mitkommen.
Gerne, sagte ich spontan. Alois rief nach Florica, eilte in Richtung Schweinestall, teilte ihr voller Freude die Nachricht mit.
Auch sie freute sich, konnte ich sehen, winkte mir zu, zeigte auf ein Holzscheffel voll mit Maiskörnern, den sie im Arm hielt. Unter ihrer Anleitung schüttete ich davon über die gemauerte Brüstung in den Trog aus Beton. Die zwei Schweine kamen grunzend aus dem Stall und machten sich über das Futter her.
Schöne Schweine, die fressen gut, sagte Alois. Den Rest vom Mais dem Geflügel, verstand ich den Hinweis von Florica, einfach mit der Hand in den Hof streuen, zeigte sie mir. Genug zum Schlachten, sagte Alois und begann zu erzählen.
Den Leuten sei zu Ohren gekommen, daß man eine Tierzählung durchführen werde, wo doch erst im Frühjahr eine stattgefunden hatte. Und das hatte nur heißen können, daß man die Leute verpflichten wollte, von ihren Tieren an den Staat zu verkaufen. Sie hätten damals nur ein Schwein gehalten, man ihnen das nicht wegnehmen können, aber vom Geflügel, deshalb hätten sie einen Teil der Hühner geschlachtet und Glück gehabt, denn ein Bekannter besaß eine große Kühltruhe. Wenigstens davor müsse man sich jetzt nicht mehr fürchten, meinte er und betrachtete voller Genugtuung die Hühner, Ente und Gänse.
Florica leerte die Trinkgefäße, alte, flache Töpfe, füllte sie aus einem Eimer mit frischem Wasser auf. Es war wirklich erstaunlich, wie rasch und zielstrebig sie Arbeiten erledigte. Ich sollte ihr folgen, gab sie mir zu verstehen. Erst als ich davor stand, sah ich, daß es der Hühnerstall war. In einem Korb mit Stroh lagen fünf Eier. Ich sollte ihr sie geben, verstand ich ihre Geste. Behutsam legte ich ihr ein Ei nach

dem anderen in die aufgehaltene Hand, sie steckte die Eier in die Taschen ihres Kleides.

Die Mutter werde staunen, wenn ich ihr auch das erzähle, sagte Alois, dem es sichtlich peinlich war, denn der Hahn besprang gerade eine Henne. Während die nach vollzogener Paarung ihr Gefieder plusterte, stand der Hahn daneben und krähte. Zeigt, wer hier der Herr ist, sagte Alois, und in Richtung Florica: Soll schnell kann man gar nicht schauen. Sie hatte die Eier ins Haus gebracht und pumpte Wasser in den Eimer.

Noch melken, dann sind wir fertig, sagte Alois, war verwundert, als Florica ihm den Eimer mit dem Wasser reichte und in die Küche eilte. Kopfschüttelnd kam sie mit einem Kübel zurück, sie hatte ihn vergessen, war klar. Melkkübel, sagte Alois und: Was man nicht im Kopf hat, hat man in den Füßen.

Florica stellte den Kübel auf einem Schemel ab, wusch der Kuh das Euter. Ich bemerkte, daß Alois mich genau beobachtete, wahrscheinlich erwartete, daß ich was frage. Florica reichte den Eimer mit dem Wasser herüber, er wollte ihn nehmen, ich kam ihm aber zuvor, sie hatte die Situation erfaßt und war amüsiert.

Sie griff sich Schemel und Melkkübel, setzte sich zur Kuh, den Kopf leicht an deren Bauch gedrückt, begann sie zu melken, den Kübel zwischen die Oberschenkel geklemmt. Bestimmt noch nicht gesehen, sagte Alois, ich nickte, stellte den Eimer mit dem Wasser ab und schaute fasziniert zu.

Nachtsicht

Das große Daunenkissen war prall angefüllt, dennoch lag ich weich, unter Hinterkopf und Schulter hatte sich eine kleine Mulde gebildet. Ich fuhr mit der Hand über das Kissen, es fühlte sich kuschelig an.
Nichts Besseres als eine Tuchent, hatte Alois gesagt, eingeräumt, daß man im Sommer darunter schwitze, deshalb benutzen auch sie sommersüber Steppdecken, dann hatte er gefragt: Schlaft ihr zu Hause im Winter noch in Federn? Ich hatte gestutzt, dann aber begriffen: Die Tuchent war gemeint. Hätte er sich doch denken können, hatte er gesagt, als ich verneinte. Daraufhin der Hinweis, daß es früher noch keine Matratzen in den Betten gab, sondern Strohsäcke, wie man sagte, obwohl sie mit Kukuruzlieschen angefüllt waren, ganz früher aber sei Stroh drin gewesen.
Die Waschprozedur. Meine frischen Kleider auf den Sitz des Pferdewagens gelegt, daneben hatte Florica schon alles vorbereitet: die Waschschüssel in einem hölzernen Waschtisch, Seife, einen Stuhl, über dessen Lehne ein Handtuch. Daß man sich im Sommer nach der Arbeit im Schuppen wusch, bei Kälte in der geheizten hinteren Küche hatte mir ja meine Mutter erzählt, doch ich begriff erst, warum ein Teppichläufer vor dem Waschtisch lag, nachdem ich mich bis auf die Unterhose ausgezogen hatte: Damit ich mich mit den gewaschenen Füßen draufstellen kann.
Gesicht und Hände gewaschen, leicht über die Schüssel

gebeugt den Oberkörper, dann die Schüssel auf den Teppich gestellt, die Unterhose ausgezogen und nackt in der Schüssel stehend, mich weiter gewaschen, alles wie selbstverständlich.

Das mußte ich meiner Mutter erzählen und auch, daß ich mit der Benutzung des Klos überhaupt keine Probleme hatte. Davon war im Vorfeld unserer Reise mal wie nebenbei die Rede, jetzt hatte ich eine konkrete Vorstellung davon: Vergleichbar mit einer riesigen Holztruhe, ein Loch zum Draufsitzen, der Boden aus Ziegelsteinen, darüber Stroh und Asche.

Es war unbenutzt, wann Florica das Klo gereinigt hatte, war mir entgangen, aber ich hatte sie mit der Gabel auf dem Misthaufen hantieren sehen, wo sie wahrscheinlich die Fäkalien verbuddelt hatte.

Zu meiner Überraschung hatte meine Mutter diese Entsorgung erwähnt, daß es Oma immer gemacht hat, gemeint, das habe eben auch zum Leben auf dem Dorf gehört. Und wenn wir schon dabei wären, hatte sie gesagt: Sie hätten sich als Kinder den Hintern mit zurecht geschnittenem Zeitungspapier gewischt, ihre Großeltern, die noch keine Zeitung hatten, mit Maislieschen. Da staunst du, hatte sie an meinen Vater gewandt gemeint, da der keinen Kommentar von sich gegeben hatte. Ja, es war schon erstaunlich, daß sie überhaupt die Rede darauf gebracht hatte.

Ich werde ihr erzählen, daß es bei Alois Toilettenpapier gab. Wahrscheinlich wegen mir. Aber eine Zeitung hatte ich im Haus nicht gesehen. Ob Alois eine abonniert hatte? Ich sollte ihn mal fragen.

Meine Mutter wäre wie er amüsiert gewesen, hätte sie mich mit der Waschschüssel dastehen sehen, weil ich nicht wußte, wohin mit dem Wasser. Einfach auf den Misthaufen schütten, hatte mir Alois schmunzelnd zugerufen.

Alois in Pantoffeln am Tisch im Hausgang, ich hatte mich zu ihm gesetzt. Feierabend hatte Alois gesagt und dann: Rexi bleibe, solange ich da wäre, nun auch nachts an der Kette, er lasse ihn nur kurz los, denn ein Hund verrichte seine Notdurft nicht angebunden.

Eine lange Einleitung, bis er endlich zur Sache gekommen war: Wenn ich also müsse, dort hinten im Hof, das Häusel, zum Schiffen einfach an den Misthaufen. Florica hatte den Kopf geschüttelt. Auch das müsse dem Gast doch gesagt werden, hatte sich Alois verteidigt, zum Erzählen angesetzt, doch dann das Telefon. Bestimmt nicht für uns, hatte er gemeint.

Liviu war verärgert, kein Zweifel, als ich ihm mitteilte, daß ich auch morgen bleibe, dann mit dem Zug nach Temeswar komme. Er hatte insistiert, mich holen zu kommen. Hätte ich lieber nicht akzeptieren sollen. Aber ich habe wenigstens durchgesetzt, daß ich dann noch anrufen werde.

Ein einfaches, aber gutes Essen, hatte Alois gesagt, als wir zum Abendbrot an den Tisch in der hinteren Küche setzten. Wohl eine Übersetzung von dem, was Florica gesagt hatte, aus ihrem Munde hatte das irgendwie entschuldigend geklungen, aus seinem aber stolz.

Geräucherter Schinken vom Schwein, frisches Brot, Tomaten und Paprika. Alois hatte mit dem großen Messer das Kreuzzeichen auf dem Boden des hohen und runden Brotlaibs gemacht, bevor er ihn, an die Brust haltend, anschnitt. Ein banatschwäbisches Brot backen, habe Florica noch von seiner Mutter gelernt, hatte Alois betont. Ein rustikales Essen. Nun war es nicht mehr nur Vorstellung wie aus der Werbung im Fernsehen: den Schinken auf dem Holzbrett mundgerecht in Stücke geschnitten, das frische, schwammige Brot mit der dünnen Kruste, dazu Tomaten und Paprika.

Vom Schunkefleisch ein Stück für die Sussi, damit sie sich erinnere, hatte Alois gesagt, mir erklärt, daß man meine Mutter so im Dorf gerufen habe, bedauert, daß ich wegen des Gewichts keine Wassermelone für sie mitnehmen könne, Paradeis und Paprika aber dürften bestimmt doch kein Problem sein. Natürlich nicht ganz reife Paradeis, hatte er präzisiert, bis ich dann zu Hause sei, wären sie gerade richtig. Er hatte mich aber nicht gefragt, wann ich denn zurückfahre.

Mit den Tomaten wird sich meine Mutter bestimmt freuen, denn wie bei den Melonen schwärmte sie davon. Keine, die sie in Deutschland gekauft, reichten auch nur im geringsten an den Geschmack der Tomaten von zu Hause heran, hatte sie behauptet. Das hätte ich nun bestätigen können.

In der offen stehenden Tür waren die schwarze und die getigerte Katze erschienen, miauten, hatten sich bisher noch nicht blicken lassen. Durch einen Zischlaut und indem sie mit dem Fuß auf den Boden stampfte, hatte Florica die Katzen verscheucht. Schlechte Angewohnheit, hatte Alois gesagt, ihr die Schuld gegeben, sie habe die Kater verwöhnt, die sollten lieber Mäuse fangen.

Es war nicht böse gemeint, aber diese Sticheleien gehörten wohl zum Umgang mit seiner Frau, die sich nach dem Essen ganz fürsorglich um die Tiere gekümmert hatte: die Katzen bekamen vom alten Brot in ihre Teller, darüber von der frischen Milch, der Hund Brot zur Suppe vom Mittag in seinen Napf aus Gußeisen.

Undenkbar für Haustierbesitzer in Deutschland, ihre Hunde und Katzen mit Eßresten zu füttern! Ich war nicht erstaunt, da ich es von meiner Mutter wußte, und sie hatte mir auch gesagt, daß Katzen regelmäßig Milch kriegten, als Schutzmaßnahme, weil sie Mäuse und Ratten fingen, die Mäuse verspeisten. Ob das mit der Schutzmaßnahme stimmte? Und hatte ich nicht gelesen, daß man Katzen keine Milch geben sollte? Aber das wüßten Alois und Florica doch bestimmt. Was ich mir da für Gedanken machte. Mir jedenfalls hatte die frische Milch ausgezeichnet geschmeckt. Florica hatte sie durch ein weißes Tuch in Krüge aus gebrannter Tonerde geseiht, Alois mir erklärt, daß die Milch noch warm sei, kuhwarm, deshalb komme sie erst später in den Kühlschrank. Ich schlug die Decke zurück und setzte mich auf die Bettkante. Im Schlafzimmer von Alois und Florica lief noch immer der Fernseher.

Eine gute Sache, so eine Fernbedienung, hatte Alois gemeint, jetzt könnten sie vom Bett den Fernseher ausschalten, aber es komme schon mal vor, daß sie beide einschliefen, dann gehe der Fernseher bis spät in der Nacht.

Ich könne mit ihnen schauen, hatte Alois mich eingeladen, sich im nächsten Moment mit den Fingern auf die Stirn getippt: Wie er nur so blöd sein könnte, ich würde doch nichts verstehen. Die deutsche Sendung sei gestern gewesen, die nächste gebe es erst wieder Dienstag, hatte er bedauert und gemeint, die Sendungen seien nachmittags, wer hätte im Sommer schon Zeit sich vor den Fernseher zu setzen, im Winter schon. Zu Hause guckte ich ja genug, hatte ich gesagt, er mir anvertraut: Er schlafe nach kurzer Zeit immer ein, aber Florica würde am liebsten Tag und Nacht schauen.

Ich stand auf, schlich zu meiner Tür und öffnete sie behutsam. Nur bei schlechtem Wetter oder Kälte werde die Wintertür nachts auch zugemacht, hatte mir Alois erklärt, als er vor dem Schlafengehen die in der oberen Hälfte verglaste zweite Tür zum Hausgang von innen abschloß und den Schlüssel stecken ließ.

Mondbeschienen das mittlere Zimmer, in den Scheiben des

Schlafzimmers der Widerschein des Fernsehers, eine Atmosphäre wie sie in einem Film nicht besser hätte inszeniert werden können. Mühelos sperrte ich die Außentür auf, öffnete sie vorsichtig nur einen Spalt breit, schlüpfte durch und zog sie langsam hinter mir zu.

Der Mond, der Himmel von Sternen übersät, und es war, als ob das Zirpen der Grillen, das Quaken von Fröschen in der Ferne die tiefe Stille erst erfaßbar machten. Ich war überwältigt. Doch der Druck in der Blase erinnerte mich, warum ich eigentlich in einer so noch nie erlebten Sommernacht in einem Hausgang im Heimatdorf meiner Mutter stand.

Ich schlich am Schlafzimmerfenster von Alois und Florica vorbei, an der Tür zur hinteren Küche angelangt, hörte ich die Kette des Hundes rasseln. Ich rief ihn leise beim Namen, Rexi stand vor seiner Hütte, winselte kurz, als wollte er mich begrüßen und legte sich wieder hin. Alois hatte recht: Rexi konnte mich gut leiden. Der obere Teil der zweiteiligen Stalltür stand offen. Im Vorbeigehen hörte ich Doina aufstampfen, Rosa stöhnen, am Misthaufen angekommen, vernahm ich schläfriges Geschnatter von Gänsen.

Würde jemand verstehen, daß es ein Erlebnis war, in einer Sommernacht am Misthaufen in einem Dorf zu stehen und zu pinkeln? Meine Freunde hätten sich kaputt gelacht.

Von überall her Laute, Geräusche und dennoch der Eindruck von Stille. Wie meiner Mutter das schildern? Sie hatte es bestimmt so ähnlich erlebt, deshalb dürfte es nicht schwierig sein, es ihr begreiflich zu machen. Ich wollte mich gerade an den Tisch im Hausgang setzen, um diese Nacht noch zu genießen, da läutete das Telefon.

Wer hätte Alois und Florica um diese Uhrzeit anrufen sollen? Es war bestimmt für mich. Liviu, der Verrückte! Meine Mutter bestimmt nicht.

Das Licht im mittleren Zimmer ging an, und als ich es betrat, schreckte Florica, die in einem langen Nachthemd dastand, kurz auf, deutete dann erleichtert auf das Telefon und zog sich ins Schlafzimmer zurück. Ich hob ab.
„Ja?" fragte ich leise.
„Hallo!" hörte ich Hannas Stimme..
„Einen Augenblick", flüsterte ich und ging mit dem Telefon in mein Zimmer.
„Was ist denn los?" hörte ich sie fragen.
„Du hast das ganze Haus aufgeweckt. Weißt du wie spät es ist?"
„Kurz nach elf."
„Hier ist es nach zwölf."
„Das ist ja eine schöne Begrüßung."
„Woher hast du die Nummer?"
„Ist das wichtig?"
„Von meiner Mutter?"
„Ja."
„Dann bist du ja auf dem laufenden."
„Stimmt."
„Bist du noch in Paris?"
„Nein, zu Hause."
„Und fiel dir der Abschied von deinen Freunden schwer?"
„Wie meinst du das?"
„War doch eine ganz einfache Frage."
„Können wir nicht vernünftig miteinander reden?"
„Doch."
„Warum glaubst du, rufe ich an?"
„Weil du wissen willst, wie es mir geht?"
„Auch."
„Mir geht es ausgezeichnet. Meine Gastgeber sind wunderbare Menschen, und ich werde noch einige Tage bleiben."

„Du schwärmst ja geradezu. So kenne ich dich gar nicht."
„Ja, ich schwärme, und wenn du hier wärst, würdest du es auch."
„Was ist denn so anders dort?"
„Alles. Wie ist der Nachthimmel dort?"
„Wie soll er sein? Normal."
„Hier ist er wunderschön, der Mond, die Sterne, dann diese Stille."
„Guckst du aus dem Fenster?"
„Nein, ich war draußen."
„Seit wann gehst du nachts spazieren."
„Ich war nicht spazieren."
„Was dann?"
„Willst du es wirklich wissen?"
„Warum nicht?"
„Ich war gerade pinkeln, im Hof, auf den Misthaufen."
„Ganz schön romantisch."
„Ist es auch."
„Pinkeln im Mondschein?"
„Das verstehst du nicht."
„Beleidigt?"
„Du verstehst überhaupt nichts. Oder besser gesagt: Du willst nicht. Und ich habe keine Lust, mir deine zynischen Fragen anzuhören. Wofür sollte ich mich vor dir ständig rechtfertigen müssen? Du wolltest nicht mitkommen, das habe ich zu respektieren und basta. Ich lasse mir meinen Aufenthalt hier von niemandem vermiesen."
„Hallo, hast du sie noch alle, was ist mit dir los?"
„Gar nichts ist mit mir los!"
„Wir reden ein andermal."
„Ich will nicht, daß du mich wieder hier anrufst", sagte ich, dann war die Verbindung unterbrochen.

War das noch angekommen? Ich stand mit dem Telefon in der Hand vor dem Bett, meine Knie zitterten, und ich war mir nicht sicher, ob ich nicht zu laut geworden war, Alois und Florica es mitgekriegt hatten.
Immer diese wie beiläufig klingenden Fragen, das war doch Absicht, damit ich mich schlecht fühle. Und wenn ich eine klare Antwort wollte, spielte sie das Opfer: Sie habe ein schlechtes Gewissen, weil ich ihr indirekt unterstellen würde, sie sei nicht ehrlich.
Drumherumgerede, um abzulenken. Genau so ihr gespielter Zweifel: Soll ich nach Paris fahren? Für sie stand doch schon alles fest. Tacheles reden! Warum mußtest du nach Paris fahren? Diese Frage sollte sie mir beantworten. Ganz einfach, und ich hätte endlich Gewißheit.
Im mittleren Zimmer brannte noch das Licht. Das Telefon sollte ich lieber neben mein Bett stellen, denn es hätte ja sein können, daß sie wieder anruft, zuzutrauen wäre es ihr. Ich öffnete die Tür zum mittleren Zimmer, der Lichtschalter befand sich an der Wand zum Schlafzimmer von Alois und Florica, der Fernseher lief nicht mehr. Auf Zehenspitzen schlich ich zum Schalter und löschte das Licht.

Stand

Das Zimmer im Halbdunkel, durch das Fenster zum Gang fahles Licht. Keine Orientierungslosigkeit und nicht die bange Frage: Wo bin ich? Doch ich habe mich verschlafen, kurz vor neun. Jetzt aber rasch anziehen!
Rasieren müßte ich mich. Dort neben der Tür die Steckdose, der Rasierer im Koffer. Jetzt nur nicht hektisch werden! Du mit deinem Milchbart, mußt dich doch nur einmal die Woche rasieren, hatte Clemens mich gehänselt. Clemens, der Macho!
Schon erstaunlich, daß ich mit dem Einschlafen keine Probleme hatte. Sie vielleicht, weil ich ihr endlich mal die Meinung gesagt habe. Wie sie das wohl weggesteckt hat? Nochmal anrufen, hatte sie aber nicht gewagt.
Sie hat ihr Spiel gespielt, und ich war der Hampelmann. Das Spiel war aus. Ja, diese Einsicht tat gut und ich fühlte mich erleichtert.
Freunde bleiben! Das war doch nur eine Floskel, die billige Art und Weise eine Beziehung zu beenden. Sein Gewissen erleichtern! Scheinheiliger geht's doch gar nicht. Keine Gedanken machen, wie es sein wird, wenn ich wieder zu Hause sein werde. Ich jedenfalls werde sie nicht kontaktieren. Dann wird sie aber behaupten, daß ich die Beziehung beendet habe. Soll sie doch!
Und meiner Mutter mußte ich auch nichts mehr vormachen. Sie hatte sich wohl nie eingemischt, aber sie ahnte

bestimmt, wie es um unsere Beziehung stand. Unvorstellbar, daß sie auch nur die kleinste Andeutung gemacht haben könnte, als sie ihr die Telefonnummer von Alois gab. Und jetzt hoffte sie natürlich, es sei wieder alles in Ordnung. Die Enttäuschung werde ich ihr nicht ersparen können.
Noch das Telefon an seinen Platz im mittleren Zimmer stellen. Sie haben heute morgen bestimmt gemerkt, daß es nicht dort stand. Vielleicht glauben sie, daß ich in der Nacht herum telefoniert habe. Aber warum ihnen sagen, daß ich es nicht habe, denn dann müßte ich erklären, wer mich angerufen hat. Und wenn sie mich fragen? Ein Bekannter werde ich sagen und mich für die Störung entschuldigen.
Den Rasierer hat man bestimmt bis in die hintere Küche gehört. Diese Stille, das fahle Licht. Wie beruhigend das wirkt! Im Haus keine Bewegung.
Das After Shave im Necessaire! Diese Vergewisserungen, auch im Hotel. Waren das Zeichen von Autismus, die erst hier zutage traten? Blödsinn!
Der Ziegelsteinboden des Hausgangs war frisch aufgewaschen, das Sonnenlicht, das durch die Spalierreben fiel, blendete. Florica stand im Türrahmen zur hinteren Küche, doch wie sie mich begrüßte, klang anders als Guten Morgen, das ich ihr hätte nachsprechen können, weil meine Mutter versucht hatte, es mir beizubringen, deshalb sagte ich: Guten Morgen!
Florica zeigte auf die Blechwanne in der Ecke der Küche, im Wasser zwei dicke Melonen, und weil der Name Alois fiel, wußte ich, wer sie geerntet hatte. Dann deutete sie auf das Necessaire unter meinem Arm, auf den Waschtisch, und ich verstand: Dort alles vorbereitet.
Bei ihrer Geste Zähne putzen und den Hinweis auf das Glas Wasser mußte ich schmunzeln, sie sagte lachend etwas,

unterstrich durch die Gestik der Hände ihr Bedauern, leider nur so mit mir kommunizieren zu können, nahm dann das weiße Tuch vom Tisch, mit dem das Frühstück abgedeckt war und machte sich am Herd zu schaffen, legte Holz nach. Auf dem Herd stand eine hoher abgedeckter Topf, daneben ein kleiner mit Stiel.

Brot, Schinken, Butter, in dem Töpfchen Milch. Von gestern abend, aber vielleicht auch frische von heute morgen. Wenn ich doch mit ihr reden könnte! Ihre Sicht der Dinge hätte mich interessiert. Was sie mir wohl erzählt hätte? Kommunikation durch Gesten, das war schon komisch. Und wenn sie dann was sagte, baute sie wahrscheinlich darauf, daß ich schon begreifen würde. Auch so spontan sein können, hätte ich mir gewünscht, einfach drauf los reden.

Gesicht gewaschen, Zähne geputzt, mich im Spiegel über dem Waschtisch gekämmt, alles wie selbstverständlich, wurde mir bewußt, als ich mich an den Tisch setzte. Selbstverständlich wäre gewesen, das Wasser hinaus zu bringen, dachte ich im nächsten Moment, wollte aufstehen, aber Florica hatte wohl begriffen, was ich vorhatte, gab mir zu verstehen, sie mache das schon.

Cafea, sagte sie, und ich begriff, daß sie mir zeigen wollte, wie sie Kaffee zubereitete. Drei Löffelchen Kaffee, einmal Zucker, sie stellte das Töpfchen wieder auf den Herd, wartete kurz, schwenkte es dann leicht in einer Kreisbewegung, dasselbe noch einmal.

Sie goß mir den Kaffee in eine Tasse, was sie sagte, verstand ich nicht, erst durch die Geste ihrer Hand wurde mir klar: Den Kaffee sich setzen lassen. Kaffee, sagte ich und ob sie nicht auch einen trinkt, gestikulierte ich. Habe sie schon, begriff ich. Und als sie die Küche verließ, sagte sie, Alois, Cafea, machte eine Handbewegung, und ich verstand: Er trinkt keinen Kaffee.

Das mußte ich meiner Mutter erzählen, wie ich so dasaß, Brot, Butter und Schinken aß, Milch dazu trank, die Tür zur Küche offen, der schattige Hausgang, draußen war ein herrlicher Tag. Und jetzt krähte auch noch der Hahn.
Die Katzen erschienen, beäugten mich argwöhnisch, doch dann bettelten sie. Sollte ich ihnen von dem Schinken geben? Alois wäre das bestimmt nicht recht gewesen. Ich brach zwei Stückchen Brot ab, legte sie neben den Tisch. Die schwarze war zuerst an der Beute, fauchend stürzte die getigerte heran, fluchtartig verließen beide die Küche.
Der Kaffee schmeckte ausgezeichnet, von dieser Art der Kaffeezubereitung sollte ich unbedingt meinem Vater erzählen. Der konnte sich für so etwas begeistern.
Die Katzen erschien wieder, als ich gerade das Frühstück mit dem weißen Tuch abdeckte, es mußte ihnen als Bedrohung vorgekommen sein, denn sie flüchteten. Zur Sicherheit sollte ich die Küchentür schließen.
Von Florica keinen Spur, Alois entdeckte ich im Garten, er stand, auf die Hacke gestützt, neben dem Tomatenfeld. Das Stromkabel verlief vom Schuppen, wo es eingesteckt war, durch den hinteren Hof. Rexi lag, den Kopf auf den Pfoten, vor seiner Hundehütte, wedelte mit dem Schwanz, nur der Hahn schlug kurz Alarm.
Im Garten war das Kabel entlang des Fußwegs ausgelegt. Ich wollte das Gartentürchen öffnen, kriegte es aber erst auf, nachdem ich es leicht angehoben hatte. In der harten Erde, als wären sie hinein gemeißelt, die Schleifspuren der Holzlatten.
Ein gleichmäßiges Surren war zu hören, das Plätschern von Wasser. Natürlich, Alois bewässerte die Tomaten. Zum Zeichen, daß er mich bemerkt hatte, hob er die Hacke.
Die durchnäßten Rigolen, jede zweite, wie er es mir erklärt hatte, in der ersten neben dem Fußweg stand noch das

Wasser, eingedämmt zwischen Sperren aus schlammiger Erde. Die alten, die mir bei der Ernte aufgefallen waren, mußte Alois also aufgehackt haben, sonst hätte das Wasser ja nicht bis ans Ende fließen können.
Guten Morgen! begrüßte ich ihn, und er fragte: Gut geruht? Gleich sei er fertig, sagte er, und daß man in den frühen Morgenstunden oder abends, wenn die Sonne nicht mehr brenne, bewässere, sonst werden die Pflanzen krank.
Aus dem Rohr der Zentrifugalpumpe schoß Wasser, jetzt konnte ich mir erklären, warum der ramponierte Weidenkorb in dem aus Erde errichteten kreisförmigen Sammelbecken stand: Damit er die Wucht des Wasser auffängt, das nun abgebremst in die anschließende und ebenfalls aus Erde errichtete Rinne weiterfloß. Und jetzt begriff ich auch, daß durch Aufhacken der Rinne in Höhe der Rigole das Wasser hinein geleitet wurde. Und daß der Zugang dann wieder durch Anhäufen der Erde versperrt, die nächste geöffnet wurde, war doch klar.
Jetzt könnte ich ja sehen, wie man bewässere, sagte Alois und errichtete mit der Hacke eine Sperre aus Schlamm. Den Damm immer von der Seite machen, in Richtung Wasserlauf begriff ich, und er erklärte mir, das Wasser laufe in das entstandene Loch zurück und könne nicht mehr überlaufen. Nachschauen sollte man aber schon, meinte er und machte sich auf den Kontrollgang entlang der Reihe.
Der Elektromotor, der die Zentrifugalpumpe mittels eines Keilriemens antrieb, war mit Schrauben auf einem dicken Brett befestigt, das durch die zwei auf die Sitzfläche der Bank genagelten Holzlatten gehalten wurde. Die Funktion der Wasserpumpe oberhalb der Zentrifugalpumpe montiert, hatte ich mir schon gestern nicht erklären können, fragte Alois, der zurückgekehrt war. Das es eine ausführliche Erklärung werden würde, ahnte ich.

Auf das Rad der Zentrifugalpumpe den Gummiriemen legen, den laufenden Elektromotor anheben, den Riemen über das Rad halten, den Motor langsam zurücklassen, wenn das Keilrad den Riemen erfaßt hat, den Motor zwischen den Latten fixieren, dann Wasser in die Pumpe schütten, mit der Handfläche das Rohr der Zentrifugalpumpe zuhalten, pumpen, bis man Druck spüre, loslassen und schon laufe alles.
Verstanden? fragte er. Ja, sagte ich. Er zog den Stecker aus dem Kabel und meinte, Florica fahre immer an, er sei schon zu täppisch. Dieses Eingeständnis hätte ich nicht erwartet. Er hob den Elektromotor an, nahm den Keilriemen ab und sagte, das komme mit nach oben. Ohne zu fragen, nahm ich den Elektromotor von der Bank und brachte ihn zur bereitstehenden Schubkarre. Alois, der den Keilriemen in der Hand hielt, meinte, wenn jemand unbedingt stehlen wollte, könnte er die Bank samt Zentrifugalpumpe mitnehmen oder auch nur die Wasserpumpe abschrauben, das Kabel jedenfalls komme auch mit nach oben, sicher sei sicher. Florica, die hinzugekommen war, legte es sich im Gehen in langen Schlaufen um den Arm und sammelte es so ein.
Noch einmal probieren? Es war eher eine Aufforderung denn eine Frage, als Alois auf die Schubkarre deutete. Ich hob sie an und fuhr los. Geht doch, sagte er und: Nur nicht zu schnell!
Die Prüfung im Fahren einer Schubkarre auf einem schmalen Fußweg im zweiten Anlauf mit Bravour bestanden! Ich stellte sie neben dem Pferdewagen im Schuppen ab. Das Telefon läutete. Bestimmt nicht für uns, meinte Alois und: So viele Anrufe wie sonst in einem halben Jahr.
Liviu, meine Mutter? Oder gar wieder sie? Telefonterror! Die wird was zu hören kriegen. Ich hob ab, kam nicht dazu, etwas zu sagen, der Anrufer sprach drauf los, rumänisch.

War es eine Schimpftirade? So wenigstens hörte sich die Männerstimme an. Da ich mir keinen Rat mehr wußte, bat ich auf Deutsch, sich einen Augenblick zu gedulden, ich hole jemanden ans Telefon, doch der Anrufer hatte aufgelegt. Alois, der am Tisch im Hausgang saß, meinte, das sei aber kurz gewesen. Ich erklärte ihm, daß der Anrufer rumänisch gesprochen, sich wahrscheinlich verwählt habe. Wenn der was wolle, rufe er bestimmt wieder an, so etwas sei ihm als Wächter in der Kollektiv nicht nur einmal passiert, sagte er und gab Florica, die im Türrahmen zur hinteren Küche stand, durch ein Handzeichen zu verstehen: Alles in Ordnung! Dann erzählte er. Eines Tages habe eine Frau angerufen, ihm weinend mitgeteilt, daß ihr Mann gestorben sei, ihn beauftragt, den und den im Dorf zu benachrichtigen, das Begräbnis sei am nächsten Tag. Er habe der armen Frau leider klar machen müssen, daß sie im falschen Dorf gelandet war. Florica erschien mit einer Schüssel im Hausgang. Miez! Miez! Im Nu waren die Katzen da. Sie warf etwas in den Vorderhof, die Katzen stürzten sich darauf, fauchend verteidigten sie ihren jeweiligen Anteil, sich weiterhin belauernd, machten sie sich über das Mahl her, ich konnte sehen, daß es Gedärme waren.

Heute zu Mittag gebe es Hühnerpaprikasch, sagte Alois, Florica habe schon in aller Frühe zwei junge Hähne geschlachtet, und morgen dann das Sonntagsessen: Suppe, paniertes Hühnerfleisch, Kartoffelpüree, Salat und den Sonntagskuchen, Kakao- und Mohnstrudel.

Wenn ich noch länger bleibe, nehme ich bestimmt ein paar Kilogramm zu, scherzte ich, und er meinte: Bei dieser Statur könnte das nicht schaden. Dann die Frage, ob ich nicht bis Montag bliebe, einen Tag mehr sei doch nicht die Welt. Gerne, sagte ich, ohne auch nur einen Augenblick zu zögern, und Alois: Schön, sehr schön.

Fotos sollten wir machen, schlug ich vor, Alois rief nach Florica, die freute sich, daß ich noch bis Montag bleibe, ich begriff aber auch, jetzt keine Fotos, doch nicht in dieser Aufmachung, da sie mit den Händen auf ihre Kleidung zeigte.
Wir hätten ja noch alle Zeit der Welt, meinte Alois. Ich müßte noch unbedingt, das Haus der Großeltern und der Potjes fotografieren, da ich doch gestern den Fotoapparat vergessen hatte, sagte ich. Den Weg würde ich ja kennen, meinte er und nach einer Pause: Die Mutter werde bestimmt traurig sein, wenn sie dann sehe, wie alles ausschaue, aber es gebe auch ein paar schöne Häuser im Dorf, die sollte ich fotografieren und unbedingt die Kirche.
Florica sagte etwas, Alois übersetzte: Sie wolle meine Wäsche waschen. Nicht nötig, wehrte ich ab, doch sie machte mir das Zeichen, ihr zu folgen. Der Chef, da bleibe einem nichts anderes übrig, meinte Alois. Und das könnte ich dann auch meiner Mutter erzählen, rief er mir nach.
Als ich in mein Zimmer kam, öffnete sie gerade ein Fenster zur Gasse hin. Schließe sie dann wieder, gab sie mir zu verstehen. Ich leerte die Plastiktüte mit der Schmutzwäsche auf den Boden, da ich die Unterhosen aussortieren wollte. Sie muß sofort begriffen haben, was ich vorhatte, sagte: Nu, nu. Ich steckte die Schmutzwäsche wieder in die Tüte und reichte sie ihr. Sie nickte lächelnd.

Zwischen Kimme und Korn

Floricas Kaffee war jetzt genau das richtige. Wieso ich so lange gepennt hatte, fast drei Stunden, konnte ich mir nicht erklären. Die turbulente Nacht, aber ich hatte doch gut geschlafen. Ich war durch das Klopfen an der Tür aufgewacht und im ersten Moment verwirrt. Hallo! Hallo! hatte ich dann die Stimme von Alois gehört und blitzartig gewußt, wo ich mich befand. Noch benommen hatte ich die Tür geöffnet, Alois sich auf seine Art entschuldigt: Er habe nur mal nachschauen wollen, ob ich noch da sei, auch Florica hätte sich schon Sorgen gemacht, lasse fragen, ob ich einen Kaffee wolle, sie hätten noch den Mais am Ende des Gartens gehackt, wir beide könnten jetzt Gras holen fahren, aber es eile ja nicht.
Wie die beiden das nur durchhielten? Vor allem Florica, die ja den Großteil der Arbeit machte. Die ergab sich wie selbstverständlich im Tagesablauf, der zu ihrem Lebensrhythmus geworden war. Der war ihnen wahrscheinlich heute durcheinander geraten, fast eine Stunde hatte ich mich verspätet. Meine Mutter hatte es mir ja gesagt, und ich hätte daran denken müssen, daß Alois und Florica um zwölf Uhr zu Mittag essen wollen. Auf meine Entschuldigung hatte Alois gemeint, jetzt schmecke das Essen auch besser, Florica habe das Paprikasch heute leichter gekocht, da ich es fett bestimmt nicht gewohnt sei.

Nach dem Essen hatte er gemeint, ein Bier auf das Paprikasch wäre gut, aber das passe nicht mit der Melone. Und nachdem Florica die Melone angeschnitten hatte, stand auch schon, ohne das jemand gekostet hätte, sein Urteil fest: Die kann nur sehr gut sein. War sie auch.
Wir können, hörte ich Alois rufen, als ich den letzten Schluck Kaffee nahm. Ich eilte aus der Küche, darauf gefaßt, einen seiner Kommentare zu hören, doch er war nicht da. Erst als ich in den Schuppen trat, sah ich ihn vor dem Pferdewagen stehen. Er lenke mit der Deichsel, ich sollte ihm schieben helfen, sagte er.
Wir schoben den Wagen, in dem Sense, Holzrechen und zwei Gabeln lagen, in den Hof. Ich machte ihn auf den Unterschied zu dem Kastenwagen auf Gummireifen aufmerksam, den ich durchs Fenster gesehen hatte bei meiner Ankunft, und er meinte: Der sehe doch wie eine Totenlade ohne Deckel aus, ein richtiger Pferdewagen sei und bleibe ein Leiterwagen wie der seine.
Er ging in den Schuppen zurück und nahm das Pferdegeschirr von einem Eisenstab, der in die Wand geschlagen war. Habe er ganz vergessen, mir zu zeigen, sagte er, legte das Geschirr auf die Erde und winkte mich heran.
Der schräge Vorsprung hinten an der Wand zur Küche, er klappte den einen Teil der Falltür aus Holz auf. Unser Keller, unter der Küche, sagte er und betätigte den Schalter an der Wand.
Verflucht, ausgebrannt, schimpfte er, und wir würden uns noch die Knochen brechen, wenn wir im Dunkeln hinunter steigen würden. Er habe ein Batterielicht, werde die Birne, wenn wir zurück kommen, auswechseln, aber er müsse es unbedingt Florica sagen, sonst passiere noch ein Unglück, meinte er und rief nach ihr.
Ihrem aufgeregten Gespräch entnahm ich, daß sie es wuß-

te und verstand, sie werde die Glühbirne auswechseln.
Jetzt aber, sagte Alois, nahm das Pferdegeschirr und trug es zum Wagen. Als ich ihm gestand, noch nie auf einem Pferdewagen gefahren zu sein, machte er ein ungläubiges Gesicht und meinte, dann sei es aber höchste Zeit.
Halsgurt, sagte er, befestigte den Strick, daran eine breite weitmaschige Lederschlaufe, zwischen zwei Metallhaken am Ende der Deichsel, schnürte die Zügel auf, die um das Geschirr gewickelt waren und reichte mir das Ende der Schlaufe. In die Rücklehne des Wagensitzes, verstand ich, was er mit dem ausgestreckten Zeigefinger meinte.
Kopfgestell und Sielen, sagte er, hängte das Kopfgestell an die Deichsel, ordnete mit einem Handgriff den Verlauf der Zügel zwischen den zwei Teilen, den Sielen legte er auf die Erde.
Sielscheid, sagte er, schob die Schleife des Zugstricks hinter die Einkerbung des geschwungenen Holzscheids und zog sie zu. Alles ganz einfach, wenn ein Pferdegeschirr richtig zusammengeschnürt sei, sagte er, er zeige es mir, wenn wir ausspannen, fragte, ob ich Doina tränken wolle, natürlich in seinem Beisein. Welches ihr Eimer sei, wüßte ich ja und wie Wasser pumpen auch, meinte er.
Obwohl Doina keine Anzeichen von Nervosität zeigte, sprach er beruhigend auf sie ein, als wir uns ihr näherten. Ich stellte den Wassereimer vor der Krippe ab, sie senkte den Kopf, blies kurz durch die Nüstern über die Wasseroberfläche und begann zu trinken.
Vor dem Anspannen und nach dem Ausspannen müsse man ein Roß immer tränken, auch wenn es, wie jetzt, nicht viel saufe, belehrte er mich. Ja, ja, du auch, später, sagte er in Richtung von Rosa, die sich durch ein dumpfes Muhen bemerkbar gemacht hatte und sich mit der Zunge übers Maul fuhr.

Ich zuckte kurz zusammen, als ich den Eimer an seinen Platz stellte, denn ein Vogel kam herein geflogen, entwich aber sofort wieder. Blutschwalben, schon die zweite Brut, habe er auch vergessen, mir zu zeigen, sagte Alois und deutete in Richtung Balken, wo an der Wand ein halbrundes aus Erdkügelchen geformtes und nach oben hin offenes Nest klebte, über dessen Rand sich aufgesperrte Schnäbel reckten.

Wenn ein Bauer eine solche Schwalbe totschlage, gebe seine Kuh blutige Milch, sagte Alois, Gerede, fügte er lächelnd hinzu, meinte aber ernsthaft, er habe niemals von jemandem im Dorf gehört, der sich gegen Schwalben vergangen, während er den Knoten des Stricks aus dem Metallring an der Krippe löste.

Er führte Doina aus dem Stall, brachte sie zu ihrem Platz am Wagen und ließ den Strick los. Sie schüttelte kurz die Mähne, blieb aber ganz ruhig stehen. Keine große Hexerei, meinte Alois, den Sielen in der Hand haltend, und fragte, ob ich es versuchen wolle, ich nickte. So halten, hier müsse der Kopf durch, alles andere ergebe sich von selbst, sagte er und reichte mir den Sielen.

Als ich mich Doina näherte, hob sie den Kopf ganz hoch, wendete sich ab, so daß ich ihr den Sielen nicht überstreifen konnte. Da schaue einer her, meinte Alois belustigt, nahm ihn mir ab, rief sie auffordernd beim Namen. Sie senkte den Kopf, machte den Hals lang und schlüpfte willig hinein.

Er prüfte durch Handgriffe, ob die Teile an der Brust, im Nacken und auf dem Rücken auch richtig saßen, kontrollierte die Zügel, die durch die zwei Ringe im Rückenstück des Sielen zum Kopfgestell verliefen.

Jetzt Halsgurt! Ich begriff, daß so die Verbindung zwischen Pferd und Deichsel hergestellt wurde. Wenn sich Doina den Sielen nicht habe anziehen lassen, dann das Kopfgestell

schon gar nicht, meinte er, hielt es ihr hin und nannte sie wieder auffordernd beim Namen. Sie öffnete einen Spalt das Maul, er schob ihr den Metallstab zwischen die Zähne, sie kaute kurz darauf, als lege sie ihn sich zurecht, dann hob er das Gestell, aus vielen Riemen gefertigt, bis in Höhe der Ohren, zog diese durch zwei Öffnungen, ein kurzer Ruck, das Kopfgestell mit den Scheuklappen saß.
Noch ein paar Handgriffe, sagte er, schnürte einen Riemen des Kopfgestells in Höhe der Kehle von Doina zu, einen Gurt unter ihrem Bauch, knüpfte den Strick des Halfters an den Ring im Rückenstück des Sielen.
Fertig, sagte Alois, nachdem er den zweiten Zugstrick befestigt hatte, warf einen prüfenden Blick auf Doina und meinte entschuldigend: Sie müßte mal wieder richtig gestriegelt werden, das nehme er leider nicht mehr so genau.
Das Tor zur Gasse stand bereits offen, Florica öffnete das zum hinteren Hof, Alois richtete noch etwas am Geschirr, sagte, bitte schön, hier, deutete auf den zu einem Trittbrett geformten Eisenstab. Ich stieg auf und nahm ganz außen auf der rauhen Decke des Sitzes Platz.
Nicht dort, hier, sagte Alois. Das Roß linkerhand, der Kutscher immer rechts, belehrte er mich. Er umrundete den Wagen, und ich begriff: Um von der anderen Seite aufzusteigen.
Ächzend legte er den Fuß aufs Trittbrett, zog sich, am Seitenteil festhaltend, hoch. Auch nicht mehr der Jüngste, meinte er, als er sich setzte. Er griff nach den Zügeln, ballte die Hand darum und rief: Jeh! Doina ging los. Heute habe er mich als Hilfe, und der Großvater wäre stolz gewesen, wenn er das sehen könnte, sagte Alois.
Ob ich fahren wolle? Ja, schon, meinte ich. Er reichte mir die Zügel, ich hielt sie vereinzelt und verkrampft in je einer

Hand. Keine Angst, Doina kenne den Weg, ermutigte er mich.
Na? fragte er. Schön, sagte ich. Eigentlich müßten wir jetzt die Plätze tauschen, aber ein Anfänger könne auch von dieser Seite fahren, meinte er.

Ein Traktor kam uns entgegen, Alois nahm mir die Zügel aus der Hand, Doina habe keine Angst, versicherte er mir, aber man könne ja nicht wissen. Der Traktor hielt vor einem Haus auf der gegenüber liegenden Gassenseite, Alois schaute angestrengt hin, sagte, ach, der, und übergab wieder an mich. Doina bog nach rechts ab, in Richtung Friedhof, Alois meinte: Wie gesagt, sie kenne den Weg.

Früher habe es drei Wege zum Weidenwald am Kanal gegeben, begann er. Weidenwald? fragte ich. Ob mir meine Mutter davon erzählt habe. Ja, sagte ich. Ein Wunder, daß man den habe stehen lassen, ich könnte mir jetzt ja ein Bild machen, meinte er.

Dann mit den Jahren, fuhr er fort, seien alle Wege, bis auf einen, umgeackert worden, auf Befehl von oben. Aber die hätten sich noch viel Blöderes einfallen lassen, sogar die Gasse vor den Häusern sollte man als Garten nutzen. Das habe in Wiseschdia niemand gemacht, aber in Gottlob hätten die Leute vor ihren Häusern Kartoffeln pflanzen und an den Staat abliefern müssen.

Und nach der Revolution das große Durcheinander, niemand hätte gewußt, was mit der Kollektiv, den Feldern, passiert. Dann habe es geheißen, jeder kriege sein Feld zurück, das durch die Kollektivierung enteignet worden war, aber die deutschen Bauern seien doch schon im März 1945 enteignet worden, Jahre vor der Kollektivierung.

Die Gesetze hätten sich ständig geändert, ein Hin und Her. Und wie hätten die Leute aus Wiseschdia wieder zu ihrem Feld kommen sollen? Von Deutschland aus? Alles viel zu

kompliziert, nur wenn man jemand an der Hand habe, in Temeswar, und die verdienten schönes Geld. Auch die Rumänen, die hergezogen, hätten Feld gekriegt, nachweisen müssen, daß sie mal dort, wo sie gelebt, vor der Kollektivierung Feld hatten. Beweisen könne man viel nach so langer Zeit, wenn man seine Beziehungen habe. Anfangs sei es verboten gewesen, Feld zu verkaufen. Aber wie verarbeiten? Nicht einmal mehr Pferde seien da gewesen, außerdem in den Dörfern nur noch alte Leute. Woher Traktoren und schwere Maschinen? Wer Geld, vor allem aber Beziehungen hatte, kaufte von den Fermas, die aufgelöst wurden um eine Bagatelle, die Kollektivs hätten ja nichts mehr gehabt.
Es habe ganz Schlaue gegeben, die montierten heimlich von Traktoren und Maschinen etwas ab, die waren kaputt, bekamen sie fast um nichts. Und wer habe wieder an der Krippe gesessen? Die auch vorher das Sagen gehabt. Mit den Jahren pachteten die von vielen Leuten Feld, kauften es später und verkauften es dann an Ausländer, an Ausländer, das müsse man sich mal vorstellen. Davon habe mir Liviu erzählt, sagte ich, und Alois meinte, dann wüßte ich ja wovon er rede.
Er habe vom Feld seines Vaters nicht alles zurück gekriegt, fuhr er fort, weil er nicht mehr alle Akten hatte, er hätte Zeugen gebraucht, doch woher die nehmen. Auch er habe in den ersten Jahren verpachtet, dann aber verkaufen müssen, zu einem Spottpreis. Er wolle ja nicht klagen, er und Florica könnten vom Hausgarten leben und von dem Feld, das er nicht verkauft habe, um Futter für das Vieh zu haben, Kukuruz, vom Klee Heu für Roß und Kuh. Bloß Stroh müsse er kaufen und natürlich Mehl, Zucker und Sonnenblumenöl, für die großen Arbeiten, ackern, Kukuruz setzen, bezahle er jemanden aus Gottlob, der bringe ihnen im Herbst auch

den Kukuruz nach Hause, habe eine Kombine. Im Hausgarten machten er und Florica alles selber, außer Ackern. Mit den Hausgärten sei doch nichts geklärt. Wem gehörten sie eigentlich? Die Leute, die vor 1989 ausgewandert seien, hätten ihre Häuser an den Staat geben müssen für einen lächerlichen Preis, für die Hausgärten aber nichts bekommen. Und die Familiengräber der Ausgewanderten? Was passiere mal mit denen? Er wolle gar nicht daran denken. Der Weg über die Hutweide endete an einem Stoppelfeld. Hier sei der letzte Feldweg gewesen, gehöre jetzt alles dem Schmidt, sagte Alois, nahm mir die Zügel aus der Hand, klatschte sie leicht auf den Rücken von Doina, und meinte: Festhalten, jetzt werde es holprig. Dort, der Weidenwald, sagte er und zeigte in Richtung der Bäume, die in nicht allzu großer Entfernung zu sehen waren.
Ich fragte, ob er die Erlaubnis des Besitzers habe, hier zu fahren. Er lachte schallend. Erlaubnis? Von einem wie dem Schmidt. Und der Weidenwald gehöre dem nicht, liege am Kanal und die vom Staat könnten doch froh sein, daß jemand das Gras mähe, sagte er.
Er erzählte, daß er im vorigen Jahr um diese Zeit kein Gras von dort holen konnte, da alles mit Kukuruz bepflanzt gewesen sei. Im Herbst sei er hinausgefahren und habe das hohe Gras gemäht, für Heu. Das Vieh habe es nicht so richtig fressen wollen, weil es viel zu hart gewesen sei. Gelohnt habe sich die Arbeit auf jeden Fall, denn in diesem Jahr sei saftiges Gras nachgewachsen.
Was er mir anschließend erklärte, kannte ich von meiner Mutter: Die Felder entlang des Kanals gehörten nach der Enteignung zu einer Ferma, wo ausschließlich Gemüse gepflanzt wurde. Große Motorpumpen, die entlang des Kanals aufgestellt waren, pumpten durch Rohre das Wasser, das in die Felder geleitet wurde.

Durch Dämme wurde das Wasser in einzelnen Abschnitten des Kanals gestaut. Die Stelle am Weidenwald wurde über Sommer sozusagen zum Strand von Wiseschdia, in den Abendstunden kamen sogar Erwachsene hier her, um zu baden, auch Frauen.
Auch davon habe mir meine Mutter erzählt, sagte ich. Hätte er sich ja denken können, sagte Alois und wies mich darauf hin, daß mein Großvater hier gearbeitet habe, in den ersten Jahren nach der Rückkehr aus Österreich, bis er dann in die Kollektiv eingetreten sei. Auch das wußte ich, sagte aber nichts, und Alois meinte, das sei lange her, schon gar nicht mehr wahr.
Eine breite Radspur, aus einer anderen Richtung kommend, kreuzte unseren Weg, ich machte ihn darauf aufmerksam. Er nickte bloß und schien über diese Entdeckung nicht besonders erfreut.
Das Stoppelfeld lief in einer Senke aus, ging in den Weidenwald über, eigentlich ein Wäldchen, die Bäumen unregelmäßig auf dem überschaubare Areal verteilt. Unter einer der Trauerweiden, fast verdeckt, stand ein Geländewagen. Alois hatte ihn bestimmt auch gesehen, sagte aber nichts, als wir auf einer kleinen Lichtung hielten, wo das Gras schon teilweise gemäht war.
Wir stiegen ab, und während ich mich, am Wagen stehend, umschaute, löste Alois den äußeren Zugstrick, fädelte ihn am Sielen ein, meinte: Zur Sicherheit. Doina stellte sich quer, hob den Schwanz, machte die Hinterbeine breit und pißte. Ein penetranter Geruch stieg mir in die Nase, Alois meinte: Das riecht scharf. Als Doina fertig war, schnallte er ihr das Kopfgestell ab und hängte es an die Deichsel.
Sie wieherte leise. Ja, ja, sagte Alois, nahm die Sense vom Wagen und ging los, ohne etwas zu sagen. Ich stand unschlüssig da, nahm dann kurz entschlossen das andere Werkzeug vom Wagen und folgte ihm.

Fasziniert sah ich zu, wie er mit leicht ausgebreiteten Beinen, den Oberkörper etwas nach vorne gebeugt ohne sichtbare Anstrengung die Sense führte. Wie von einem Rasiermesser geschnitten, fiel das Gras, ritsch, ratsch, war in regelmäßigem Rhythmus zu hören.

Alois hielt inne, steckte die Spitze der Sense in den Boden und begann vom gemähten Gras mit den Händen einzusammeln, bis er einen Haufen zwischen den Armen hatte, den er der wiehernden Stute trug.

Den Wetzstein vergessen, ärgerte sich Alois, als er zurückgekommen, die Sense mit einem Büschel Gras abwischte, meinte, daß wir nicht zu viel Gras holen, denn verwelkt schmecke es Rosa und Doina nicht mehr. Dann der fragender Blick und die ermutigende Geste: Versuchen?

So, sagte Alois, legte mir die eine Hand um den Stiel der Sense, die andere um den Griff daran, und ich spürte den Druck seiner rauhen Hände, die meine umfaßten, als wir zum Schlag ausholten. Ratsch, macht es, als das Gras fiel.

Nicht halten, sagte Alois und riß meine Arme mit, und so, und so, hörte ich ihn im Singsang, der wohl den Rhythmus vorgeben sollte. Tatsächlich, es klappte viel besser, und ich hatte den Eindruck, als führe Alois meine Arme gar nicht mehr. Geht doch, stelle er zufrieden fest, hielt inne und meinte, so habe er von seinem Vater auch mähen gelernt. Jetzt allein! forderte er mich auf

Die Spitze der Sense bohrte sich in die Erde, und ich hatte Mühe, sie wieder herauszukriegen. Nicht leicht, will noch gelernt sein, meinte Alois, prüfte, ob mit der Sense alles in Ordnung war und zeigte mir noch einmal, wie sie bewegen: Flach durchziehen, aber die Spitze nach oben drücken.

Ich setzte erneut an, diesmal bohrte sich die Sense nicht in die Erde, ich mähte vom Gras aber nur den oberen Teil ab, gab schließlich enttäuscht auf. Schon viel besser, lobte

Alois, nahm mir die Sense ab und machte sich an die Arbeit. Ich beobachtete ihn und ertappte mich dabei, wie ich seine Bewegungen nachahmte. Es sah so einfach aus. Diese Leichtigkeit. Und in dem Alter.

„Grüß Gott!" war eine Frauenstimme zu vernehmen.

„Grüß Gott!" antwortete Alois, tat überhaupt nicht überrascht und mähte weiter.

„Futter holen?" fragte die Frau, die im Badeanzug in der Lichtung stand, ein durchsichtiges langes Tuch um die Hüfte geknüpft, ein Handtuch um den Hals gelegt.

Sie schenkte Alois keine Beachtung mehr, sondern kam gezielt auf mich zu. Mein Blick fiel auf ihren Busen, den die Enden des Handtuchs nicht ganz verdeckten.

„Hallo!" begrüßte sie mich.

„Hallo!" entgegnete ich.

„Entschuldige, daß ich so direkt frage: Kommst du aus Deutschland?"

„Ja", sagte ich und wollte schon fragen, ob man mir das ansehe.

„Ich auch, ich bin Karin", sagte sie mit einem kecken Lächeln, streckte mir die Hand entgegen, ich schlug verlegen ein und nannte meinen Namen.

Das sei sein Gast, der Enkelsohn seines alten Kameraden Lehnert Anton, mischte sich Alois ein, meinte mürrisch, wir müßten jetzt weitermachen, sonst überrasche uns hier noch die Nacht.

„Ist das dein Wagen?" fragte ich, da der unverhohlene Mißmut von Alois mir peinlich war.

„Gehört meinem Vater. Schöne Ecke hier, ideal für ein Sonnenbad."

„Seid ihr auch zu Besuch?"

„Mein Vater stammt aus Wiseschdia, hat hier einen landwirtschaftlichen Betrieb."

„Verstehe", sagte ich und ahnte nun, wer sie war.
„Und du?"
„Meine Mutter kommt aus Wiseschdia, ich mache eine Reise durch das Banat, wollte mir unbedingt mal das Dorf anschauen."
„Zum ersten Mal also in Rumänien?"
„Ja."
„Und wie?"
„Mit der Bahn bis Temeswar, dort habe ich ein Hotel gebucht."
„Mit der Bahn? Das dauert ja ewig."
„Ja, schon, ist aber ganz bequem."
„Und wie bist du nach Wiseschdia gekommen?"
„Das ist eine verrückte Geschichte. Auf der Fahrt von Arad nach Temeswar habe ich jemanden kennengelernt und wie sich herausstellte, hatte der hier zu tun und hat mich heute hergebracht."
„Dieser Zeitungsmensch."
„Ja."
„Jetzt verstehe ich. Hartnäckig der Typ, will was über unseren Betrieb schreiben, ich habe ihn abgewimmelt."
Mir fiel die Bemerkung von Liviu ein, blöde Kuh. Sie meinte, wie es der Zufall doch manchmal so wolle, auch unsere Begegnung, ausgerechnet hier, irgendwie vergleichbar mit Touristen, die sich an den entlegensten Ecken der Welt treffen und verwundert feststellten, daß sie aus demselben Land oder gar aus derselben Ortschaft kämen.
„Woher kommst du denn aus Deutschland?" fragte sie
„Aus der Nähe von Heidelberg."
„Ich aus Freilassing, in Bayern. Und wie fühlst du dich hier?"
„Sehr gut."
„Und du?"
„Na, ja. Ich bin sozusagen beruflich hier."

„Beruflich?"
„BWL-Studium, bald fertig, ich helfe im Betrieb meines Vaters in der Buchhaltung aus. Ein Praktikum im Ausland, wenn man so will."
„Verstehe."
„Die Buchhaltung führt die Tochter des Kompagnons meines Vater, ich kann ja kein Rumänisch, mit ihr verständige ich mich auf Englisch."
„Das ist ja interessant."
„Und was machst du so?"
„Ich studiere Informatik."
„Bleibst du noch länger?"
„Bis Montag."
„Schade."
„Und du?"
„Wahrscheinlich bis Mitte September."
„Und wie fährst du zurück?"
„Ich fliege Temeswar - München."
„Warst du schon mal mit dem Auto in Rumänien."
„Natürlich."
„Würde mich auch reizen."
„Hast du im Sinn, nochmals nach Wiseschdia zu kommen?"
„Warum nicht?"
„Wir sollten unsere e-Mail Adressen austauschen, in Verbindung bleiben."
„Unbedingt."
„So eine Begegnung, nicht zu glauben."
„Ja."
„Ich hole Papier und Stift aus dem Wagen."
„Wunderbar."
„Aber wir könnten uns doch auch bei mir treffen, ein wenig quatschen. Hättest du Lust vorbeizukommen?"
„Warum nicht? Gerne."

„So gegen neun?"
„Okay!"
„Hausnummer 21, nicht weit von Herrn Binder."
„Gut."
„Ich kann uns ja auch was kochen. Bis dann, Tschüß!"
„Tschüß!"
Grüß Gott, rief sie in Richtung Alois, und der meinte, in seinem Haus habe noch niemand Hunger leiden müssen, rammte die Gabel in einen Grashaufen, murmelte sich etwas in den Bart und brachte das Gras zum Pferdewagen.
Ich hörte den Geländewagen starten, langsam kam er unter den Ästen der Trauerweide hervor, die am Rande des Stoppelfeldes stand. Dort angelangt, kam er so richtig in Fahrt. Mit einem Geländewagen über ein endloses Stoppelfeld der untergehenden Sonne entgegen, das mußte herrlich sein.
Das Schimpfen von Alois, manche Leute hätten nichts Besseres zu tun, als dem Herrgott die Zeit stehlen, riß mich aus meiner Vorstellung, und ich fragte, ob ich helfen könnte.
Tragen schon, meinte er, das andere sei nicht so einfach, denn der Haufen müsse geformt, dann richtig angestochen werden, damit es halte.
Er führte es mir vor, steckte die Gabel in den Haufen, sagte: Bitte schön! Ich wußte nicht, wie sie nehmen. Auf die Schulter, sagte Alois und half mir dabei.
Daß er und Karin sich kannten, war klar. Und daß er sie nicht mochte auch. Schon erstaunlich, daß der Alte keinen Hehl daraus machte.
Er hatte mit dem Holzrechen und der zweiten Gabel schon die nächste Ladung vorbereitet. Wir sind ein gutes Team, wollte ich ihm sagen, doch er kam mir zuvor, meinte, das laufe ja wie geschmiert, nahm mir die leere Gabel ab und zeigte auf die vorbereitete Ladung.
Schon irre diese Begegnung. Da laufen wir uns in diesem

Dorf über den Weg. Obwohl sie das mit dem Praktikum lustig fand, scheint es ihr hier zu gefallen. Aber ihr selbstbewußtes Auftreten, in der Aufmachung, einem Fremden gegenüber, das war schon seltsam. Dann die Einladung. Schon überraschend, aber eigentlich lag es doch auf der Hand. Ob ich mich auch so verhalten hätte? Warum nicht, in der Situation. Bestimmt fühlte sie sich manchmal auch einsam. Da kam eine solche Abwechslung doch wie gerufen.
Daran könnte man sich gewöhnen, meinte Alois, als wir die letzten zwei Ladungen Gras zum Pferdewagen brachten. Sollte ich ihn nach Karin fragen? Rechen und Sense nicht vergessen, sagte er, und ich ging sie holen. Warum er mir folgte, begriff ich nicht, bis ich sah, daß er die Grasbüschel einsammelte, die auf dem Weg zum Wagen heruntergefallen waren. So, sagte er, steckte die Sense in die Ladung, legte Gabel und Rechen mit den Zinken nach unten dazu. So könne nichts passieren, erklärte er mir. Herrgott noch mal, diese Viecher, entfuhr es ihm und er klatschte sich mit der Hand auf die Wange. Bestimmt die Gelsenkönigin, scherzte er, wischte sich die blutverschmierten Finger am Hosenboden ab und, nachdem er sein Taschentuch mit Spucke befeuchtet hatte, die Stelle auf der Wange.
Gelsen stechen nur Leute mit süßem Blut, meinte er und zog Doina das Kopfgestell über. Als der Zugstrick dran war, die Aufforderung: Bitte schön! Ich schob die doppelte Schlaufe des Stricks hinter die Einkerbung des Sielscheids und zog sie zu. Gut, sagte Alois, faßte Doina am Kopfgestell und wendete den Wagen.
Wir können, sagte er, wies mir den Kutscherplatz zu, und wir stiegen auf. Da ich zögerte, die Zügel in die Hand zu nehmen, langte er danach, reichte sie mir, und Doina ging los. Auch ein faules Roß müsse man auf dem Nachhauseweg nicht antreiben, meinte er.

Ich hätte erwartet, eine Geschichte in diesem Zusammenhang zu hören, doch ihn schien anderes zu beschäftigen. Und daß ich die Zügel noch immer ungeschickt hielt, störte meinen Lehrmeister offensichtlich auch nicht.
Wir kreuzten die Spur, die der Geländewagen im Stoppelfeld hinterlassen hatte. Diese Karin sei nichts für mich, sagte Alois mit ernsthafter Miene, vermied dabei den Blickkontakt. Ich mußte lachen und meinte, ich kenne sie doch kaum, und was wäre schon dabei, daß wir uns heute abend treffen. Gehöre sich nicht, sagte er.
Daß ich mich mit einem Mädchen treffe? Nein, etwas anderes. Und zwar? Ob mir denn meine Mutter nichts erzählt habe. Was denn?
Er griff in die Zügel, rief, hoha! Doina blieb stehen. Er fahre, sagte Alois und gab mir zu verstehen, die Plätze zu tauschen. Was sollte das, spinnte der Alte? Wie an ihm vorbeikommen? Es war eng und er viel zu ungelenk. Ich stieg ab, ging um den Wagen herum.
Alois saß auf dem Kutscherplatz, nach vorne gebeugt, hielt die Zügel schlaff in der Hand. Ich stieg auf, ein leises Jeh! Weil Doina aber nicht losging, hob er leicht die Zügel an.
Besser, ich höre es von ihm, begann er. Daß meine Mutter schon mal verheiratet gewesen, wüßte ich ja bestimmt, und der Vater dieser Karin sei der erste Mann meiner Mutter, dieser Falott, schimpfte er wie aus der Pistole geschossen, fragte, ob ich nun verstehe, was er meinte.
Ich war völlig perplex. Ja, schon, brachte ich schließlich hervor, meinte verlegen, das sei doch lange her und Menschen ließen sich nun mal scheiden. Ob ich denn immer noch nicht begreife, fragte Alois verzweifelt und ließ seiner Wut freien Lauf.
Der alte Schmidt habe sich was Besseres geglaubt, Brigadier in der Kollektiv, na ja, wenigstens einer aus dem Dorf,

kein Fremder, aber nie habe man gewußt, wo man mit ihm dran war, eingebildet, mein Großvater sei einer der wenigen gewesen, vor dem der Respekt gehabt habe, und sein Sohn, der Richard, nichts da mit höheren Schulen, Köpfchen nicht gereicht, habe anfangs in der Kollektiv als Kutscher gearbeitet, sei dann beim Militär Chauffeur geworden, habe sich der Schmidt Hans was kosten lassen, nach der Entlassung Chauffeur beim Direktor der Ferma aus Gottlob gewesen, wieder durch Beziehung, und der Richard sei abends mit dem Auto nach Hause gekommen, habe es vor dem Haus abgestellt, damit es auch alle sehen, jeden Tag nur noch schön angezogen, der mußte sich die Hände nicht mehr dreckig machen, habe sich dann ein eigenes Auto gekauft, damals ein Vermögen.

Alois schaute mich kurz an, schon etwas milder gestimmt, fuhr er fort: Deine Mutter geheiratet, gut, man wisse nie, wo die Liebe hinfalle, aber alle im Dorf hätten sich gewundert, ein schönes Mädchen mit Schule, Lehrerin, der Großvater sei nicht glücklich gewesen, habe ihr aber nicht reingeredet. Nach der Hochzeit habe man ein Haus in Gottlob gekauft, alles schön und gut, dann die Flucht über Jugoslawien mit einem Besucherpaß im kleinen Grenzverkehr, da habe der Schmidt Hans dahinter gesteckt, denn Ehepaare hätten nicht einmal im Traum zusammen den Paß gekriegt. Und dann in Deutschland, kam Alois wieder in Fahrt, was sich der Richard denn vorgestellt habe, eine Lehrerin in der Fabrik arbeiten, war nicht einverstanden, daß sie wieder studiert. Die Scheidung, gut, komme vor, aber der Schmidt Hans und seine Frau hätten den Großvater und die Großmutter im Dorf schlecht gemacht, als ob sie was dafür konnten. Der Großvater habe versucht, einem offenen Streit aus dem Weg zu gehen, schon wegen der Großmutter, als die dann gestorben sei, die Feindschaft mit dem Schmidt Hans begraben wollen, doch der: Nichts! Noch immer den Großen gespielt, obwohl er wegen der Flucht seines Sohnes den Posten verloren habe, er sei auch nur noch Taglöhner in der neuen Gemüseferma gewesen, wie alle im Dorf, als die Kollektiv vor dem Bankrott gestanden.

Nach dem Umsturz habe er gegen die Kommunisten geschimpft, bis dahin lange Jahre mit den Wölfen geheult, dann beim ersten Besuch des Großvaters sich im Wirtshaus geprahlt: Für ihn sei in Deutschland gesorgt, sein Richard. Gut, jeder Mensch sei, wie er sei, aber die Katze lasse das Mausen nicht.

Kurz nach dem Tod des Großvaters sei der Schmidt Hans zu Besuch aus Deutschland gekommen, habe sich aufgeführt wie der Kaiser von China, als ob ihm alles im Dorf mal gehört hätte, habe sich über ihn lustig gemacht, was er und der Anton vorgehabt, damit gebe er sich nicht ab, alle werden noch staunen, nur abwarten.

Der habe seine Beziehungen gehabt und sich auch noch Traktoren und Maschinen aus Deutschland schenken lassen. Gott aber habe ihn bestraft, seine Frau sei während des Besuchs gestorben und hier beerdigt worden, kurz darauf sei auch er gestorben, in Deutschland, sein Sohn habe ihn überführen lassen, das habe viel Geld gekostet, aber es sei angeblich sein letzter Wunsch gewesen, den zu erfüllen, hätte sich der Richard verpflichtet gefühlt. Und jetzt sei wieder ein Schmidt der Herr über Wiseschdia. Ist das gerecht?

So, meinte Alois, atmete tief durch, als wollte er sagen: Jetzt kennst du die ganze Geschichte. Ich wollte ihm versichern, daß ich das Verhalten des Schmidt schäbig finde, doch er lachte auf, sagte, er erzähle mir jetzt, wie mein Großvater den Herrn Brigadier lächerlich gemacht habe, noch vor der Heirat der Kinder, präzisierte er.

Der Schmidt habe immer den großen Herren gespielt: im Einspänner über die Felder gefahren, die Arbeit kontrolliert, an Feierabenden am Wirtshaus vorgefahren, das große Wort geführt. An einem Abend habe der Großvater so getan, als müsse er mal. Draußen habe der Schmidt das Roß wie immer mit den Zügeln an einen Baum gebunden gehabt, der Großvater habe es losgebunden, ihm einen Klaps gegeben, und schon sei es nach Hause in die Kollektiv gelaufen. Der Schmidt habe große Augen gemacht, nach dem Einspänner gesucht. Und was das für eine Lacherei gewesen sei.

Späher

Und was sagen, falls jemand anruft? fragte Alois. Blitzartig wurde mir klar, was für eine heikle Situation entstanden wäre, hätte meine Mutter angerufen und erfahren, wo ich war. Bin im Dorf spazieren, sagte ich, und Alois meinte: Ist recht so.

Ganz schön schlitzohrig der Alte, hatte sich der gemeinsamen Notlüge nur versichern wollen, und ich konnte mir auch vorstellen, daß er keine Schwierigkeiten haben wird, glaubhaft zu lügen, sollte meine Mutter anrufen.

Sie werden nicht absperren, der Hund bliebe an der Kette, ich käme ja bestimmt noch vor Mitternacht, meinte Alois, der mich zum Tor begleitete. Ein Wink mit dem Zaunpfahl: Nicht zu lange bleiben.

An diesem Besuch gehe die Welt auch nicht unter, sagte er dann, und es klang ganz versöhnlich. Das war ihm wahrscheinlich nun doch zu friedfertig, denn er fügte hinzu, als wir uns verabschiedeten: So dumm könnte sie nicht sein, er wäre neugierig, ob sie sich inzwischen Rechenschaft gegeben habe.

Das hätte auch ich gerne gewußt. Am Weidenwald hatte sie bestimmt keine Ahnung, wer ich war, sonst hätte sie mich doch nicht eingeladen. Eigentlich lag es an mir, die Lage zu klären, ich konnte doch jetzt nicht so tun, als wüßte ich nichts. Und wie stünde ich denn da, im nachhinein, wenn ich zugeben müßte, es gewußt zu haben.

Es war doch eine alte Geschichte, mit der hatten wir nun wirklich nichts zu tun. Undenkbar aber dieser Besuch, wären meine Eltern mitgekommen, ich hätte Rücksicht auf meine Mutter nehmen müssen.
Und Karins Vater? Wie wird der reagieren? Schon erstaunlich, daß Alois nicht dieses Argument ins Feld geführt hatte, um mich von einem Besuch abzuhalten.
Das renovierte Haus auf der anderen Seite war mir bei meinem Streifzug durchs Dorf aufgefallen, fotografiert aber hatte ich es nicht. Ich überquerte die Gasse, der Bestätigung durch die in Mörtel geformte Nummer am Ziegelpfeiler des Tors hätte es nicht mehr bedurft.
Nun stand ich vor dem Holzzaun, grün lackierte Latten in Kopfhöhe, und wußte nicht, wie mich bemerkbar machen. Das war dann auch nicht mehr nötig, denn ein deutscher Schäferhund kam bellend herangestürmt, im selben Moment erschien Karin auf den Treppen zum Hausgang, rief den Hund zurück, der hörte zu bellen auf, verharrte aber in unmittelbarer Nähe des Tores in Stellung.
Wir begrüßten uns mit einem Hallo, sie kam zum Tor, faßte den Hund am Halsband und meinte, er verhalte sich immer mehr wie ein Dorfköter, obwohl er in Deutschland in der Hundeschule gewesen sei, bat mich herein und führte den Hund zu einem hohen, überdachten Zwinger, an der Rückwand des Nachbarhauses im vorderen Hof errichtet.
Sie war barfuß, trug eng anliegende Jeans, die weiße Bluse über dem Bauch geknotet. Ich wartete vor dem Treppenaufgang, die Tür zum Zimmer stand offen, im Unterschied zum Haus von Alois war hier die Küche eingerichtet. Ich sah Karin lächelnd auf mich zukommen. Sie wußte bestimmt von nichts. Nicht hinauszögern, nahm ich mir vor.
Sie kam erneut auf den Hund zu sprechen, meinte, es sei irgendwie verständlich, daß er sich wie ein Wachhund ver-

halte und eigentlich habe ihr Vater ihn zu diesem Zweck ja auch hergebracht.
„Wie heißt er denn?" fragte ich.
„Lord."
„Schöner Name."
„Findest du?"
„Ja."
„Ich hätte ihn lieber Ajax genannt."
„Kommt er tagsüber auch an die Kette?"
„Natürlich nicht. Bei den Leute hier im Dorf ist das aber selbstverständlich."
„Bei Herrn Binder auch."
„Der Herr Binder!"
„Ihr scheint euch ja zu kennen."
„Nicht näher, man grüßt sich."
„Wie bei euch in Bayern mit: Grüß Gott! Meine Mutter hat mich darauf aufmerksam gemacht."
„Dabei hat Bayern mit dem Banat gar nichts zu tun."
„Aber mit Österreich."
„Weiß ich auch. Das wollen wir aber nicht vertiefen. Oder?
„Nein."
„Setzen wir uns doch. Hier in den Hausgang."
„Was ist denn das für ein Gewächs?" fragte ich, auf dem obersten Treppenabsatz stehend und roch an den Blüten, die einen Stand wie der von Weintrauben hatten.
„Glyzinie."
„Duftet ganz betörend."
„Nicht wahr, Nachblüte."
„Wie, bitte?"
„Nachblüte, Glyzien, auch Blauregen genannt, blühen eigentlich im Frühjahr, ganz selten dann noch einmal."
„Du kennst dich ja aus."
„Ein wenig. Die pflanzten noch meine Großeltern, damit

waren mal viele Hausgänge zugesponnen. Trinkst du Wasser oder Cola? Sekt habe ich leider keinen."
„Wasser, bitte."
„Mit oder ohne Kohlensäure"
„Ist mir egal."
„Dann mit Kohlensäure, kommt sofort. Aber setz dich doch!" Sie verschwand in der Küche, ich war unschlüssig, auf welchen der zwei Stühle mich setzen, der Tisch stand längsseitig an die Wand gerückt, war mit einem roten Tischtuch bedeckt, darauf zwei Kerzenlichter in einem kleinen Teller. Ich entschied mich für den Stuhl am oberen Ende des Tisches, denn so saß ich nicht mit dem Rücken zu ihr, wenn sie wieder aus der Küche kam. Ich hörte Gläser klirren, die Tür eines Kühlschranks zuschlagen. Auf dem Tablett, mit dem sie erschien, standen Gläser, Wasser- und Weinflasche. Als sie es auf dem Tisch abstellen wollte, drohten die Flaschen zu kippen, ein leiser Aufschrei, ich bekam sie noch rechtzeitig zu fassen.

„Wäre fast schief gegangen", sagte sie, fuhr sich mit der Hand über die Stirn und mir schien, als wäre sie errötet.
„Fast", sagte ich.
„Du trinkst doch einen Wein zum Essen?" fragte sie und schenkte Wasser ein.
„Gerne. Was gibt es denn Gutes?"
„Ein chinesisches Gericht, mit viel frischem Gemüse aus dem Garten und Hühnerfleisch. Ist schon fertig, der Reis auch gleich."
„Chinesisch in Wiseschdia, nicht schlecht."
„Allerdings", meinte sie verschmitzt, reichte mir mein Glas und setzte sich mir gegenüber.
„Stoßen wir mit Wasser an?" fragte ich scherzend.
„Warum nicht? Oder willst du einen Schnaps, wie hier üblich vor dem Essen?"

„Nein, nein."
„Ich kann uns ja von dem Wein einschenken."
„Nein, aber mit Wasser soll man nicht anstoßen, das bringt Unglück."
„Woher hast du denn das?"
„Sagt meine Mutter."
„Dann eben nicht. Trotzdem, herzlich willkommen."
„Danke für die Einladung."
Wir prosteten uns zu, unsere Blicke trafen sich. Ich nahm rasch einen Schluck, sie schien auch etwas verlegen. Als sie, ohne etwas zu sagen, aufstand und in die Küche ging, sah ich mich in meiner Annahme bestätigt.
Ich trank mein Glas aus, schenkte mir nach, sie kam mit einem Aschenbecher aus der Küche, stellte ihn auf den Tisch, die Packung Zigaretten und das Feuerzeug legte sie neben ihr Glas.
„Marlboro", sagte ich.
„Was rauchst denn du?"
„Ich rauche nicht."
„Ach, so. Macht es dir was aus, wenn ich rauche?"
„Nein, nein."
„Hast du nie geraucht?"
„Nein."
„Nicht einmal probiert?"
„Nein", lachte ich.
„Komisch," meinte sie und zündete sich eine Zigarette an.
„Raucht dein Vater?" fragte ich
„Ja", sagte sie verwundert.
„Entschuldigung, war ja nur so eine Frage."
„Meine Mutter übrigens raucht nicht, sie stammt nicht aus Wiseschdia, sondern aus Gottlob, ist zur Zeit zu Hause in Deutschland. Noch andere Details zur Familie?"
„Nein, danke."

„Jetzt bist du dran."
„Meine Mutter stammt aus Wiseschdia, wie du weißt, mein Vater aus Deutschland, sie sind beide Lehrer."
„Der Herr aus gutem Hause!"
„Sei nicht albern."
„Entschuldigung."
„Darf ich dich was fragen?"
„Natürlich."
„Wie sprichst du eigentlich mit deinen Eltern?"
„Wie kommst du denn darauf?"
„Interessiert mich einfach."
„Wie soll ich schon sprechen?"
„Banatschwäbisch, Bayerisch?"
„Darüber habe ich mir noch nie Gedanken gemacht. Meine Eltern jedenfalls sprechen banatschwäbisch miteinander und bei mir ist der bayerische Einschlag ja nicht zu überhören."
„Der klingt sehr charmant."
„Danke! Ich schau mal nach dem Reis."
Darf ich dich was fragen? Das wäre die Gelegenheit gewesen. Die Eltern wieder ins Gespräch bringen, dann kämen wir um die Lebensgeschichte meiner Mutter und ihres Vaters doch nicht umhin. Der war offensichtlich nicht da, kein Geländewagen auf der Gasse, kein PKW im Hof. Der hätte sich doch schon längst gezeigt. Und dann? Im schlimmsten Fall hätte der Herr Schmidt mich einfach rausgeschmissen.
Ob ich ihr behilflich sein könnte, hörte ich sie rufen, und ich fragte, ob ich ihre Zigarette ausdrücken sollte, denn sie sei schon fast abgebrannt. Ja, den Aschenbecher könnte ich auf die Brustmauer stellen, antwortete sie. Ich begriff nicht gleich, gab mir aber dann Rechenschaft, daß die Mauer des Hausganges zum Hof hin gemeint war.

Ich ging in die Küche, sie reichte mir Servietten und Besteck, meinte, sie habe das Essen auf den Tellern angerichtet, für Schüssel sei kein Platz mehr auf dem Tisch.
„Sieht lecker aus", sagte ich.
„Hoffentlich schmeckt es dir."
„Bestimmt."
„Es ist genug da, falls Nachschlag gewünscht", sagte sie und dekorierte den Reis mit grünen Blättern.
„Was ist das denn?" fragte ich.
„Petersilie", sagte sie und mir schien, als wundere sie sich.
„Ganz professionell", sagte ich rasch.
„Nicht wahr."
Ich ging voraus, legte Servietten und Besteck auf den Tisch, sie stellte die Teller ab, meinte sie schenke schon mal vom Rotwein ein, damit er sein Aroma entfalte.
„Was du nicht alles weißt. Ich habe davon keine Ahnung."
„Da staunst du, was?"
„Das kannst du laut sagen."
„Jetzt noch die Kerzenlichter anzünden."
„Das wird ja ein Candle-Light-Dinner."
„Warum nicht?"
„Ja, warum nicht."
„Guten Appetit dann."
„Gleichfalls."
Wir begannen zu essen, doch ich dachte nur an eines: Sie jetzt fragen oder danach?
„Und?" fragte sie, als ich einen Blick wagte.
„Schmeckt hervorragend."
„Jetzt können wir ja auch anstoßen", meinte sie und ergriff ihr Weinglas.
„Und worauf?"
„Auf unsere Begegnung in diesem Kaff."
Wir stießen an, sie nahm rasch einen Schluck. Als sie auf-

schaute, sah ich ihren verwunderter Blick, als würde sie fragen: Ist was?
„Ich muß dich was fragen", sagte ich.
„Ich weiß."
„Was?"
„Daß mein Vater mit deiner Mutter verheiratet war."
„Du hast es gewußt?"
„Ich habe es heute abend von meinem Vater erfahren."
„Und ich von Alois, auf der Rückfahrt vom Weidenwald."

Gefährte

An Schlaf war nicht zu denken. Ich stand auf, trat ans Fenster, hätte es gerne geöffnet, aber Alois hatte mich vor den Stechmücken gewarnt. Ich setzte mich an den Tisch im Zimmer, draußen im Hausgang Mondschein.
Auch sie hatte sich bisher für die Geschichte der Familie nicht besonders interessiert. Daß ihr Vater schon mal verheiratet war, hatte sie gewußt, nicht viel mehr, auch in ihrer Familie wurde darüber nicht gesprochen.
Aber warum hätten uns unsere Eltern darüber ausführlich erzählen sollen? Waren sie uns über ihr Privatleben Rechenschaft schuldig? Dieses Argumente müssen ihr eingeleuchtet haben, deshalb wohl ihre Bereitschaft, über die Reaktion ihres Vaters zu erzählen.
Die Irritation sei ihm anzusehen gewesen, als sie ihm von der Begegnung am Weidenwald erzählt, sie habe angenommen wegen Alois. Als sie dann die Einladung erwähnt habe, sei ihr Vater unwirsch geworden: der komische Alte, habe sie doch absichtlich mit seinem Gast aus Deutschland bekannt gemacht. Sie habe verneint, ihr Vater aber beharrt: sie müßte ihm da nichts erzählen, der Alte sei gewieft, habe ihre Familie doch schon immer schlecht geredet, genau wie der Lehnert Anton. Da sei sie hellhörig geworden, da Alois doch den Namen erwähnt hatte, habe nachgefragt und so erfahren, wer ich bin.
Mehr nicht, denn ihr Vater habe gemeint, er wäre jetzt nicht

in der Verfassung, Bekanntschaft mit dem Sohn seiner ersten Frau zu machen, habe sowieso vorgehabt, übers Wochenende nach Temeswar zu fahren, um ein wenig abzuschalten, wenn er zurückkomme, erzähle er ihr ausführlicher.

Sie war dann wegen der Weigerung ihres Vaters doch aufgewühlt, hatte sich aber beruhigt, weil ich ihr versichert habe, daß sich meine Mutter in der Lage wohl auch nicht anders verhalten hätte, vorerst keine Bekanntschaft.

Ich war schon erstaunt, daß sie mich nichts über sie und meine Großeltern gefragt hat. Oder was Alois mir erzählt hätte. Zum Glück. Mit seinen Schimpftiraden auf ihren Großvater und Vater im Hinterkopf, wäre das ganz schön kompliziert gewesen. Und weil sie nichts gefragt hat, habe ich auch nichts erzählt.

Wir waren doch beide überfordert. Aber sie hat den Vorschlagt gemacht, uns morgen wieder zu treffen. Hätte ich auch vorschlagen wollen, habe ich gesagt. Ob sie mir das abgekauft hat? Einen Ausflug zum Weidenwald, waren wir übereingekommen. Wo alles begann, habe ich gesagt, sie so getan, als hätte sie es überhört, da bin ich mir sicher, denn sie hat mir lang und breit erklärt: kein Problem, der Geländewagen sei in einem Hof nicht weit von hier abgestellt, das Haus habe ihr Vater gekauft, als Wirtschaftsgebäude, dort sei auch das Büro eingerichtet.

Ein Stein sei ihr vom Herzen gefallen, hat sie gesagt, als wir uns verabschiedet haben. Und sie hat es mir leicht gemacht, mich umarmt. Ihre spontane Reaktion hat mich überrascht, sie meine Befangenheit vielleicht gespürt, da ich mich bei der Umarmung ungeschickt angestellt, doch dann habe auch ich ihr den Rücken getätschelt. Ihr helles Lachen, als ich ihr gesagt habe, was mir durch den Kopf gegangen war: Daß sie meine Schwester hätte sein können.

Ich hörte Bewegung aus dem Schlafzimmer. Das Schlürfen von Pantoffeln war zu hören, entfernte sich. Dann ganz deutlich, wie eine Tür aufgesperrt wurde. Es war bestimmt Alois, der durch die hintere Küche nach draußen an den Misthaufen ging, um zu pinkeln.

Mein alter Kamerad! Bewundernswert die Freundschaft zwischen ihm und Otta, und sie hatte sich bewährt in den Jahren der Not. Blindes Vertrauen, wenn Otta ihm einfach sein Geld anvertraut hatte, kein schriftlicher Vertrag. Handschlag wahrscheinlich bloß. Unglaublich, daß die zwei in dem Alter noch einen Neuanfang wagen wollten, Otta auch noch gegen den Willen seiner Töchter.

Schwer zu glauben, daß es nicht stimmte, was Alois von den Machenschaften des alten Schmidt erzählte. Diese Aversion nach so vielen Jahren. Zu Recht, konnte man ihm nicht übel nehmen, nach allem, was passiert war.

Wieder Schlürfen. Hörte sich an, als komme es näher. Jetzt das Rücken eines Stuhls im Hausgang. Wartete Alois dort auf mich?

Ich schlich ins mittlere Zimmer. An der Tür angelangt, zögerte ich einen Augenblick. Was sollte das! Ich sperrte auf und trat in den Hausgang.

Schon da, empfing mich Alois flüsternd, teilte mir mit, daß niemand angerufen habe und meinte, wir sollten uns jetzt schlafen legen, denn es sei schon spät. Ich wollte ihm noch sagen, daß ich mich bei Florica bedanke, denn nach meiner Rückkehr lag die Wäsche gebügelt, sogar die Unterhosen, auf meinem Bett, doch er hatte sich schon erhoben, schlürfte in Richtung Küchentür und ließ mich einfach stehen.

Grabenkampf

Als ich mit meinem Necessaire unter dem Arm in der hinteren Küche erschien, wurde ich schon erwartet. In Richtung Florica sagte ich, mulțumesc, zeigte auf mein frisch gewaschenes und gebügeltes T-Shirt. Sie lächelte erstaunt und was sie sagte, bedeutete wohl soviel wie: Gern geschehen! Alois, in Anzug und weißem Hemd, dieselbe Kleidung wie beim Spaziergang zum Haus meines Großvaters, fragte verwundert, woher ich denn rumänisch könne. Meine Mutter habe mir ein paar Wörter beigebracht, sagte ich, entschuldigte mich, schon wieder verspätet zu haben. Aber woher und heute sei doch Sonntag, meinte er.
Heute morgen stand der hölzerne Waschtisch neben der Küchentür im Gang, darauf alles vorbereitet: Handtuch, Seife, ein Glas Wasser. Ich wusch mir Gesicht, die Unterarme, das kühle Wasser tat gut. Ich sah, daß Alois mich beobachtete, als ich mich abtrocknete. Jetzt noch groß Zähne putzen wäre fehl am Platz gewesen, bloß den Mund spülen! Das sei aber schnell gegangen, meinte er, als ich mich noch rasch kämmte, doch die Ungeduld war ihm anzusehen, deshalb trug ich das Necessaire nicht in mein Zimmer. Florica hatte wohl schon gefrühstückt, denn sie setzte sich an den Tisch im Hausgang und begann Kartoffeln zu schälen, Alois hatte bestimmt aus Höflichkeit auf mich gewartet.
Verdammte Viecher! schimpfte er und schlug nach einer

Fliege, als ich mich zu ihm an den Tisch setzte, meinte, in Deutschland gebe es bestimmt nicht so viele, aber hier auf dem Dorf, zum Glück sei dieses Jahr die Plage nicht so groß.
Meine Mutter habe mir erzählt, wie sie als Kinder Fliegen jagten, sagte ich, doch er ging darauf nicht ein, fragte, während er Brot schnitt: Und?
Gut, sagte ich, wollte mich erklären, doch er kam mir mit seiner nächsten Frage zuvor: Gewußt?
Ja, sagte ich, berichtete, wie und wann Karin von meiner Identität erfahren, darauf bedacht, nichts von der Reaktion ihres Vater zu erwähnen. Nun sei ja alles geklärt, schloß ich, und wie seltsam wir es fanden, uns ausgerechnet hier über den Weg gelaufen zu sein.
Nicht zu Essen vergessen, meinte er, als sei die Angelegenheit für ihn nun abgehakt, doch dann die lauernde Frage: Und der Schmidt? Der sei nicht zu Hause gewesen. Wahrscheinlich wieder mal in Temeswar. Ja, bestätigte ich.
Na, ja, meinte Alois, er wolle ja nichts gesagt haben, aber Leute behaupteten, der Schmidt habe eine Frau in Temeswar, zu der er schlüpfe, seine tauche nur selten hier auf, wolle von der Bauerei nichts mehr wissen.
Daß Alois die Familie schlecht rede genau so wie der Anton Lehnert damals, habe sich ihr Vater beklagt, hatte Karin gesagt. Und ich stellte mir vor, während ich aß, Alois wäre mein Großvater und wetterte gegen die Schmidt.
Der hätte es sich früher nicht erlauben können, so einfach mal Urlaub in der Stadt machen, den großen Herrn spielen, seine Angestellten müßten heute, sonntags, bestimmt bis Mittag arbeiten, der habe doch nur Glück mit den armen Schluckern im Dorf, die auf die paar Kreuzer angewiesen seien, der Schmidt prahle, daß sie eine warme Mahlzeit am Tag kriegten. Wenn seine Helfershelfer aus Gottlob oder Temeswar kommen, werde groß gekocht und gefeiert, der

Unverschämte, habe nachfragen lassen, ob Florica nicht in der Küche arbeiten wolle, das müsse man sich mal vorstellen, seine Florica für den Schmidt arbeiten, nie und nimmer, und wenn sie trockenes Brot essen müßten, der nutze alle doch nur aus, sogar seine eigene Tochter, die müsse ihm die Buchhaltung machen, weil er dazu viel zu dumm, nur seine Frau habe ihm was gezeigt. Fitzl, sagte Alois, streckte die Hand aus, den Daumen zwischen Zeige- und Mittelfinger. Er hätte wohl weiter gelästert, wäre Florica nicht mit den geschälten Kartoffeln in einem Topf mit Wasser in der Küche erschienen. Cafea? fragte sie. Ich schüttelte den Kopf, zeigte auf das Töpfchen Milch, das ich gerade ausgetrunken hatte.

Dann könnten wir ja ins Dorf gehen, sagte Alois und erhob sich. Natürlich, meinte ich wie selbstverständlich, obwohl es nicht abgesprochen war. Er zeige mir die Hauptgasse, sagte Alois, wollte wissen, während er ins Schlafzimmer ging, was ich denn arbeite, falls wir Leuten begegneten, die sich nach dem Beruf seines Gastes erkundigten. Student, sagte ich, und er meinte: Schön.

Florica nutze die Abwesenheit ihres Mannes und fragte flüsternd etwas, von dem ich bloß Schmidt und Karin verstand. Und weil ich überzeugt war, daß sie sich nach meinem Besuch erkundigte, sagte ich, gut. Ihr Nicken und Lächeln verdeutlichten mir, daß sie verstanden hätte und sie sich für mich freute.

Wir können also, sagte Alois, der mit Hut aus dem Schlafzimmer kam und den Spazierstock dabei hatte, was Florica anscheinend gut hieß, denn er meinte, sie habe ja recht.

Als wir auf die Gasse traten, wies er mich darauf hin, daß Florica heute morgen noch rasch gekehrt habe, sie sei gestern nicht mehr dazu gekommen, eigentlich kehre man Gasse und Hof immer Samstag.

Ich wollte sagen, wisse ich von meiner Mutter, ließ es aber bleiben. Er meinte, wie auf seiner Gasse habe es früher im ganzen Dorf ausgesehen, jetzt nur noch bei ein paar Leuten, ansonsten überall Gras.

Sein fragender Blick. Erwartete er eine Stellungnahme von mir? Und wir wären früher bestimmt in die Kirche gegangen, hätten Leute getroffen, fuhr er fort. Mir war, als hätte jemand einen Schalter in meinem Kopf umgelegt, ich hörte ihn reden, ein Ferngespräch, das sich von weit her anhörte. Kein eifriger Kirchengänger gewesen, an hohen Feiertagen aber, Weihnachten und Ostern, ein Muß und der Mutter zuliebe, die Leute nicht bigott gewesen, aber der Kirchgang einfach zum Sonntag gehört, der Pfarrer aus Gottlob gekommen, ein guter Mensch, ein Motorrad aus Deutschland bekommen, später dann sogar ein Auto, in den letzten Jahren der Pfarrer schon krank, konnte nur noch selten kommen, aber Messe wurde gehalten, der Kirchenchor gesungen, die Frauen gebetet, der Pfarrer zu Besuch nach Deutschland gefahren, dort gestorben, es nicht mehr erlebt, daß die Kirche renoviert von den Leuten aus dem Dorf, die nach Deutschland ausgewandert, jetzt die schönste Kirche in der ganzen Umgebung, für wen? die Rumänen die Kirche genutzt, jetzt nicht mehr, Florica habe ihm gesagt, daß die Orthodoxen ganz anders die Messe halten, dazu sei eine katholische Kirche gar nicht geeignet, der Bischof wäre jetzt auch nicht mehr einverstanden, daß die Rumänen die Kirchen benutzen, da stehen nun in den Dörfern die Kirchen, zerfallen, in vielen nun die Rumänen begonnen, ihre eigenen Kirchen zu bauen, in Wiseschdia bestimmt nicht, das Dorf viel zu klein, bis vor einem Jahr habe ein rumänischer Pfarrer im Dorf gewohnt, sich nur um sein eigenes Wohl gekümmert, Rechnungen vorgelegt, die Lehrerin, die für Wiseschdia zuständig in der Gemeinde, in Gottlob, habe dann einen Schlußstrich gezogen, ihn aus dem Dorf gejagt, eine forsche Person die Lehrerin, wohnt in dem schönen Haus vom Loibl Hans, von allen respektiert, setzt sich ein, die Schule renoviert.

Die Schule habe diese neumodischen Dinger gekriegt, auf denen man schreiben könne, sagte Alois und: Verflixt und zugenäht, so ein komisches Wort. Schreibmaschinen, wollte ich ihm auf die Sprünge helfen.

Nein, nein, wehrte Alois ab, er wisse auch, was eine Schreibmaschine sei, der Buchhalter in der Kollektiv habe eine gehabt. Computer? fragte ich zweifelnd. Ja, ja, bestätigte Alois erleichtert. Computer, hier an dieser Schule? Alois beeilte sich aber zu bekräftigen: Ganz bestimmt, habe alles die Lehrerin arrangiert.

Am Zaun des Hauses, an dem wir vorbeigingen, bellte wütend ein Hund. Ein Mann im Hinterhof, der anscheinend gepinkelt hatte, pfiff den Hund zurück, Alois hob die Hand zum Gruß, flüsterte mir zu: Der gehört zu den Leuten vom Schmidt.

Ein Hund als der Beweis, daß ein Haus bewohnt war. In Begleitung von Alois zum Haus von Otta war es mir gar nicht so aufgefallen, die Aufregung, das Erzählen von Alois, erst als ich allein hingegangen war, um Fotos zu machen. Schon Bammel gehabt, auf die andere Gassenseite gewechselt, der Hund aber, der vor einem Haus ohne Zaun lag, hatte mich völlig ignoriert. Und die Befürchtung, jemand könnte mich auf meinem Streifzug durchs Dorf ansprechen, hatte sich als unbegründet erwiesen, ich hatte nicht einmal jemanden zu Gesicht bekommen.

Da habe der Briefträger gewohnt, der Gria, sagte Alois, und weil er wohl mein Stutzen wegen des komischen Namen bemerkt hatte, erklärte er mir, daß fast alle Leute im Dorf einen Rufnamen hatten, Gria, Mutschi, Pumberle,

Mullus, das seien ganz ausgefallene gewesen, seine Familie sei Tischler gerufen worden, weil sein Großvater Tischler gewesen.
Und mein Großvater? fragte ich. Der habe keinen Rufnamen gehabt, wurde Lehnert Anton genannt, sagte Alois und fuhr mit der Geschichte des Briefträgers fort: großer, starker Mann, noch mit über dreißig in der Handballmannschaft des Dorfes gespielt, zwei Töchter, studierten, Gemüse gepflanzt, wohlhabend geworden durch den Export nach Deutschland, alles gehabt, was man sich nur wünschen konnte, auch ein Auto, trotzdem alles stehen und liegen lassen.

Und während wir so gingen, erzählte er mir Lebensläufe: Krieg, wer aus der Familie gefallen, Deportationen, Enteignung, sich durchgeschlagen, dann in die Kollektiv, Gemüse für den Export nach Deutschland, ausgewandert. Das waren die Schlagwörter, die sich als Konstanten durch die Biographien dieser Menschen zogen.

Ganz schön kompliziert, meinte er und gab es auf. Er hatte versucht, mir das weitläufige Verwandtschaftsverhältnis meines Großvaters zu einer Familie, an deren Haus wir vorbeigegangen waren, zu erklären, dabei bis auf die Großmutter väterlicherseits meines Großvaters zurückgreifen müssen.

Und weil das alles so kompliziert war, fragte ich ihn nicht, ob das Haus auf der anderen Gassenseite das Elternhaus meines Großvaters sei, wie ich annahm. Ich hatte es fotografiert, und meine Mutter würde es bestimmt wiedererkennen.

Fotografiert hatte ich auch den im Vergleich zu Häusern imposante Bau. An vielen Stellen kein Verputz mehr, Fenster fehlten. Das Bauernheim, später Kulturheim, in der Zwischenkriegszeit erbaut, erklärte Alois, wies nicht ohne Stolz darauf hin, daß die Lehrerin versprochen habe, näch-

stes Jahr die Renovierung in Angriff nehmen zu lassen, einschließlich der daneben stehenden Kegelbahn.
Ein Holzbau, zu einer Seite hin offen, Teile des Dachs ohne Ziegel, alles schon in Schieflage. Es sei ja auch schon höchste Zeit, meinte Alois, und die ausgewanderten Deutschen wären nicht mehr bereit, immer nur zu zahlen, wollten sehen, wo ihre Spenden landeten, die Gemeinde könne sich auch nicht mehr herausreden und müsse mit dem versprochenen Zuschuß herausrücken.
Diese Spenden! Schon eigenartig. Auch meine Mutter, die keinen Kontakt zur Heimatorganisation in Deutschland pflegte, hatte durch Tante Hilde gespendet, ich sie nach dem Sinn gefragt. So dürfe man die Frage nicht stellen, denn dieser Anhänglichkeit sei mit pragmatischen Überlegungen nicht beizukommen und für mich diese emotionale Bindung verständlicherweise nicht nachvollziehbar, hatte sie gemeint.
Ja, Anhänglichkeit, hatte sie es genannt.
Und? Alois zeigte auf die renovierte Kirche gegenüber. Schön, sagte ich, daß sie mir bei der Herfahrt schon aufgefallen wäre und ich sie, wie versprochen, gestern fotografiert hätte. Dreimal dürfe ich raten, was für ein Gebäude das dort drüben sei, sagte Alois und blieb stehen.
Die Schule. Richtig. Nicht groß, bloß zwei Klassenzimmer und die ehemalige Lehrerwohnung. Als er zur Schule gegangen, sei es noch eine Siebenklassenschule gewesen, ein einziger Lehrer habe bis zu siebzig Schüler unterrichtet, vormittags und nachmittags, nach dem Krieg nur noch die Vierklassenschule, jetzt wieder, seit sich die Rumänen angesiedelt.
Das andere Gebäude, ehemals Gemeindehaus, dann Kindergarten und Geschäft, sagte Alois, er habe nicht mehr geglaubt, daß man das noch renovieren könne, habe der Schmidt gemacht, wieder ein Geschäft mit Lebensmittel und ande-

rem aufgemacht, bald wieder auch ein neues Wirtshaus.
Und weil ich befürchtete, mir erneut eine Schimpftirade anhören zu müssen, fragte ich, wo die Leute denn bisher eingekauft hätten. In Gottlob, und solange er es könne, werde er dort einkaufen, sagte Alois trocken. Er fahre jede Woche mittwochs mit dem Wagen hin, nehme dann auch Käse und Rahm mit, Florica habe dort ihre Kundschaft, erklärte er mir, meinte, er bringe mich ja morgen an den Bahnhof, gegen 10 Uhr gehe der Zug, aber wir könnten ja schon früher fahren, ich mir das Geschäft in Gottlob anschauen.
Sollte ich Liviu nun definitiv absagen? Aber dann wäre er bestimmt beleidigt. Ob ich was mit dem Kamerad abgemacht habe, fragte Alois, als hätte er geahnt, was mich beschäftigt. Ja, sagte ich, und er meinte zu meiner Verwunderung, es wäre auch besser, wenn man sich nicht so gut auskenne, wollte wissen, wann der Kamerad mich denn morgen holen komme. Müssen wir noch absprechen, ich werde mit ihm telefonieren, sagte ich. Ob ich nicht bis Montag abend bleiben könne, fragte er. Leider nicht, bedauerte ich, und er meinte, bis morgen hätten wir ja noch genug Zeit zum Erzählen.
Ich hätte ihm gerne gesagt, daß meine Eltern und ich vorhatten, nächstes Jahr zu Besuch zu kommen, aber wenn es nicht klappen würde, wäre er bestimmt tief enttäuscht.
Ist das die Möglichkeit, schimpfte er am Rock nestelnd. Ich begriff nicht sofort. Meine Brieftasche, sagte er, bestimmt habe Florica sie ihm herausgenommen und in den Schrank gelegt, eine schlechte Angewohnheit von ihr, immer alles weglegen, auch das Geschenk, in den Schrank, aufheben. Für wen? Das Rasierwasser habe sie ihm nicht gegeben, er sie gefragt, ob er bis zu seiner nächsten Hochzeit warten solle. Und jetzt kein Geld, er habe mich dort um die Ecke ins Wirtshaus auf ein Bier einladen wollen.

Doch kein Problem, ich bezahle, sagte ich. Schön und gut, brummelte Alois, aber wie würde er dastehen, lasse sich von seinem Gast ein Bier bezahlen, meinte, es wäre ihm unangenehm, ob ich ihm aber Geld leihen könnte, zu Hause kriege ich es natürlich zurück.
Ich begriff, daß Verhandeln keinen Sinn machte, es Alois als Gastgeber sehr wichtig war. Ich reichte ihm einen Geldschein aus meiner Brieftasche, Alois ließ ihn, ohne sich zu bedanken, rasch in der Hosentasche verschwinden.
Das alte Wirtshaus, beeilte er sich zu erzählen, als wir in die Seitengasse einbogen, sei bis Mitte der sechziger Jahre in dem kleinen Haus im Hof des Kulturheims untergebracht gewesen, später im alten Geschäft, nach der Sonntagsmesse habe das Wirtshaus geöffnet, die Männer seien eingekehrt, kaum einer habe sich in Arbeitskluft aufzutauchen getraut, um mal rasch einen Schnaps zu trinken.
In den letzten Jahren vor der Revolution sei das Wirtshaus fast immer geschlossen gewesen, nichts mehr zu trinken da. Dreiundneunzig habe ein zugewanderter Rumäne das Wirtshaus aufgemacht, dann der Schmidt eines am Ende der Hauptgasse, in einem Haus, wenn der jetzt neu aufmache, müsse der da bestimmt zumachen.
Komisch, sagte Alois und steuerte zielstrebig auf das längs zur Gasse stehende Nebengebäude eines Hauses zu, mit einem Überdach oberhalb der Eingangstür, daneben ein schon ramponierter mehrteiliger Fahrradständer aus Rundeisen. Na ja, meinte er, als er den Zettel gelesen hatte, der an der Scheibe klebte.
Der Toni, der Wirt von früher, präzisierte Alois, und schimpfte drauf los, hätte sich das nicht erlauben können, sonntags das Wirtshaus nicht aufmachen, einfach einen Zettel schreiben, heute zu, aber heutzutage, mache doch jeder, was er wolle.

Ich wollte schon vorschlagen, es doch in dem anderen Wirtshaus zu versuchen, die Atmosphäre einer Dorfkneipe zu erleben, hätte mich gereizt, doch mit diesem Argument wäre Alois bestimmt nicht zu bewegen gewesen, ein Lokal zu betreten, das dem Schmidt gehörte.

Die Empörung von Alois schien verraucht, denn er meinte, den Sonntag ließen wir uns nicht verderben, zu Hause habe er Besseres zu trinken als dieses Gesöff hier im Wirtshaus, das Temeswarer Bier, von dem wir schon gestern hätten trinken können, wenn wir nicht Melone gegessen hätten, fragte, ob mir der Schnaps, den wir mit meinem Kameraden getrunken, geschmeckt habe. Ich bejahte, und er wies mich darauf hin, daß er von demselben Bekannten aus Gottlob einen guten Hauswein gekauft habe, nichts besseres als ein guter Hauswein, der aus dem Geschäft schmecke ihm nicht. Er griff in die Hosentasche und gab mir wortlos den Geldschein zurück.

Ob die Gassen auch sonntags so menschenleer seien oder nur heute, weil das Wirtshaus geschlossen habe, fragte ich, um die Situation zu überbrücken, als ich den Schein einsteckte. Nicht immer, sagte Alois und wollte wahrscheinlich gerade zu einer Geschichte ansetzen, da er auf ein Haus zeigte, als der Geländewagen um die Ecke kam. Wie man sehe, seien auch andere Leute unterwegs, meinte er.

Karin hielt bei laufendem Motor, ließ das Wagenfenster herunter, begrüßte uns ganz unbekümmert, fragte, ob ich zu ihr komme oder sie mich bei Alois abholen solle. Ich komme hin, sagte ich verlegen und hob die Hand zum Gruß, als sie losfuhr.

Wohin? fragte Alois erstaunt. Wir machen einen kleinen Ausflug in die Umgebung, wollten noch einmal darüber sprechen, rechtfertigte ich mich. Ach so, meinte er.

Lockrufe

Als ich mich nach dem Mittagessen bis auf später verabschiedete, meinte Alois, er wüßte ja, was sagen, sollte jemand anrufen. Die Zeichen von Florica hinter seinem Rücken waren eindeutig: Nur keine Sorgen machen. Wenn ich zurückkomme, telefoniere ich mit Liviu wegen morgen, sagte ich. Wider Erwarten drängte Alois nicht schon jetzt auf eine Entscheidung und machte auch keine Anstalten, mich bis auf die Gasse zu begleiten. Vielleicht war er froh, mich endlich los zu werden und insistierte deshalb nicht mehr. Nein, das war ungerecht, auch Florica gegenüber.
Es war bestimmt die neue Konstellation, die ihm zu schaffen machte und seine Zurückhaltung, nicht fortwährend auf den Schmidt zu schimpfen, kostete ihn Mühe. Ganz lassen hatte er es aber doch nicht können, diese diebische Freude, als er mir beim Mittagessen die Geschichte erzählte. Lange vor der Heirat meiner Mutter, hatte er wieder präzisiert. Der Schmid habe eines Abends im Wirtshaus gegen einen Rekruten meines Großvaters gestänkert, der es nicht gewagt, sich mit ihm anzulegen. Der Schmidt sei pissen gegangen, mein Großvater ihm gefolgt, die Männer hätten geahnt, was passieren würde. Mein Großvater sei nach einer Weile zurückgekehrt, habe sich nichts anmerken lassen, der Schmidt sei an dem Abend nicht wieder im Wirtshaus erschienen. So habe mein Großvater solche Angele-

genheiten geregelt: still, ohne großes Aufsehen. Er sei kein Raufbold gewesen, hatte Alois betont, habe aber eingegriffen, wenn es um Gerechtigkeit ging.

Im Grunde eine amüsante Geschichte, aber Karin hätte ich sie nicht erzählen können. Vielleicht später mal, in Deutschland. Dann hätten wir beide die nötige Distanz dazu und würden diese Geschichte bestimmt lustig finden: Wie in einem Western.

Vor dem Tor stand der Geländewagen. Ich war mir nicht mehr sicher, ob der Wagen schon bei unsere Begegnung heute morgen gewaschen war. Durch die Lücken im Lattenzaun sah ich den Hund ausgestreckt im Zwinger liegen, der schien mich nicht bemerkt zu haben, in Haus und Hof keine Bewegung.

„Suchen Sie jemanden?" vernahm ich Karins Stimme aus dem Hausgang hinter den Glyzinien.

„Eine Frau Karin Schmidt", ließ ich mich auf das Spiel ein.

„Willst du nicht noch einen Augenblick reinkommen?"

„Nein, ich warte hier", sagte ich und im selben Moment schlug der Hund kurz an.

„Bin gleich soweit!" rief sie von hinter dem Blättervorhang. Da stand ich nun an einem heißen Sonntagnachmittag im Schatten einer Akazie neben einem Geländewagen der Marke Toyota mit einheimischem Nummernschild, die Gasse menschenleer, das Dorf wie ausgestorben, wartete auf eine Frau, die ich erst seit gestern kannte und die plötzlich eine Rolle in meinem Leben spielte. Ich drehte mich um, sah Florica auf der Gasse vor dem Haus stehen, sie winkte mir zu, ich trat aus dem Schatten der Akazie und winkte zurück.

Karin eilte mit einem Napf über den Hof. Ja, ich hatte richtig geraten: frisches Wasser für den Hund. Helles Sommerkleid, weiße Tennisschuhe, die Bräune ihrer Beine und Arme kam nun im Kontrast zu ihrem Kleid voll zur Geltung, bei unserer Begegnung auf der Lichtung im Weidenwald war es mir nicht aufgefallen.

„Willst du fahren?" fragte sie und hielt mir den Wagenschlüssel hin.

„Lieber nicht."

„Sag jetzt bloß nicht, du hast keinen Führerschein."

„Doch."

„Wie nun?"

„Ich habe Führerschein. Aber wenn ich den Wagen deines Vaters kaputt fahre, gibt's Ärger."

„Schiß?"

„Sollte ich?"

„Ihn meinte ich auch nicht", stellte sie klar, als wir in den Wagen stiegen.

„Er kommt doch erst heute abend."

„Ja. Ich dachte mir, ich stelle dich ihm trotzdem vor", sagte sie und fuhr los.

„Ich weiß nicht."

„Also doch Schiß!"

„Das finde ich unfair."

„Was?"

„Diese Überrumpelung."

„Dir oder ihm gegenüber?"

„Beiden."

„Er tut mir eigentlich leid."

„Weißt du, wie ich mir vorkomme?"

„Wie denn?"

„Wie in einem Film, wo plötzlich jemand auftaucht und das Leben von Leuten durcheinander bringt."

„Oder wie in einem schlechten Roman. Übertreibe mal nicht."

„Inwiefern?"

Sie wisse nicht, wie es mir ergangen sei, meinte Karin, aber sie habe sich das Ganze heute nacht noch einmal durch den Kopf gehen lassen und sich letztendlich die Frage gestellt, was ihrem Vater eigentlich vorzuwerfen wäre.

Ich solle sie nicht unterbrechen, sagte sie in forschem Ton, da ich etwas sagen wollte, der Vergleich mit einem schlechten Film sei an den Haaren herbeigezogen, es gehe nicht um Psychologie, Deutungen, sondern um Fakten, im Grunde um ganz normale Biographien, die so und nicht anders verliefen.

Sie faßte das Lenkrad mit beiden Händen und gab Gas. Ich schaute sie verwundert an, mit dieser Reaktion hatte ich nicht gerechnet.

Darüber wären wir uns doch einig gewesen, meinte ich vorsichtig, und es fiele mir im Traum nicht ein, jemanden zu beschuldigen. Ihr auch nicht, erwiderte sie, ohne mich anzublicken, aber sie wollte das klar gestellt haben, und was Alois Binder so über ihren Vater rede, sei ihr schnuppe.

„Er ist eben ein seltsamer Mensch."

„Ein Kauz."

„Könnte man auch sagen."

„Was ist denn jetzt los?"

Die verärgerte Frage galt nicht mir, denn ich spürte nun auch, daß der Wagen leicht schlingerte, und sie hielt inmitten des Stoppelfeldes an.

„Reifenpanne?"

„Wahrscheinlich", sagte sie, als wir ausstiegen.

„Auf meiner Seite alles in Ordnung", teilte ich ihr mit.

„Hier, der Vorderreifen", sagte sie und winkte mich heran.

„Fast platt", meinte ich und trat mit dem Fuß gegen den Reifen.

„Hast du schon mal ein Rad gewechselt?"

„Nein, aber meinem Vater geholfen beim Reifenwechsel, Sommerreifen, Winterreifen."
„Wir lassen den Wagen hier stehen, der Mechaniker meines Vaters bringt das in Ordnung."
„Dann gehen wir eben zu Fuß."
„Ist ja nicht mehr weit."
„Aber wir würden das doch auch hinkriegen, oder?"
„Wenn du meinst."
„Wir brauchen Reserverad, Wagenheber, Kreuzschlüssel, müßte alles im Kofferraum sein", gab ich mich fachmännisch.
„Eigentlich ja", meinte sie zuversichtlich und schloß auf.
„Alles da", stellte ich fest, während ich die Abdeckung des Kofferraumbodens hochhielt.
„Nun ist der Meister gefragt", meinte sie und faßte an der Abdeckung mit an, die wir ins Stoppelfeld legten.
„Wird schon schiefgehen", sagte ich und trug Wagenheber und Kreuzschlüssel zum Vorderrad.
„Und jetzt?" fragte sie, als ich zurückkam, zeigte auf die Schraube mit der das Reserverad in der Verankerung befestigt war.
„Einen Schraubenschlüssel", sagte ich.
„Und woher?"
„Gute Frage."
„Im Handschuhfach liegt immer allerlei Werkzeug herum."
„Ich schau mal nach."
„Ich mach das schon."
Jetzt habe ich mir was eingebrockt. Aber ich habe ihr ja gesagt, daß ich es noch nie gemacht habe. Bingo! hörte ich sie rufen, sah sie mit einem Set Schraubenschlüssel winken.
„Glück gehabt", sagte ich, nahm ihr das Set ab, die Schlüssel waren der Größe nach aufgereiht.

„Man muß wissen, wo suchen", sagte sie, als ich den Schlüssel ansetzte.
Er war zu klein. Einer werde doch passen, meinte ich belustigt, als ich den zweiten probierte, doch der war zu groß. Erst der dritte paßte.
Und während ich die Schraube löste, zeigte Karin auf die Schlüssel, begann wie verrückt zu lachen, und auch ich konnte mich nicht mehr halten. Sie wollte was sagen, als ich das Rad zur Vorderachse rollte, doch es ging in ihrem Gelächter unter.
„Schon lange nicht mehr so gelacht", brachte sie schließlich hervor, wischte sich die Augen mit dem Handrücken.
„Und ich bin schon jetzt ins Schwitzen geraten", meinte ich, zog mein T-Shirt aus und hängte es über die Wagentür.
„Willst du was trinken?"
„Gibt's denn was?"
„Ich habe die Kühlbox mit. Wasser, Bier. Auch Apfelkuchen gibt's, habe ich selbst gebacken."
„Das wird ja ein regelrechtes Picknick. Wasser, bitte."
„Kommt sofort, mit Kohlensäure, habe ich mir gemerkt. Und Arbeitshandschuhe wären nicht schlecht, ich schau mal nach."
Die Schraube saß fest, durch Drehen nicht auf zu kriegen. Mich auf den Kreuzschlüssel stellen, am Wagen festhalten, wippen, hatte ich bei meinem Vater gesehen.
Klappte doch! Sie hatte es mir wohl nicht zugetraut, sonst hätte sie doch den Mechaniker ihres Vaters nicht ins Spiel gebracht. Mal sehen, was sie nun sagen wird.
„Arbeitshandschuhe habe ich keine gefunden", sagte sie.
"Geht auch ohne, nur noch die obere Schraube lockern", meinte ich und nahm den Becher mit Wasser, den sie mir hinhielt.
„Willst du noch?" fragte sie, als ich ausgetrunken hatte.

„Nein, danke."
„Darf ich auch mal?"
„Natürlich", sagte ich und legte den Becher in den Wagen. Ich erklärte ihr, wie es anstellen, sie stieg, sich an meinen Schultern festhaltend, auf den Schlüssel, wippte, ein Aufschrei, ich hielt sie in den Armen, ihr Kopf lag auf meiner Schulter, erschrocken ließ ich sie los. Hoppla, sagte sie verlegen, dann etwas von Decke, Rücken, Stoppeln.
Ich ging in die Hocke, schraubte die Muttern heraus. Sie kam mit einer Decke, ich nahm sie ihr ab und breitete sie unter der Vorderachse aus. Sie lächelte, als sie meine schmutzigen Hände sah.
„Am Kanal kannst du dich dann waschen", meinte sie.
„Meine Mutter hat mir erzählt, daß die Leute früher dort badeten", sagte ich.
„Hat man mir auch erzählt. Jetzt kommen manchmal Kinder hin, haben einige Strohballots nach der Ernte von hier in den Kanal geworfen und so einen Damm errichtet."
„Hast du auch schon gebadet?"
„Natürlich. Ist ganz angenehm, du wirst sehen."
„Aber ich habe keine Badehose dabei und übrigens wahrscheinlich einen leichten Sonnenbrand."
„Von dem bißchen Sonne?"
„Natürlich nicht, aber gestern bei der Arbeit hatte ich ein kurzärmeliges Hemd an und jetzt brennt es, hier an den Armen."
„Leicht gerötet, du hast recht. Tut's arg weh?"
„Halb so schlimm."
„Ich habe eine Sonnencreme mit."
„Nicht nötig. Und zu Hause kann ich dann wenigstens eine Erinnerung vorzeigen: meinen Sonnenbrand", sagte ich und kroch, den Wagenheber vor mich her schiebend, unter das Auto.

„Sei vorsichtig", sagte sie.
„Hast du Angst um mich?"
„Nein, um das Auto."
„Das habe ich nicht verdient."
„Wie wär's, du würdest noch bleiben, wenigstens bis Dienstag."
„Ich weiß nicht."
„Sag nicht immer: Ich weiß nicht."
„Ja, ich bleibe."

Wegstrecke

An der Einmündung in die Hauptgasse angelangt, bog sie, ohne zu fragen, nach links ab. Alois konnte doch ruhig sehen, daß sie mich nach Hause brachte, es gab doch nichts zu verheimlichen! Wir hielten bei laufendem Motor, warteten kurz, bis der Staub sich verzogen hatte, verabschiedeten uns auf morgen. Handzeichen, als sie wendete, ich sah Alois auf dem obersten Treppenabsatz zum Hausgang stehen.
Schon zurück? Ein gewisser Unmut war nicht zu überhören. Ich bleibe noch bis Dienstag nachmittag, sagte ich lächelnd, Alois begriff nicht sofort, sagte dann, sehr schön, teilte es gleich, in Richtung Küche rufend, Florica mit.
Die erschien, sagte erfreut etwas, es hörte sich an wie, habe ich doch geahnt, dann machte sie eine bekümmerte Miene und zeigte auf meine geröteten Arme. Nicht so schlimm, gab ich ihr zu verstehen. Alois meinte, davon sei noch niemand gestorben und auf diese gute Nachricht müßten wir ein kühles Bier trinken, bat mich, doch am Tisch im Hausgang Platz zu nehmen.
Ich fühlte mich nicht wohl in meiner Haut, aber ich konnte ihm doch nicht sagen, daß ich wegen ihr noch blieb. Das hätte er nie verstanden. Wie auch?
Schön, sagte Alois nochmals, als er mir das Bier reichte, sich an den Tisch setzte und mir mit erhobener Flasche zuprostete.

Erfrischend, sagte ich, Alois bekräftigte: Nicht wahr? Da ich befürchtete, er könnte mich dennoch fragen, wie es zu meinem Entschluß, noch zu bleiben, gekommen war, beeilte ich mich, von der Reifenpanne zu erzählen, wie ich, obwohl noch nie gemacht, das Rad wechselte.

Alois meinte, bei einem Pferdewagen sei das nicht so einfach, da man ja kein Reserverad mithabe, daß es immer ein großes Malheur gewesen sei, passierte es, wie meinem Großvater in den Anfangsjahren der Kollektiv.

Er erzählte, daß der beim Einfahren der Gerste für einen Kutscher eingesprungen war, der sich am Vortag den Arm gebrochen hatte, wies darauf hin, daß damals noch mit der Sense gemäht, die Garben mit dem Pferdewagen zum Dreschplatz auf die Hutweide gebracht und zu einem Schober gesetzt wurden.

Er beschrieb, wie man einen Pferdewagen zu einem Erntewagen umbaute: Außer dem mittleren, wurden die anderen dicken Bodenbretter herausgenommen, um das Gewicht zu erleichtern, der Sitz entfernt, um mehr Platz zu haben, dann wurden vorne und hinten über die Seitenteile des Wagens die zwei Querhölzer mit Stricken gebunden, darüber die Langhölzer gelegt, durch die Löcher in beiden mit einem Holzzapfen verbunden, dann ebenfalls mit Stricken abgebunden, so entstand eine große Ladefläche.

Alois verdeutlichte seine Erklärungen durch Gesten, zeichnete mit den Händen nach, was er einem Laien wie mir zu erklären versuchte, wartete auf mein zustimmendes Nicken, und ich staunte, wie mühelos es mir gelang, mir seine Ausführungen zusammen zu reimen.

Nachdem der Wagen mit Garben bis an die Hölzer ausgelegt war, ging es ans Bauen, erklärte er weiter, in die Holzzapfen wurde je eine Garbe gesteckt als Richtmaß, wie weit über die Langhölzer hinaus man laden konnte, die Garben wurden mit den Ähren nach innen gelegt, damit die Last nicht nach außen zog, aber auch, damit nicht so viele Körner verloren gingen während der Fahrt, von zwei Männern wurde der Wagen beladen, der die Garben hinauf reichte, benutzte eine spezielle Gabel mit nur zwei Zinken und einem langen Stiel. Mit dem leeren Wagen fuhr man weit ins Feld, erläuterte Alois, nachdem er einen Schluck genommen hatte, begann dort mit dem Laden, um dadurch so wenig wie möglich mit der immer höher und schwerer werdenden Fuhre über das holprige Stoppelfeld fahren zu müssen, und weil die Räder einbrachen. Auf den Feldwegen stellte sich dieses Problem nicht, denn die waren hart wie Stein. Nachdem die Ladung mit einem Strick, der aus einem Stück bestand und deshalb sehr lang war, längs und quer festgebunden war, folgte der schwierigste Teil, denn nun galt es, heil aus dem Stoppelfeld zu kommen, weil der Übergang zum Weg uneben war und der Wagen gerade hinausgefahren werden mußte, damit er nicht kippte.

Mein Großvater sei ein erfahrener Bauer gewesen, versicherte mir Alois, habe eines der Pferde am Kopfgestell gefaßt, um die Fuhre auf den sicheren Feldweg zu bringen, hätte das bestimmt auch geschafft, das Loch kurz davor aber zu spät gesehen, das eine Rad schlug hinein und brach, die Ladung habe trotzdem gehalten, stammte ja von einem Fachmann. Es hätte gedauert, aus der Kollektiv eine Winde und ein neues Rad zu bringen, deshalb lud man die Garben um, auf einen Wagen, der gerade leer aufs Feld gekommen war. Doppelte Arbeit, aber noch lange sei davon erzählt worden, daß die Fuhre des Lehnert Anton gehalten, obwohl am Wagen ein Rad gebrochen war.

Ich werde jetzt Liviu anrufen, sagte ich, und Alois meinte: Unbedingt! Und die Mutter? Natürlich die auch, beruhigte ich ihn, er bestand aber darauf: Nicht mit Zurückrufen, was sollte sie denn von ihm und Florica halten. Als ich mit dem Telefon in mein Zimmer ging, überlegte ich kurz, wie es Liviu sagen, verwarf aber verärgert den Gedanken: Warum diese Überlegungen vorab? Das war doch schon immer schief gegangen! Und während ich die letzte Zahl wählte, die Wählerscheibe sich zurückdrehte, stellte ich mir vor, daß Liviu, sein Telefon griffbereit, schon auf den Anruf wartete.

„Ja, Kurt", meldete er sich auch prompt.
„Ich grüße dich."
„Ich dich auch."
„Entschuldige, daß ich dich so lange warten ließ."
„Ich kann dich auch noch heute holen kommen."
„Ich bleibe noch."
„Deine Entscheidung."
„Bist du sauer?"
„Nein. Warum sollte ich?"
„Sicher?"
„Sicher. Aus deiner Reise nach Hermannstadt wird wohl nichts mehr."
„Leider."
„Hättest du dir anschauen sollen, Kulturhauptstadt Europas 2007."
„Ich weiß, aber ich komme ja wieder."
„Wirklich, wann denn?"
„Nächstes Jahr mit meinen Eltern."
„Für drei Personen ist kein Platz, sonst hättet ihr bei uns wohnen können. Aber wir werden ein besseres Hotel aussuchen."
„Liviu, könntest du was für mich erledigen?"
„Was denn?"
„Für noch einen Nacht buchen."

„Das ist doch nicht dein Ernst. Du übernachtest bei mir!"
„Gut, und danke für die Einladung."
„Ist doch selbstverständlich."
„Es geht um die Nacht von Dienstag auf Mittwoch, für Mittwoch ist die Zugkarte reserviert. Im Hotel ist soweit alles erledigt, den Zimmerschlüssel habe ich ja abgegeben."
„Das mit dem Zimmer war keine gute Idee."
„Ich weiß, aber was soll's."
„Und wann soll ich dich dann holen kommen?"
„Dienstag, später Nachmittag. Geht das?"
„Natürlich. So gegen 18 Uhr bin ich dort."
„Wunderbar."
„Dir muß es in diesem Kaff gut gefallen, weil du dich so schwer trennen kannst."
„Alois bat mich, noch zu bleiben."
„Ich verstehe."
„Ich habe übrigens die blöde Kuh, wie du sie nanntest, kennengelernt."
„Was du nicht sagst! Deshalb also."
„Sei nicht kindisch."
„Läuft das was?"
„Nein, es ist was ganz anderes."
Ich erklärte Liviu, im Zimmer auf und ab gehend, wer sie war, die Einstellung von Alois ihrer Familie gegenüber und woher die rührte. Dann geriet ich ins Stocken, denn auf die Begegnung mit Karin am Weidenwald wollte ich nicht eingehen, auch den Besuch bei ihr am Abend nicht erwähnen und schon gar nicht unser Picknick von heute, sagte deshalb, ich und Alois wären ihr begegnet, so hätte ich erfahren, wer sie sei, wir hätten kurz miteinander gesprochen, wollten noch ein ausführliches Gespräch führen.
„Kann ich verstehen", meinte Liviu, und es hörte sich an, als wäre er ergriffen.

„Erzähle ich dir dann."
„Dein Besuch in Wiseschdia, das wäre eine Story für die Zeitung", meinte er.
„Kommt nicht in Frage. Das schlägst du dir aus dem Kopf, hörst du!"
„Du glaubst doch nicht im Ernst, daß ich eine Klatschgeschichte schreiben würde."
„Das nicht, aber ich will nicht, daß du darüber schreibst."
„Es würde ja in erster Linie um die Geschichte deines Großvaters gehen und die Freundschaft mit Herrn Binder, du kannst es dir ja noch überlegen."
„Es gibt nichts zu überlegen und basta."
„Ist ja gut, beruhige dich. Aber du könntest für mich ein gutes Wort bei ihr einlegen wegen der anderen Geschichte."
„Ich kenne sie doch kaum."
„Und es wäre dir unangenehm."
„Ehrlich gesagt, ja."
„Vielleicht versuche ich es noch einmal, wenn ich dich holen komme, könnte ja sein, daß sie dann besser gelaunt ist. Bis dann also."
„Bis dann."
Das hatte noch gefehlt. Was, wenn er sich ein zweites Mal nicht abwimmeln läßt, mit ihr aneinander gerät? Ich mußte es ihm ausreden. Aber wie?
Mit Rücksicht auf Alois und Florica, die könnten Unannehmlichkeiten mit ihrem Vater kriegen. Schwachsinn! Er wußte doch nun, in welcher Lage ich war und wird bestimmt keinen Mist bauen. Sie über seine Absicht informieren, kam überhaupt nicht in Frage. Sie hätte es mißdeuten können: Daß ich unsere Bekanntschaft ausnutze, um ihm zu einem Gespräch mit ihr oder ihrem Vater zu verhelfen.
Sie hatte wohl nicht gefragt, ob er mich holen kommt, ging aber bestimmt davon aus, sonst hätte sie mir doch vorge-

schlagen, mich nach Temeswar zu bringen. Oder hatte sie erwartet, daß ich sie darum bitte?
Ich werde nicht klug aus ihr. Einerseits dieses selbstbewußte Auftreten, anderseits dieses launische Verhalten. Sie bereite schon mal alles vor, ich könne mir inzwischen die Hände am Kanal waschen, hatte sie gesagt. Die Kühlbox stand auf der ausgebreiteten Decke, als ich zurückkam, sie zog ganz unbekümmert ihr Kleid aus, darunter derselbe Badeanzug wie bei unserem Aufeinandertreffen. Sie ging los und meinte keck, ich könne ja leider nicht baden, da ich keine Badehose dabei hätte.
Doch!
Und wie?
Nackt!
Glaube ich nicht!
Wir können ja beide nackt baden!
Warum nicht!
Sie stand auf den Strohballots im Kanal, eine Hand auf der Schulter. Hätte sie das Oberteil abgestreift, wenn ich nackt gewesen wäre?
Feigling, Feigling, sie spritze mit Wasser. Die kurze Wasserschlacht, sie schrie, aufhören, aufhören, streckte mir die Hände entgegen, ich half ihr die flache Böschung hoch, spürte ihren Atem, doch sie sagte ganz nüchtern: Bring mir doch bitte mein Handtuch!
Wir zwei beim Picknick in Wiseschdia, sonntags, ringsum Stoppelfeld. Der Versuch, alles ins Lächerliche zu ziehen. Das war doch gespielt! Ihr Bedauern aber, daß wir keinen Fotoapparat dabei hätten, war echt. Bestimmt!
Als dann die Jungs auftauchten, wollte sie nur noch weg. Die blöden Kinder hätten alles verdorben.
Ob ich denn schon mit meiner Mutter telefoniert hätte, hörte ich Alois fragen, der in der Tür zum mittleren Zimmer stand.

Wollte ich soeben, sagte ich, Alois machte eine entschuldigende Geste, meinte, ob wir dann Fotos machen könnten, Florica lasse fragen, weil sie sich umziehen wolle, er habe ihr schon klar gemacht, er bleibe so, sei sich gut genug in diesen Kleidern, die er zu Hause trage.

Wir könnten die Fotos jetzt machen, schlug ich vor, doch Alois wehrte ab: Nein, nein, zuerst mit der Mutter telefonieren, die warte bestimmt schon, Florica sei noch nicht soweit. Und einen schönen Gruß an die Eltern solle ich ausrichten, beauftragte er mich.

Ob sie wohl zu Hause waren? Um diese Uhrzeit pflegten sie sonntags einen Spaziergang zu machen. Auf den Anrufbeantworter wollte ich auf keinen Fall sprechen. Es läutete, dann vernahm ich ihre die Stimme.

„Susanne Brauner!"

„Ich bin's, Kurt."

„Schön, daß du anrufst."

„Entschuldigung, daß ich mich erst heute melde."

„Ist doch in Ordnung! Papa wollte, daß ich mitkomme, du weißt schon, sein Sonntagsspaziergang, ich habe ihm aber gesagt: Ich bleibe zu Hause, du wirst sehen, Kurt ruft an. Wie geht es dir?"

„Sehr gut. Und stell dir vor, ich bin noch immer in Wiseschdia."

Es freue sie, daß es mir hier gefalle, meinte sie, fragte, was ich denn den ganzen Tag so mache. Ich erzählte ihr voller Begeisterung, wie ich bei der Ernte von Tomaten und Paprika mithalf, beim Füttern des Viehs, den Pferdewagen lenkte, als ich mit Alois Gras holen fuhr, schilderte ihr meinen mißglückten Versuch, mit der Sense zu mähen. Und das Pferd übrigens, Doina, sei noch immer jenes, das Otta und Alois damals gemeinsam gekauft, sagte ich.

Ja, meinte sie seufzend, wollte dann wissen, wo wir denn

Gras holen waren. Am Weidenwald, sagte ich. Am Weidenwald hörte ich sie ausrufen, sie wurde ganz melancholisch, als sie erzählte, wie sie als Kinder dort im Kanal badeten. Ich unterließ es, sie darauf hinzuweisen, daß sie mir davon erzählt hatte.
An Sonntagen im Sommer ein beliebter Treffpunkt für die Jugendlichen des Dorfes, unbekümmert, schöne Zeit, bekam ich mit, denn mich beschäftigte: Wie es ihr sagen?
„Und sonst?" hörte ich sie fragen.
„Alois erzählt mir viel. Mama?"
„Ja?"
„Rate mal, wer hier im Dorf wohnt?" versuchte ich mich unbefangen zu geben.
„Meinst du meinen ersten Mann?"
„Du hast es gewußt?"
„Mein Gott, ja! Ich hätte es dir sagen sollen. Aber ich dachte mir, warum dir diese Geschichte mit auf den Weg geben."
„Du hast ja recht."
„Hat Alois es dir gesagt?" fragte sie gefaßt.
„Ja."
„Es tut mir leid, wir reden dann zu Hause ausführlicher."
„Ja, Mama."
„Doch wenn wir schon dabei sind. Bist du ihm begegnet?"
„Nein, aber seiner Tochter, Karin."
Es fiel mir überhaupt nicht schwer, ihr zu erzählen, wie es zu der Begegnung gekommen war, wie Alois reagiert hatte, wie ich erfuhr, wer sie war, schilderte ihr den netten Abend bei ihr, erwähnte den heutigen Ausflug, unser Treffen morgen, wies darauf hin, daß wir vereinbart hätten, in Verbindung zu bleiben.
„Freut mich, daß ihr beide damit kein Problem habt", sagte sie.
„Mama, du bist eine tolle Frau."

„So kenne ich dich gar nicht", hörte ich sie lachen.
„Und wenn ich nach Hause komme, erzähle ich dir alles ausführlich, versprochen."
„Das freut mich. Mach's gut."
„Du auch, Mama."
Ein wunderbares Gefühl, endlich mit jemandem darüber gesprochen zu haben, sich nicht rechtfertigen zu müssen. Und hätte sie mich nach Hanna gefragt, wäre es mir nicht schwergefallen, ihr die Wahrheit zu sagen.
Wir wären soweit, ließ sich Alois vernehmen. Mir fiel ein, daß ich meiner Mutter die Grüße meiner Gastgeber nicht übermittelt hatte, aber Alois fragte nicht danach, diskutierte mit Florica, die im Hof vor den Blumenbeeten stand, es ging wahrscheinlich darum, wo die Fotos gemacht werden sollten.

Sichtung

Eine Fotostrecke als Erinnerung an Wiseschdia. Jedes Foto eine Geschichte. So konnte ich ihr alles erzählen und sie sich vom Aussehen des Dorfes selbst ein Bild machen, ihr davon zu berichten, bliebe mir erspart. Das waren die Fotos von heute.

Die beiden auf dem obersten Treppenabsatz im Gang, im Verputz des Rundbogens die verschnörkelten schwarzen Lettern: Grüß Gott! Alois hatte sich durchgesetzt: Hier das erste. Dann im mittleren Zimmer. Wann Florica den Teller mit dem Kuchen auf den Tisch gestellt hatte, war mir entgangen.

Mein Zimmer. Das war Alois wichtig, und natürlich der dicke Ofen. Am Tisch im Hausgang, ihre ernsten Mienen. Mit der Aufnahme in der hinteren Küche war er nur unter einer Bedingung einverstanden: Ohne uns.

Ja, auch bei deine Blumen hatte er gebrummelt und war Florica in den Hof gefolgt. Er wollte nicht, daß sie sich bei ihm einhakte, hatte es dann aber doch akzeptiert.

Bedauern, daß ich auf keinem der Fotos drauf wäre. Diese Technik, hatte Alois kommentiert, als ich das erste Foto mit Selbstauslöser von uns drei machte. Du schickst uns die Bilder doch, hatte er gesagt. Und als ich ihnen sagte, man könne sie jetzt schon sehen, sie ihnen auf dem Display zeigte, waren beide baff.

Beim Fotografieren des Hauses hatte Alois seine Forderungen gestellt: Auch von der Gasse und was man auf den Fotos unbedingt sehen sollte. Es hatte sich wie selbstverständlich ergeben, daß wir daraufhin in den Garten gegangen waren, wo ich das Tomaten- und Paprikafeld fotografierte, auf den Hinweis von Alois auch die Melonen und die Spalierreben. Im Unterschied zu ihm hatte Florica bemerkt, daß ich dabei auch Schnappschüsse von ihnen machte und leise protestiert.

Das Geflügel wurde fotografiert, Rexi, die Schweine, trotz des Einspruchs von Alois auch der Misthaufen, anschließend im Stall Doina, Rosa und das Schwalbennest. Florica hatte gleich begriffen, als ich ihr zu verstehen gab: Hühnerstall. Und hatte sie bisher immer eine ernste Miene gemacht, stand sie nun lächelnd mit den Eiern in der Händen da.

Wir hatten uns gewundert, was Alois vorhatte, denn der führte Doina aus dem Stall und stellte sich, am Halfterstrick ziehend, damit sie den Kopf hob, neben das Pferd in Positur. So ein Bild, hatte Alois gesagt, früher habe sich jeder Bauer mit seinen Rössern fotografieren lassen, denn die seien sein ganzer Stolz gewesen.

Das war die Gelegenheit, mich ebenfalls mit Doina fotografieren zu lassen, von Florica. Bloß auf den Knopf drücken, hatte ich ihr gezeigt, da Alois sich weigerte, das Ding, wie er es nannte, in die Hand zu nehmen, aus Angst, es kaputt zu machen. Nach dem Abendessen, zum Brot gab es kaltes paniertes Hähnchenfleisch vom Mittag, Tomaten, Paprika, dann noch Melone, hatten wir uns, am Küchentisch sitzend, die Fotos noch einmal auf dem Display angeschaut, Alois sich bei den Schnappschüssen amüsiert, Florica ihm einen leichten Rippenstoß versetzt, sich schmollend gegeben. Zu den Aufnahmen im Friedhof und zu denen von Ottas Haus betretenes Schweigen.

Dann hatte Alois gesagt, er wolle mir was zeigen, war aufgestanden, ins Schlafzimmer gegangen und mit einer Schachtel zurückgekehrt. Er hatte sie andächtig geöffnet, darin waren die Fotos.

Das erste, leicht vergilbt, Alois als junger Bursche, wie er sagte, mit einem Pferd. Er hatte sich sogar noch den Namen des Hengstes erinnert, Nunius, und mir erklärt, der sei später beschnitten worden. Die bräunlichen Fotos auf hartem Karton der Großeltern von Alois hatte ich zu sehen bekommen, das Hochzeitsfoto seiner Eltern, ein Foto der Familie um einen großen Haufen Maiskolben im Hof. Alois hatte mir erklärt, daß die Kolben von Hand gebrochen, nach Hause geschafft und hier geliescht wurden.

Auf einem anderen Foto waren Leute bei der Weizenernte zu sehen, der Mann mit der Sense dort ganz hinten sei er, hatte Alois gesagt und mit dem Finger auf die Gestalt getippt. Dreimal dürfe ich raten, hatte er mich herausgefordert, als das Foto einer Fußballmannschaft dran war, doch ohne abzuwarten, auf den Mann gezeigt, der den Ball zwischen den geöffneten Oberschenkel hielt, der Tormann.

Die Handballmannschaft, die Musikkapelle, das Foto eines schmunzelnden Alois im Büro der Kollektiv neben dem Kurbeltelefon, das von einem Mann und einer Frau. Der erwartungsvolle Blick von Alois, die Frage: Na? Ihr Hochzeitsfoto. Florica hatte versucht, es mit der Hand zu verdecken. Sie hatte geschluchzt, Alois war todernst, als er mir Farbfotos reichte. Vom Begräbnis meines Großvaters, von Tante Hilde gemacht. Daß meine Mutter keine Fotos vom Begräbnis hatte, war unvorstellbar, sie hatte sie mir bestimmt vorenthalten.

Otta im offenen Sarg, die Hände gefaltet, verschwommene Umrisse des Gesichts, der geschlossene Sarg auf zwei Stühlen in einen Zimmer, der Sarg auf einer Bahre vor dem ausgehobenen Grab, der frische Grabhügel bedeckt mit Blumenkränzen, vor dem hohen Marmorkreuz ein kleines aus Holz.

In diesem Zimmer stand der Sarg. Schon unheimlich, als ich es heute abend betrat. Doch das Gefühl der Beklemmung war gewichen, als ich mir vorstellte, Otta und Oma schliefen nebenan.

Ich spürte, daß meine Augenlider schwer wurden, drehte mich mit dem Gesicht zur Tür, die Fotos ablichten, nahm ich mir vor. Karins Gesicht plötzlich vor Augen, ich fixierte es.

Einsichten

Ihr ausdrucksloses Gesicht, ihr Mund verkrampft und kalt, als ich sie küßte. Mehr war von dem Traum nicht da, als ich mit einem schalen Geschmack auf den Lippen aufwachte. Das Brummen im Kopf wie nach einer schlecht durchschlafenen Nacht. Heute trübes Wetter, kurz vor halb acht, Alois und Florica waren bestimmt schon längst wieder am Arbeiten. Ich hatte mir vorgenommen, mit ihnen aufzustehen, war um sechs wach geworden, doch ich hatte noch keine Bewegung im Haus gehört und war wieder eingeschlafen. Aus der Küche hantieren, bestimmt Florica, die dabei war, mir Frühstück zu machen. Eben das hatte ich vermeiden wollen, weil ich mich schlecht fühlte, daß sie sich wegen mir diese Mühe machte. Gestern beim Abendessen hatte sie versucht, mir ein paar Brocken Rumänisch beizubringen und sich wie meine Mutter halb kaputt gelacht, als ich es ihr nachsprach.

Sie hätte gestaunt, wie rasch ich mich angezogen hatte, wo sie doch morgens immer meinte, ich trödle. Rasieren noch nicht nötig und jeden Morgen mit dem Necessaire erscheinen, war doch dämlich, bloß Kamm, Zahncreme auf die Zahnbürste.

Auf dem Weg zur hinteren Küche versuchte ich krampfhaft mir Guten Morgen auf Rumänisch zurechtzulegen. Florica setzte gerade Wasser auf, ich begrüßte sie, wie es mir gerade von der Zunge ging, und sie erwiderte erstaunt meine Gruß.

Ihr Lächeln verdeutlichte mir aber, daß sie mich nicht auf die korrekte Aussprache hatte hinweisen wollen.

Sie sagte etwas und an ihrem Gesichtsausdruck las ich ab, daß sie sich entschuldigte, weil das Frühstück noch nicht fertig war. Ich zeigte auf den Kuchen, der auf dem Küchenschrank stand, sagte, Cafea, und machte ihr klar, daß ich nur das frühstücken will, weil sie aber damit nicht einverstanden war, bekräftigte ich meinen Entschluß, sie nickte und gab mir zu verstehen, der Kaffee sei gleich fertig, ich könne mich inzwischen waschen, deutete in den Hausgang, wo auch an diesem Morgen der Waschtisch stand.

Alois bewässerte bestimmt den Paprika, denn das Elektrokabel war eingesteckt. Die Schubkarre neben dem Pferdewagen war mit Grünmais beladen, bestimmt Futter für das Vieh, denn Gras war keines mehr da.

Foto verstand ich von dem, was Florica sagte, als ich in die Küche zurückkam, glaubte begriffen zu haben, sie wolle mich beim Frühstücken fotografieren und ging die Kamera holen.

Als ich Schnappschüsse von ihr am Herd machte, gab sie mir mißmutig zu verstehen, es bleiben zu lassen. Ich wollte nicht, daß sie sich schlecht fühlte, zeigte ihr die Aufnahmen auf dem Display und löschte sie. Weg, sagte ich und machte dazu die Bewegung mit der Hand. Dann wies ich auf mich, den Frühstückstisch, zeigte ihr, auf welchen Knopf sie drücken sollte. Wisse sie doch bereits, verstand ich, sie stellte sich mit der Kamera in die Küchentür und fotografierte mich. Doch nicht das war ihre ursprüngliche Absicht, begriff ich schließlich, die Aufnahmen von gestern wollte sie noch einmal sehen. Ich zeigte ihr, welchen Knopf drücken, sie setzte sich zu mir an den Tisch und hatte überhaupt keine Probleme mit der Bedienung.

Während ich Kuchen aß und Kaffee dazu trank, sah sie sich

die Fotos auf dem Display noch einmal an. Und hätte sie mich gebeten, die Schnappschüsse von gestern zu löschen, hätte ich es getan, doch sie bedankte sich und gab mir die Kamera zurück.

Das Telefon läutete. Ich solle ran gehen, verstand ich. Meine Mutter dürfte es nicht sein, vielleicht Liviu mit neuen Plänen. Oder doch Hanna?

Ich hob ab, hörte rumänisch sprechen, verstand Alois, Florica, nahm den Hörer vom Ohr und rief nach ihr. Sie war im Nu da, ich hielt ihr den Hörer hin, sie putzte sich noch rasch die Hände an der Kleiderschürze ab. Da, da, hörte ich sie sagen, als ich das Zimmer verließ.

Timişoara, verstand ich von dem, was sie mir erklärte und begriff, daß es um eine Lieferung von Tomaten und Paprika ging. Ohne ihr etwas sagen zu müssen, reichte sie mir aus dem alten Schrank in der Küche meine Arbeitskleidung. Ich ging in mein Zimmer, um mich umzuziehen. Jetzt konnte ich beweisen, was ich gelernt hatte, ging mir durch den Kopf, und ich mußte schmunzeln.

Florica, im Arbeitskittel, fuhr gerade die Schubkarre aus dem Schuppen. Ich rannte ihr hinterher, nahm ihr sie ab. Nur zwei Körbe, darin die Eimer und ein Sack. Sie mußte es ja wissen. Alois stand, auf die Hacke gestützt, am Ende des Paprikafeldes, schon von weitem rief sie ihm zu, warum wir kamen.

Da, da, sagte Alois, weil Florica ihm was erklärte. Sie machte sich gleich an die Arbeit, ich reihte mich neben ihr ein, hier hatten wir das vorige Mal nicht geerntet.

Rauh voll, sagte Alois und verärgert: Das verstehe, wer wolle, heute nur zwei Körbe Paradeis und einen Sack Paprika, außertourlich, na, ja, das nächste mal mehr.

Ich rückte meinen Eimer vor, Alois meinte, das habe man davon, wenn man bei einem Gemüsebauer zu Gast sei, die letzte Reihe Paprika wäre gleich voll, er helfe dann auch mit. Den Garten nebenan, erklärte er mir, habe jemand gepachtet, nun schon im dritten Jahr Kukuruz gepflanzt, das werde nichts, nur der neben seinem Paprikafeld sei schön, wie man sehen könne, weil er sich von dem Wasser nehme, meinte, indem er seine Hacke schulterte, er wolle mich nicht von der Arbeit abhalten.

Mal wieder typisch Alois! Ich schob den Eimer nach vorn, brach beim nächsten Schritt bis an die Knöchel in die durchweichte Erde ein. Hilfe! rief ich lachend, rückwärts gehend, gelang es mir, wieder festen Boden unter die Füße zu kriegen.

Sie kamen herbeigeeilt, ich stand hilflos am Ende des Tomatenfeldes in meinen verdreckten Schuhen da, Florica schlug die Hände über dem Kopf zusammen, Alois schmunzelte bloß.

Und während ich Schuhe und Socken auszog, erklärte mir Alois, er habe ungefähr an der Stelle beim letzten mal einen Maulwurfhügel festgestampft, man wisse aber nie genau, wo überall diese Viecher ihre unterirdischen Gänge graben, die dann mit Wasser voll laufen.

Florica wusch im Sammelbecken unter der Pumpe meine Schuhe ab, spülte grob die Socken, gab mir zu verstehen, sie werde die Sachen gründlich reinigen. Sie legte mir den leeren Sack zurecht, zog ihre Schürze aus, die sie unter ihrem Arbeitskittel trug, und ich verstand: Mich auf den Sack stellen, mir mit der Schürze die Füße abtrocknen, wenn ich sie gewaschen habe.

Ich mache barfuß weiter, sagte ich Alois, er übersetzte es Florica. Doch mir wurde sofort klar, daß sie damit nicht einverstanden war. Alois wies sie auf etwas hin, sie überlegte kurz, nickte, mir verdeutlichte sie: Bin gleich wieder da.

Florica hole Gummischuhe, erklärte mir Alois, er habe sich

erinnert, daß sie für ihn mal ein Paar gekauft habe, obwohl er so etwas nicht anziehe, wie gesagt, ihm seien sie auch viel zu groß, mir paßten sie bestimmt. Bis sie komme, solle ich mich auf die Schubkarre setzen, meinte er, stellte sie mir hin, sagte dann ganz geheimnisvoll, er habe was für mich, und ging in Richtung Weinreben.

Für besondere Gäste, sagte er, wusch die Trauben unter dem Wasserstrahl, reichte sie mir und erklärte: Maria-Magdalena, die ersten Trauben des Jahres, er habe nur einen Stock davon, der sei schon alt, trage dieses Jahr nicht viel. Die Perlen seien wohl klein, aber schmackhaft und süß, betonte er und forderte mich auf, doch zu kosten.

Und? Sehr aromatisch. Habe er doch gesagt, bekräftigte Alois und meinte, er habe seinen Weingarten bis auf diese Reihe Spalier ausgestockt, als er und Florica mit Paradeis und Paprika anfingen, die Traubenmühle und die Presse habe er damals verkauft, auch das Stellfaß und die Weinfässer.

Florica machte durch Rufen auf sich aufmerksam, winkte uns mit den Gummischuhen zu. Wie ein kleines Kind, sagte Alois und schüttelte den Kopf.

Die Gummischuhe paßten, Florica freute sich. Ich bot ihr von den Trauben an, die seien doch für mich, gab sie mir zu verstehen, weil ich aber insistierte, nahm sie sich zwei Perlen.

Mein Wasser! rief Alois, und wir sahen das Malheur: die letzten zwei Reihen Paprika standen unter Wasser, im Maisfeld des Nachbarn hatte sich ein See gebildet. So passiere es, wenn man über dem Erzählen seine Arbeit vergesse, meinte Alois und schaltete den Elektromotor ab.

Ich hätte erwartet, daß Florica die Hände über dem Kopf zusammenschlägt, doch sie blieb gelassen, und ich begriff, daß sie Alois tröstete: Nicht ärgern.

Jetzt sei sowieso nichts mehr zu machen, einfach versickern lassen, meinte er, griff sich einen Eimer, sagte, ja, ja, da

Florica ihn anwies, Paprika zu ernten. An mich gewandt, meinte er, diese Arbeit sei für einen alten Mann wie ihn ja auch leichter.

Mir gab Florica zu verstehen: Hier warten. Sie ging meinen Eimer holen, leerte die Tomaten in den Korb, machte mir klar, nicht mehr diese Reihe zu betreten, sondern die nebenan.

Nicht nur vom Alter her hätte Alois mein Großvater sein können, sondern auch wie er sich verhielt, sprach und sich bewegte. Und die Beziehung zwischen Otta und Oma? Wie die zwischen Alois und Florica. Diese Projektionen waren abwegig, aber ich hatte nun mal keine andere Vergleichsmöglichkeit.

Großvater wäre wahrscheinlich nicht nach Deutschland gekommen, wenn sie nicht schon alle da gewesen wären. Das hatte meine Mutter durchblicken lassen, als sie erzählte, wie schwer es für ihn anfangs war, daß er an allem etwas auszusetzen hatte, unzufrieden war, sich regelrecht weigerte, die angenehmen Seiten des Lebens zu genießen, immer Vergleiche mit zu Hause anstellte, sich in Behauptungen verstieg, dort sei vieles besser gewesen.

Ein Glück mit dem Schrebergarten, hatte sie gemeint, zugegeben, daß sie manchmal Angst hatte, er würde nach Wiseschdia zurückkehren, diese Angst sei nicht unbegründet gewesen, denn nach der Wende habe es für ihn kein Halten mehr gegeben.

Zu Hause nicht mehr leben können, sich in Deutschland fremd gefühlt. Es muß schrecklich für ihn gewesen sein.

Und Alois? Alois in Deutschland! Ob er wohl mit dem Gedanken gespielt hatte? Und wenn er Florica nicht geheiratet hätte?

Mein Eimer war voll, Florica ging auch gerade ausleeren. Alois stand am Ende der Parzelle. Wie ich ihn so dastehen sah, war ich mir sicher: Alois wäre nie emigriert.

Viele Hände schaffen rasch ein Ende, stellte er zufrieden fest. Also doch noch ein Kommentar. Mich hatte schon gewundert, daß er bis dahin gar nichts mehr gesagt hatte, auch zu Florica nicht, wenn die herbeigeeilt war, um ihm beim Ausleeren des Paprika in den Sack zu helfen.

Holen wir später, sagte er. Der Elektromotor war gemeint. Florica stellte ihn unter die Bank, zog ihren Arbeitskittel aus und deckte ihn damit ab. Ich verständigte mich mit ihr durch Zeichen: Ich fahre die Tomaten. Sie hole den Paprika, gab sie mir zu verstehen und forderte Alois auf, ihr behilflich sein, den Sack auf die Schulter zu hieven.

Florica ging voraus, ich wollte mit der Schubkarre losfahren, da fragte Alois unvermittelt, ob ich mir vorstellen könnte, hier zu leben.

Na ja, meinte ich verlegen, fügte aber rasch hinzu: Im Sommer schon, dann sei es schön hier, und bei der Ernte mithelfen, so wie jetzt, ja, das konnte ich mir vorstellen.

Natürlich nicht für immer, sagte Alois, das könne doch niemand verlangen, aber er habe mir bei der Arbeit zugeschaut und sich gedacht: Da schau einer an, der Enkelsohn vom Lehnert Anton. Nichts für ungut, meinte er nun verlegen.

Ich hob die Schubkarre an, fuhr los. Ja, wenn man sie nicht enteignet hätte, hörte ich Alois in meinem Rücken, doch die Zeit lasse sich nicht zurückdrehen, habe auch mein Großvater gemeint, deshalb alles daran gesetzt, daß wenigstens zwei seiner Kinder in die höheren Schulen kommen, habe nichts dagegen gehabt, als sich Erika in der Fabrik anstellen ließ, und der arme Kurt wäre bestimmt auch nicht ewig Traktorist geblieben, er habe mit dem Großvater darüber gesprochen, die Kinder ziehen in die Stadt, im Dorf bleiben die Alten, aber was hätte man sonst für seine Kinder tun können, mit der Auswanderung habe sich dann alles von selbst erledigt, warum noch viel darüber reden.

Als ich die Schubkarre im Schuppen abstellte, begann es zu nieseln. Glück gehabt, sagte Alois, Florica zog das Kabel aus der Steckdose, sie sammle es später ein, verstand ich. Was da herunterkomme, sei ein Salatspritzer und bald wieder die Sonne da, sagte Alois, machte mich auf die Enten und Gänse aufmerksam, die mit ausgestreckten Hälsen und leicht angehobenen Flügel im Regen standen, meinte, er müsse sich im Unterschied zu mir und Florica nur grob die Hände waschen und verschwand in die Küche.

Ich und Florica standen im Schuppen, hielten unsere Hände in den Regen, reinigten sie mit Tomaten, die Enten und Gänse pickten die Reste auf.

Rasch, gab sie mir zu verstehen, eilte zum Brunnen, pumpte, wir spülten unsere Hände und liefen in den Schuppen zurück. Sie deutete auf meine Füße, den Oberkörper, machte ein unschlüssiges Gesicht, gab mir dann zu verstehen, ich solle ihr helfen, den Sitz vom Pferdewagen nehmen, dann schieben wir den Wagen aus dem Schuppen. Ich begriff: Platz für den Waschtisch, da im Schuppen ja das Gemüse abgestellt war.

Was wir denn da machten, rief uns Alois vom Tisch im Hausgang verärgert zu, und ob wir den Sitz herausgenommen hätten, es werde doch alles naß, doch Florica beruhigte ihn. Ich verstand, was sie meinte, als sie, meine durchnäßten Schuhe in der Hand haltend, ein besorgtes Gesicht machte, und bat Alois, ihr zu sagen, daß ich noch Sandalen im Koffer hätte.

Als ich mit meinen Sachen aus dem Zimmer kommend, an ihm vorbeiging, meinte er, das Badezimmer sei schon eingerichtet und wies mich darauf hin, daß es, wie prophezeit, zu regnen aufgehört habe.

Ich zog das Hemd aus, nach kurzem Zögern auch die Hose, konnte sehen, daß Alois mir den Rücken zukehrte. Die auf-

fordernde Stimme von Florica aus der Küche, und Alois verließ den Hausgang.
Als ich mich angekleidet hatte, erschien Florica, machte mir klar: alles stehen lassen, sie räume dann weg. Der Chef, meinte Alois mal wieder und lud mich durch eine Handbewegung ein, am Tisch im Hausgang Platz zu nehmen, auf dem ein Teller mit Kuchen stand.
Er begutachtete meine Sandalen, bestimmt bequem, sagte er, dann auf den Kuchen deutend, eine kleine Jause, forderte mich auf, doch zuzugreifen, meinte, es sei noch nicht mal so lange her, da hätten wir keinen Kuchen gegessen, auf dem Dorf kriegten die Leute damals nur selten ihre Ration an Zucker und Öl, Mehl sowieso nur die aus der Stadt. Die Leute hätten nicht einmal mehr Brot gehabt, selbst in den Nachkriegsjahren unvorstellbar, empörte er sich.
Die Kollektivbauern bekamen keine Frucht mehr zugeteilt, zuerst der Plan, alles an den Staat, so blieb nichts mehr übrig. Das kümmerte die da oben aber nicht. Wenn man sich dann doch auf irgend eine Weise Frucht verschafft hatte, stellte sich die Frage, wo mahlen lassen, da die Mühlen in den Nachbardörfern nur hin und wieder in Betrieb waren. Und war es letztendlich dennoch gelungen, seine Frucht mahlen zu lassen, stand man ganz blöde da, denn es gab keine Hefe zu kaufen. Das müsse man sich mal vorstellen.
Wiseschdia hatte keine Bäckerei, in den Nachbardörfern wußte man nie, wann es Brot gab. War man zufällig dort, und es gab Brot zu kaufen, stellte man sich in die Schlange, das hieß aber noch nicht, daß man auch welches kriegte. Entweder ging es aus, oder die Verkäufer weigerte sich, einen Fremden zu bedienen, oder noch schlimmer, die aus dem Dorf protestierten. In der Not sei sich jeder selbst der Nächste, meinte Alois.
Ein Land, einst die Kornkammer Europas, sei nicht mehr in

der Lage gewesen, den Menschen das tägliche Brot zu sichern, das solle ihm mal einer erklären. Er habe Glück gehabt, eine Bekannte war Köchin in der Küche der Ferma, wo für die Soldaten, die hier arbeiteten, gekocht wurde, und diese Bekannte habe ihm Brot organisiert, Schwarzbrot natürlich, einen halben Laib oder einen ganzen, je nachdem, wie viel übrig geblieben war.

Ja, Soldaten, Studenten und Schüler wurden bei der Ernte eingesetzt. Nach Wiseschdia kamen jedes Jahr so an die hundert Soldaten, wohnten in Baracken auf der Hutweide. Man könne sich ja vorstellen, was dann da immer los war.

Na ja, meinte Alois, fragte, ob ich ihm beim Holzschneiden helfe. Selbstverständlich. Ob ich das schon mal gemacht habe. Nein. Dann wäre es aber höchste Zeit.

Florica schälte in der Küche Kartoffeln, Alois teilte ihr mit, was wir vorhatten und übersetzte mir ihre Reaktion: Warum er den Gast nicht in Ruhe lasse, ihn anstelle.

Auf dem Weg zum Schuppen, hinten im Hof, meinte Alois, ein Bauer finde sich immer Arbeit, wenn es im Garten naß sei, schneide er eben Holz. Der Schuppen, erklärte er mir, sei viel größer gewesen, hier waren Pflug, Egge, Hackpflug, Sämaschine, alles was so zu einer Bauernwirtschaft gehört, untergebracht, er habe einen Teil abgerissen, doch er sei noch groß genug, um darin Holz zu schneiden, es regne zwar nicht mehr, aber wir würden uns die Schuhe dreckig machen.

Für Anfänger nicht so schwer, sagte Alois und legte ein nicht so dickes Stück Holz in den Sägebock, präzisierte, Akazienholz, reichte mir das andere Ende der Säge und versicherte mir: Geht ganz einfach.

Kurz ansägen, so ist richtig, und jetzt weit ausholen, die Säge gerade führen, nicht drücken, gleiten lassen, leitete er mich an. Gut, immer weiter so, machte er mir Mut.

Nun doch etwas schief geraten, stellte er fest, bei einem

dickeren Stück Holz würde die Säge gegen Ende hin klemmen, wir seien aber gleich durch, sagte, hoppla, da das Stück Holz zu Boden fiel. Wenn es wie jetzt, nur noch so lang wie der Holzbock sei, erklärte er, werden die einzelnen Stücke nur so tief geschnitten, daß noch fingerbreit übrig bleibe, die Teile dann mit der Holzhacke auseinander geschlagen.
Ein leichter Schmerz im Arm, ich bemerkte, daß Alois mich genau beobachtete. Fiel es ihm schwer, sich einer seiner Kommentare zu enthalten? Die waren ja nicht böswillig, aber seine Ansichten waren schon gewöhnungsbedürftig. Stur konnte er sein, das entbehrte nicht einer gewissen Komik. Es war schon bewundernswert, wie Florica mit ihm umzugehen wußte. Vielleicht gefiel ihm ja auch ihre Aufsässigkeit. Ihre Beziehung jedenfalls schien in Ordnung. Genug, sagte Alois, und, gut gemacht, als wir die Säge aus dem Holz hoben. Er legte sie weg, nahm das Stück Holz aus dem Sägebock, stellte es schief an den Holzklotz und schlug die Teile mit der Axt auseinander.
Verschnaufen, meinte Alois und setzte sich auf den hohen Klotz. Jetzt kriege man ja wieder alles, begann er zu erzählen, aber Anfang der achtziger Jahre sei die Verordnung gekommen, daß an die Leute vom Dorf keine Kohlen mehr verkauft werden dürfen.
Aber ich sollte mich doch auch setzen, hier auf den Bock, wenn ich so dastehen würde, könne er ja gar nicht erzählen, meinte er. Also keine Kohlen, wiederholte er und fuhr fort: Die meisten Leute aber hätten die dicken Öfen in den Zimmern, ganze Bündel Maisstengel oder Reisig habe man hineinschieben können, Ende der sechziger Jahre abgerissen und durch Kohleöfen ersetzt, das habe mir bestimmt meine Mutter erzählt.
Ich bestätigte. Bis auf einen natürlich, wies Alois mich hin,

denn hier sei Feuer gemacht worden, um Schinken, Speck und die Würste zu räuchern, weil der Kohlerauch dafür nicht geeignet sei. Er werde mir die Räucherkammer zeigen, auf dem Hausboden, wenn man darin stehe und nach oben schaue, könne man durch den Rauchfang den Himmel sehen.

Ja, und dann wäre man dagestanden, keine Kohlen mehr zu kaufen, auch kein Holz. Da sei nicht anderes übrig geblieben, als die Akazienbäume auf der Gasse und entlang des Hofes auszumachen, meinte er und wies darauf hin, daß auch der Wurzelstock ausgegraben wurde.

Auch früher seien Bäume ausgemacht worden, waren sie groß geworden, da einen, dort einen, man pflanzte junge nach, immer im Auge, genug alte stehen lassen, wegen Schatten im Hof und auf der Gasse, wegen Schutz gegen Wind und Wetter, aber vor allem wegen des Grundwassers. Und dann wären in ein paar Jahren keine Bäume mehr da gewesen, Häuser und Höfe ungeschützt, die Keller feucht, weil das Grundwasser gestiegen sei.

Seiner wäre jetzt wieder trocken, sagte er, tippte sich im nächsten Moment an die Stirn und meinte entschuldigend, er habe ganz vergessen, mir doch versprochen, den Keller zu zeigen, jetzt wäre ja wieder Licht, er zeige ihn mir nach dem Essen. Machen wir, sagte ich.

Er sei stolz, daß auf seiner Gasse und entlang des Gartenzauns wieder kräftige Bäume stehen, sagte er, wenn alle es gemacht hätten, sehe es im Dorf ganz anders aus, wie früher, na ja. Akazie sei das beste Holz, fuhr er fort, sie verwendeten es vor allem zum Kochen, aber im Sparherd werde auch anderes verfeuert, die Kolben vom Mais, die Storzen davon, er müsse Florica schon auf die Finger schauen, damit sie nicht nur Holz nachlege, weil es rascher geht. Genug erzählt, wieder an die Arbeit, sagte er.

Im Vorfeld der Reise hatte ich ja vieles von der Not und dem Elend in Rumänien von meiner Mutter erfahren, es war für mich nicht einfach, mir das vorzustellen. Auch bei Alois kamen die Emotionen hoch, wenn er davon sprach, doch es war anders, seine Schilderungen hatten einen direkten Bezug zu Realität: wie scheinbare Kleinigkeiten sich fatal auf das alltägliche Leben auswirkten. Not wurde konkret, wenn er von Brot, Holz und Kohlen erzählte, von den vielen anderen Dingen des Alltags, die zu bewältigen waren, und wie man sich durchschlug.

Das Stück Holz war durch, ich fragte ihn, ob er und Großvater damals auch Bäume entlang der Straße nach Gottlob gefällt hätten wie andere Leute. Woher ich davon wüßte? Von Liviu, sagte ich, und er meinte, natürlich hätten sie mitgemacht, wären doch sonst blöd gewesen, aber nur einmal, denn es sei nicht ungefährlich gewesen, man hätte im Gefängnis landen können.

Wir wollten zum nächsten Schnitt ansetzen, hörten Florica rufen. Mittagessen, sagte Alois, sie habe es nicht gerne, wenn man auf sich warten lasse, meinte er schmunzelnd und hängte die Säge an einen Nagel.

Heute sei ja Montag, da gebe es Krumbiern und Nudeln, abgeschmolzen mit gerösteten Zwiebeln, sagte er, als wir den Schuppen verließen. Ob ich das kenne. Nein, sagte ich. Schmecke sehr gut, schwärmte er, man gebe sich noch Rahm darauf, dazu esse man saure Gurken. Meine Mutter kenne das bestimmt, ich sollte sie mal daran erinnern.

Alois in guter Laune. Die mußte ich ihm leider verderben. Aber erst nach dem Essen ihm von dem erneuten Treffen sagen. Über Karins Großvater und Vater war das Urteil gefällt, daran gab es nichts zu rütteln. Mit der neuen Situation kam er im Unterschied zu Florica nicht klar. Er sah wohl seine Aufgabe darin, mich von Karin fernzuhalten. Oder machte er nur Theater? Seine Bestürzung auf dem Nachhauseweg vom Weidenwald war aber echt.

Wegzehrung

Mit mulțumesc bedankte ich mich bei Florica für das Essen, gab ihr zu verstehen, daß ich satt sei, weil sie mich aufforderte, mir doch noch zu nehmen. Auch Alois bedankte sich, lehnte sich auf seinem Stuhl zurück und meinte, das Essen sich setzen lassen, dann könnten wir das Holz fertig schneiden, spalten, und, nachdem die von Temeswar das Gemüse abgeholt hätten, die müßten ja, wie versprochen, bald kommen, zum Weidenwald fahren, um frisches Gras zu holen. Florica, die den Tisch abräumte, mißbilligte das, Alois bestätigte es mir, sagte, sie schimpfe schon wieder. Für Gras holen, reiche die Zeit wahrscheinlich nicht, ich hätte eine Verabredung, sagte ich ohne Umschweife. Mit der Karin? Ja.
Na ja, meinte Alois, es sei ja nichts dabei, verabschieden sollte man sich schon. Sie komme mit Gras holen, verstand ich von dem, was Florica sagte.
Das Telefon läutete. Um diese Uhrzeit? wunderte sich Alois. Florica gab ihm zu verstehen, sie gehe ran, er unkte, die würden jetzt bestimmt anrufen, daß sie erst am Abend oder morgen wegen den Paradeis und dem Paprika kommen. Ich dachte sofort an Liviu. Oder wollte mir meine Mutter noch unbedingt etwas mitteilen?
Ich war gefragt, verstand ich das Zeichen von Florica, die verlegen lächelte. Ich hörte noch, daß sie Alois etwas sagte, als ich zum Telefon eilte. Liviu war es bestimmt nicht und

mit meiner Mutter hätte sie sich doch auf Rumänisch verständigen können. Es konnte nur Hanna sein, und ich werde Klartext reden.
Sie hätte sich nicht vorstellen können, mal bei Herrn Binder anzurufen, vernahm ich Karins aufgeräumte Stimme und war völlig überrumpelt. Da sie ihre Arbeit erledigt habe, könnten wir uns schon früher treffen, sagte sie, schlug in einer halben Stunde vor, ohne eine Antwort abzuwarten, meinte sie scherzend, ich solle pünktlich sein, und legte auf. Daß sie hier anrufen würde, hätte auch ich nicht gedacht. Das war schon ein Ding, aber auch der Beweis, daß sie sich über die Querellen zwischen ihrem Vater und Alois hinwegsetzen konnte.
Und? fragte er. Ich schaute ihn an, wollte mich erklären, doch er sagte: Ganz schön frech. Mit gesenktem Blick fügte er hinzu, gehe ihn ja nichts an. Ich sagte, wir hätten vereinbart uns früher zu treffen, ich würde jetzt gehen.
Nichts für ungut, das sei ihm so herausgerutscht, er habe nichts gegen die Karin, beeilte er sich zu sagen. Ich habe meiner Mutter von ihr erzählt, sagte ich schon an der Tür stehend.
Und? fragte er. Alles in Ordnung, sagte ich lächelnd, da man ihm die Erleichterung ansah. Nur Florica antwortete, als ich mich kurz winkend verabschiedete.
Das also war der Grund, Bammel ich würde es meiner Mutter verschweigen, die es über jemanden erfahren. Und wahrscheinlich die Vorstellung, sie würde ihm bei einem Anruf Auskunft verlangen oder gar Vorwürfe machen. Es war abzuwarten, wie er sich ab nun verhalten wird.
Na? Und? Wird er wieder diese entwaffnenden Fragen stellen? Man konnte erahnen, wie viele Fragen sich hinter diesen minimalen Wörtern versteckten, was alles in seinem Kopf abging, wenn er sie aussprach.

Mit ihm darüber reden, ging nicht. Mit ihm konnte man nicht diskutieren, er verdeutlichte seine Haltung den Schmidts gegenüber, indem er Geschichten erzählte. Trotz der Abschweifungen verlor er aber nie eines aus den Augen: die Absicht, warum er die Geschichte erzählte. Seine Behauptung, er habe nichts gegen Karin, mußte man ihm einfach glauben. Von ihrem Vater hätte er das bestimmt nicht behauptet. Was Alois wohl gesagt hätte, wüßte er, daß wir uns auf dem Friedhof trafen. Schon erstaunlich, daß er nicht gefragt hatte. Und wenn er gefragt hätte? Dann hätte ich es ihm einfach gesagt. Die Nachricht, daß meine Mutter von Karin wußte, hatte ihn bestimmt umgehauen.

Wo hätten wir uns denn sonst treffen können? Unter normalen Umständen bei Alois oder bei ihr. In Heidelberg wären wir in ein Café, in Freilassing wahrscheinlich in einem bayerischen Biergarten gegangen.

Ein Pferdewagen kam mir entgegen. Kastenwagen auf Gummireifen. War es derselbe wie bei meiner Ankunft, als ich aus dem Fenster schaute und mir alles so idyllisch vorgekommen war?

Der Mann schaute angestrengt zu mir herüber, hob die Hand, in der er die Peitsche hielt, auch ich grüßte durch Handzeichen. Ein Hund kam angerannt, erschrocken blieb ich stehen, sah aber dann, daß er es nicht auf mich abgesehen hatte. Beim Pferdewagen angelangt, lief er daneben einher.

Noch gut eine viertel Stunde. Ob sie dennoch schon da war? Zugetraut hätte ich es ihr und auch, daß sie sich hinter dem dicken Stamm der Linde versteckte oder hinter einem der hohen Marmorkreuze, da sie mich kommen sah.

Nichts Verdächtiges im überschaubaren Friedhof, hinter der Linde stand sie auch nicht, aus dem Winkel hätte ich sie schon längst entdecken müssen.

Ich bog vom Hauptweg ab, in einen der schmalen Wege

zwischen den Grabreihen, ja, ich war richtig, der führte zum Grab meiner Großeltern. Ein Grabstein aus schwarzem Marmor mit goldfarbenen Schriftzügen fiel mir auf, das Grab war nicht zubetoniert, eine Einfassung wie bei dem meiner Großeltern. Schmidt las ich und ging näher. Die Todesdaten der Eheleute Schmidt konnten nur die von Karins Großeltern sein. Ein Familiengrab, denn noch ein Ehepaar Schmidt war hier beerdigt, bestimmt Karins Urgroßeltern, und ein Franz Schmidt, 1938 verstorben, im Alter von zweiundzwanzig Jahren. So alt wie ich. Und war nicht auch Onkel Kurt in dem Alter gestorben? Vielleicht sollte ich Karin nach dem Schicksal dieses Franz fragen, der wahrscheinlich der Bruder ihres Großvaters war.

Ich sah mir die Kreuze jetzt genauer an, entdeckte noch zwei Schmidt und zu meiner Verwunderung auch eine Familie Lehnert. Die Familie meines Großvaters war also nicht die einzige mit dem Namen im Dorf, wie ich bisher angenommen hatte. Ob ein Verwandtschaftsverhältnis bestand? Alois sollte ich fragen. Der wird mir Geschichten erzählen.

Alois der Erzähler! Es war schon erstaunlich, daß ich überhaupt keine Schwierigkeiten mehr hatte, ihm zu folgen, wenn er in seinem Mischmasch aus Hochdeutsch und Mundart loslegte, daß ich gelernt hatte, mir den Wortlaut zurechtzulegen, der Sinn der Wörter, die aus einer anderen Sprache zu kommen schienen, ergaben sich aus dem Kontext. Davon mußte ich meinem Vater erzählen, den interessierten solche Sachen.

Bestimmt hatte Florica gestern die Blumen auf dem Grab der Großeltern gegossen, die Nässe konnte nicht von dem bißchen Regen stammen. Die Nelken in der improvisierten Vase aber sahen nicht mehr gut aus, Florica hatte sich wahrscheinlich nicht getraut, sie zu entsorgen. Die Grablichter waren doch wieder ausgegangen. Karin hatte bestimmt ein Feuerzeug dabei.

Ich nahm die Blumen aus dem Wasser, ein Gestank, der auch der trüben Brühe aus der Plastikflasche entstieg. Ich zog sie aus der Erde und kippte das Wasser in die Vertiefung. Vergeblich hielt ich nach einer Mülltonne Ausschau, entdeckte dann aber auf der von Gras überwucherten Fläche unweit des Grabes einen Haufen Abfall. Schutt, vertrocknetes Gras, die roten Behältnisse aus Plastik von abgebrannten Kerzenlichtern. Ich legte meine Nelken und die improvisierte Vase dazu.

Keine Mülltrennung! Die Feststellung war mir peinlich. Jemand aus dem Westen denkt im Friedhof von Wiseschdia, am Ende der Welt, daran, das war doch lächerlich!

Das Wasser in der Vertiefung war versickert, ich scharte sie mit dem Grablicht zu, stellte es auf die nun freie Stelle. Im Weggehen fiel mein Blick auf das Grabbild meiner Großeltern, aus dieser Perspektive war es eindeutig: Sie lächelten sich zu. Über diese Entdeckung wird sich meine Mutter bestimmt freuen.

Karin hätte schon längst da sein müssen. Verspätete sie sich absichtlich? Ihre Idee, sich im Friedhof zu treffen! War das originell oder makaber? Wäre ich gekommen, wenn sie mich um Mitternacht, zur Geisterstunde, herbestellt hätte, zu dieser einzigen Bank im Friedhof neben dem Lindenbaum? Ich hörte das Friedhofstor gehen. Karin war ganz in weiß gekleidet, Hose und Shirt, hatte eine Plastiktüte dabei. Sie schaute kurz auf ihre Uhr, wie sie aber so daherkam, sah es nicht danach aus, als würde sie sich wegen der Verspätung beeilen.

„Hallo!", sagte ich und erhob mich von der Bank.

„Hallo!", erwiderte sie, kam auf mich zu, legte ihre Hände

auf meine Oberarme und küßte mich auf die Wange.
„Die Franzosen tun das unter Freunden dreimal", meinte ich und setzte mich wieder.
„Wir sind ja hier in Wiseschdia", sagte sie und setzte sich zu mir.
„Und auf dem Friedhof", sagte ich.
„Wie geht es deinem Sonnenbrand?"
„Alles in Ordnung."
„Tut's noch weh?"
„Nein."
„Ich hätte dir die Sonnencreme mitgeben sollen."
„War ja nicht nötig, aber schön zu wissen, daß sich jemand Sorgen um mich gemacht hat."
„Nicht wahr."
„Hast du Ärger wegen dem Wagen gehabt."
„Nein, aber der Mechaniker hat sich gewundert, wie wir das hingekriegt haben.
„Hat er von unserem Treffen gewußt?"
„Natürlich. Erstens habe ich nichts zu verheimlichen, zweitens hätte er mir doch nicht geglaubt, daß ich es allein gemacht habe und drittens weiß man im Dorf vom Besuch bei Alois Binder."
„Dieser Beweisführung ist nichts hinzuzufügen."
„Verarschen kann ich mich selber."
„Entschuldigung."
„Ist angenommen!"
„Und was war's?"
„Was?"
„Was hatte der Reifen?"
„Was am Ventil, hat der Mechaniker gesagt."
„Und wie war dein Tag heute."
„Nichts Besonderes, das Übliche. Und du?"
„Ich habe heute schon viel gearbeitet, geholfen, Tomaten

und Paprika ernten, wieder eine Bestellung für Temeswar, mit Alois Holz geschnitten."
„Ganz schön fleißig."
„Und wenn die Zeit gereicht hätte, wäre ich mit Alois wieder Gras holen gefahren, am Weidenwald."
„Was hat er gesagt wegen unserem Treffen."
„Du wirst staunen: Er mag dich."
„Da muß ich mehr als staunen."
„Er mag dich wirklich."
„Hat er das gesagt?"
„Auf seine Art: Er habe nichts gegen dich."
„Darauf trinken wir jetzt einen Sekt."
„Aber du hattest doch keinen."
„Meine Kollegin aus der Buchhaltung hatte einen zu Hause."
„Wohnt die hier im Dorf?"
„Nein, in Gottlob."
„Und wie bist du dann zu dem Sekt gekommen?"
„Ich habe heute morgen mit ihr telefoniert, bevor sie zur Arbeit gekommen ist. Und sei mal nicht so neugierig."
Sie nahm den Sekt aus der Tüte, mir reichte sie zwei Plastikbecher. Man sah ihr an, daß sie es genoß, mich überrascht zu haben, als sie die Folie löste, den Schutzdraht entfernte und beides demonstrativ in die Tüte steckte.
„Willst du ihn öffnen?" fragte sie.
„Nein, nein, ich habe noch nie einen Sekt geöffnet."
„Das ist die Gelegenheit", meinte sie belustigt, nahm mir die Becher ab und drückte mir die Flasche in die Hand.
„Auf deine Verantwortung", sagte ich und stand auf.
„Auf meine Verantwortung."
Ein leiser Knall, triumphierend hielt ich den Korken in der Hand, der Sekt schäumte kurz über, sie war sofort zur Stelle, hielt die Becher hin, ich schenkte ein.
„Und worauf trinken wir?" fragte ich, während ich ihr den

Korken reichte und die Sektflasche neben der Bank abstellte.
„Mußt du das immer fragen?"
„Immer?"
„So habe ich es wenigstens in Erinnerung", sagte sie und steckte den Korken in die Tüte.
„Du merkst dir, wann ich was gesagt habe? Da muß ich ja aufpassen."
„Solltest du. Auf deinen Abschied also!"
„Auf unseren."
„Wie du meinst."
„Und auf unser Wiedersehen in Deutschland."
„Natürlich."
„Es hat mich gefreut, Sie kennenzulernen."
„Die Freude ist ganz meinerseits."
Lachend stießen wir an. Ich wollte sie fragen, warum wir uns denn schon heute verabschieden, ob wir uns denn morgen nicht mehr sehen, Liviu fiel mir ein, ich mußte ihr noch sagen, daß er mich holen kommt.
Ihre hochgezogenen Augenbrauen, als wir ausgetrunken hatten, wie an dem Abend bei ihr, ich hörte sie schon fragen: Ist was? Ich fühlte mich ertappt, wich ihrem Blick aus, sah an der Friedhofsmauer einen Mann stehen.
„Es beobachtet uns jemand", flüsterte ich.
„Wo?"
„Dort, an der Mauer."
„Ich sehe niemanden."
„Da war aber jemand."
„Du siehst Gespenster."
„Da war bestimmt jemand", beharrte ich.
„Ein Neugieriger", lenkte sie ein, und wir setzten uns.
„Vielleicht dein Vater", meinte ich scherzend.
„Spinnst du! Mein Vater spioniert mir nicht nach."
„Entschuldigung! Ich habe übrigens mit meiner Mutter

telefoniert und ihr erzählt, daß wir uns kennenlernten."
„Und wie hat sie darauf reagiert?"
„Was glaubst du?"
„Sag schon."
„Sie freut sich, daß wir kein Problem damit haben, hat sie gesagt."
„Schön."
„Meine Mutter würde dich bestimmt gerne kennenlernen."
„Und woher willst du das wissen?"
„Ich kenne sie."
„Ich meinen Vater auch."
„Wie meinst du das?"
„Daß er noch Zeit braucht."
„Habt ihr geredet?"
„Er ist gestern erst spät nach Hause gekommen."
„Entschuldigung."
„Entschuldige dich doch nicht immer. Aber würdest du mit mir nach Hause kommen, damit ich dich ihm vorstelle? Und sage nicht wieder: Ich weiß nicht."
„Du hast recht."
„Wie meinst du das jetzt?"
„Warum die Dinge überstürzen. Ja, es wäre mir nicht egal, plötzlich vor deinem Vater zu stehen."
„Lassen wir das", meinte sie leise, stellte ihren Becher auf die Bank, entnahm der Tüte ein Grablicht und Feuerzeug. Ich stellte meinen Becher neben den ihren, wollte ihr sagen, daß es mir nicht leid tut, noch geblieben zu sein, doch sie fragte, ob Herr Binder mir gesagt hätte, daß ihre Großeltern hier beerdigt seien.
Ich bejahte, und während ich ihr folgte, ihren Rücken vor Augen, erklärte ich ihr, daß ich vorhin auf dem Weg zum Grab meiner Großeltern auf das ihrer gestoßen sei.
Und sie habe das meiner Großeltern entdeckt, hörte ich sie

sagen, und sie erzählte, daß sie gestern auf dem Friedhof gewesen, die Blumen gießen, da habe sie Florica an einem Grab gesehen, sei später hingegangen, ihr alles klar geworden, und zu ihrem Erstaunen habe ihre Kollegin von den tragischen Umständen des Todes meines Großvaters gewußt. Also doch. Sie hatte mit ihr über mich gesprochen. Wir waren am Grab ihrer Großeltern angelangt, doch sie blieb nicht stehen, meinte sie kenne Florica ja bloß vom Sehen her, die herzliche Begrüßung gestern sei ihr schon sonderbar vorgekommen, fragte, wie ich sie finde.

Ich wollte ihr sagen, daß Florica sich mit mir solidarisiert hatte, als es um unser Treffen ging, aber dann hätte ich Alois wieder in ein schlechtes Licht gerückt, deshalb sagte ich, ich fände sie toll, und sie habe mir Rumänsch beigebracht, Guten Morgen, Danke schön. Ob ich wüßte, wie man auf Rumänisch, Ich liebe Dich, sage. Nein. Te iubesc.

Ich sprach es ihr nach, sie korrigierte mich belustigt. Woher ich denn wisse sollte, daß sie es korrekt ausspreche, fragte ich. Ich könnte es mit Florica bis zu meiner Abfahrt ja noch üben, meinte sie.

Wir waren am Grab meiner Großeltern angelangt, sie fragte, wo die Nelken denn seien. Hätte ich vorhin entsorgt, sagte ich, sie fand die Idee mit der durchgeschnittenen Plastikflasche genial, ich wollte ihr sagen, daß Liviu die Idee hatte, doch sie meinte, ich hätte andere Grablichter kaufen müssen, wie das ihre, wo man nach dem Anzünden den Deckel wieder drauf tun könne als Schutz vor dem Ausgehen. Ohne sie darum gebeten zu haben, reichte sie mir das Feuerzeug. Ich versuchte das Kerzenlicht auf dem Grabhügel anzuzünden, doch es wollte nicht brennen. Den Docht aufrichten, riet sie mir, da ich mich aber ungeschickt anstellte, machte sie es und nahm mir das Feuerzeug ab.

Sie seien ja schon ein gutes Stück abgebrannt, gingen bestimmt

nicht mehr aus, meinte sie, als auch die Kerzenlichter vor den beiden Kreuzen brannten. Ich bedankte mich, gern geschehen, sagte sie, aber nicht spöttelnd, hatte ich den Eindruck. Und als sie sich neben mich vor das Grab stellte, hatte ich das Gefühl, daß sie jetzt genauso unbeholfen dastand wie ich.
„Kannst du das verstehen?" fragte sie schließlich.
„Was?"
„Daß unsere Großeltern hier beerdigt werden wollten."
„Ja, schon."
„Wirklich?"
„Es war ihnen offensichtlich wichtig."
„Aber es waren doch Zufälle, wenn auch tragische."
„Schon. Meine Mutter ist aber davon überzeugt, daß es der Wunsch meines Großvaters gewesen wäre, hier beerdigt zu werden, bei seiner Frau."
„Und meiner bestand auch deshalb darauf, behauptet mein Vater."
„Im Grunde schöne Liebesgeschichten."
„Á la Hollywood."
„Warum nicht?"
„Ja, warum auch nicht."
„Laß uns gehen", sagte ich, berührte dabei ungewollt ihren Arm.
Ein kurzes Zucken, der Blick, ich hatte den Eindruck, sie wollte meine Hand fassen, spürte, wie mir das Blut in den Kopf schoß, roch den milchigen Duft ihres Körpers, als sie sich nach ihrem Kerzenlicht bückte, das sie auf der Grabeinfassung abgestellt hatte.
Diese angedeutete Geste hatte mich mehr verstört als alle körperlichen Berührungen im Laufe dieser Tage.
Ihr aufgesetztes Lächeln, die Geschäftigkeit am Grab ihrer Großeltern, ich wünschte mir, sie täuschte mir was vor.
Das bedrückende Gefühl von Unbeholfenheit, ich suchte ver-

krampft nach einem Gesprächsthema, mein Blick fiel auf den Grabstein, nach diesem Franz wollte ich sie doch fragen. Sie war nicht verwundert, bestätigte mir, daß es der Bruder ihres Großvaters sei, erzählte, der habe in einen rostigen Nagel getreten, aber nicht viel darauf gegeben, als sich der Fuß entzündete, habe man, wie damals üblich, selbst herum gedoktort, Umschläge mit Kamillentee, schließlich dann doch einen Arzt geholt, es sei aber zu spät gewesen.
„Die Geschichte ist mir nicht geheuer", meinte sie.
„Welche Geschichte?"
„Wie dieser Franz starb."
„Warum?"
Vor zwei Jahren dürfte es gewesen sein, da habe ein ausgewanderten Ehepaar aus Wiseschdia ihre Eltern in Freilassing besucht, Erinnerungen seien mal wieder ausgetauscht worden, immer dasselbe, sie habe vorgegeben, noch eine Seminararbeit fertig schreiben zu müssen. Um eine Zeit sei ihr Vater laut geworden, sie habe an der Tür gelauscht, aus der erregten Diskussion sich die Geschichte dann zusammengereimt.
Beim einem Streit im Dorfwirtshaus habe ein Nachbar ihrem Großvater vorgeworfen, man hätte den Arzt bestochen, damit die tatsächliche Todesursache nicht ans Licht käme. Dem Gerücht zufolge hätte Franz sich vergiftet, mit einem Mittel, das man damals zum Herstellen von Seife verwendete, weil er eine Frau nicht heiraten sollte, selbst daß sie schwanger geblieben, hätte die Eltern von ihrem Entschluß nicht abbringen können.
Alles Lügen, habe ihr Vater gewettert, die Besucher dem zugestimmt: Im Dorf hätte man doch gewußt, was die so mit Männern getrieben, sie sei bestimmt nicht von Franz schwanger geblieben.
Als wir uns auf die Bank setzten, meinte sie, was mit der Frau geschah, hätte sie interessiert, und das ausdruckslose

Grabbild von dem Franz erscheine ihr in einem ganz anderen Licht, wenn sie sich vorstellte, diese Liebesgeschichte sei die wahre, nicht die banale mit dem rostigen Nagel, insgeheim wünschte sie es sich.

„Wirklich?"
„Würdest du es wegen einer Frau tun?"
„Was soll denn das?"
„Ja oder nein!"
„Das ist doch albern."
„Wieso?"
„Ja. Zufrieden?"
„Weil dich deine Freundin verlassen hat?"
„Ich habe keine."
„Wirklich nicht?"
„Nein."
„Dein Gesicht solltest du sehen", lachte sie, und ehe ich mich versah, hatte sie eine Kamera aus der Tüte geholt, sich zurück gelehnt und mich fotografiert.
„Hör auf damit!"
„Du kannst von mir auch ein Erinnerungsfoto machen", sagte sie und reichte mir die Kamera.
„Und du schickst es mir auch?"
„Versprochen. Schon gemacht? Zeig mal her."
„Zufrieden?"
„Hast du erwartet, daß ich meckere?"
„Nein."
„Ehrlich?"
„Bist du mit dem Foto zufrieden?"
„Ja."
„Ich auch."
„Wir sollten ein gemeinsames Foto machen."
„Ja, wollte ich dir auch vorschlagen."
„Vorher noch einen Sekt?" fragte sie.

„Nein, nachher", sagte ich und zu meiner Verwunderung gab sie mir die Kamera.

Wo sie platzieren? Auf die Friedhofsmauer oder auf den Posten des Eingangstors, schlug ich vor. Als Hintergrund jedenfalls der Friedhof, als Erinnerung an den Ort unsere Begegnung, meinte sie.

Und während wir in Richtung Friedhofseingang gingen, sah ich es schon kommen: Witzeleien, sie legt ihren Arm um meinen Hals, küßt mich auf die Wange, wir lächeln beide in die Kamera. Nein, ich wollte diese Spielchen nicht mehr, und sie auch nicht, wünschte ich mir.

Sie stieß an die Kamera in meiner Hand, was sie mir zuflüsterte verstand ich nicht, sah aber den Mann, der vor der Friedhofsmauer stand. War es der von vorhin?

Ob sie mitkomme, fragte der Mann. Nein, er sehe doch, daß sie ihr Fahrrad dabei habe, meinte sie verlegen.

Er erwarte sie dann zu Hause, sagte der Mann, es hörte sich wie eine Drohung an, und ging zu dem hellblauen Wagen.

Ihr Vater, war ich mir nun sicher.

Das lasse sie sich nicht gefallen, sagte sie wütend und war dem Weinen nahe. Verblüfft sah ich, wie sie zu ihrem Fahrrad eilte, das draußen an der Mauer lehnte.

Wohin? Ich melde mich, hörte ich ihre verweinte Stimme, dann ihr Schluchzen wie ein Schmerzschrei, als sie losraste. Ich rief ihr nach, lief ein paar Schritte hinterher, die Kamera fiel mir aus der Hand, ich blieb stehen, hob sie auf. Hilflos stand ich da, sah wie sie auf dem schmalen Fußweg dem Wagen ihres Vaters hinterher raste.

Ohnmächtige Wut. Doch was hätte ich tun können? Was sollte dieses Selbstmitleid! Nein, vor einer Konfrontation mit ihrem Vater habe ich keine Angst, machte ich mir Mut und lief los.

Und in dieser Situation morgen abreisen, kam überhaupt

nicht in Frage. Ich sah, daß sie die Gasse erreicht hatte, dann den Geländewagen um die Ecke biegen, der mir mit großer Geschwindigkeit entgegenkam.
Hatte ihr Vater einen Schläger geschickt? Instinktiv wollte ich stehenbleiben, lief aber weiter, immer den Wagen im Auge, der um eine Zeit seine Geschwindigkeit zu verlangsamen schien. Würde er jetzt anhalten? Der Wagen fuhr an mir vorbei.
Ich melde mich! Hatte sie anrufen gemeint? Bestimmt. Vielleicht wollte sie gar nicht, daß ich mich direkt einmischte. Sollte sie aber nicht anrufen, werde ich hingehen, komme, was wolle.
Ich war außer Atem geraten, blieb stehen, holte tief Luft, sah Alois und Florica auf dem Pferdewagen um die Ecke biegen und wie sie lange angestrengt in Richtung des Hauses der Schmidt schauten, wie Alois gestikulierend auf Florica einredete.
Ich wischte mir rasch den Schweiß von der Stirn, zum Glück war ich ihnen nicht in die Arme gelaufen, dann hätte ich mich erklären müssen. Das werde ich, aber später. Jetzt hatten sie mich bemerkt.
Ich machte das Handzeichen, wollte an ihnen vorbeigehen, doch sie hielten an. Ob ich noch auf dem Friedhof gewesen sei, fragte Alois, er und Florica schienen verlegen. Ahnten sie etwas?
Ja, sagte ich und wollte weiter, Alois aber winkte mich heran und reichte mir einen langen Schlüssel. Zur hinteren Küche, der zur Wintertür, die sie immer absperren, wenn sie wegfahren, hänge an einem Nagel in der Wand neben der Tür, sagte er, und daß sie die Paradeis und den Paprika geliefert hätten, Florica und er holten noch Gras, am Wasserloch, ganz in der Nähe, sie seien gleich wieder zurück.
Bis dann, verabschiedete ich mich rasch, weil ich befürchtete,

Alois könnte mich doch noch was fragen. Er und Florica hätten es bestimmt gemerkt, wenn ich jetzt wieder losgerannt wäre. Bis zur Einmündung war es ja nicht mehr weit.
Dort angelangt, sah ich vor dem Haus der Schmidt den hellblauen Wagen stehen, auf der Gasse ihr Fahrrad liegen. Sollte ich hin? Feigling! Feigling! stieß ich verzweifelt hervor und lief los.
Als ich in den Hof stürmte, begann der Hund zu bellen, riß wütend an der Kette, Hühner gackerten. Keuchend schloß ich die Tür zur hinteren Küche auf, schreckte zurück, die schwarze Katzen huschte heraus. Welcher der zwei Schlüssel war nun der von der Außentür zum mittleren Zimmer?
Fast wäre ich in den Tisch im Hausgang gerannt, schlug mit dem Schienbein gegen einen Stuhl, humpelte zur Tür, meine Hand zitterte, als ich den Schlüssel ins Schloß steckte, er paßte. Mit einem Ruck öffnete ich sie, sie knallte an die Wand des Flurs, die innere Tür stand offen.
Schwer atmend stand ich im Türrahmen und starrte auf das Telefon. Das Schienbein schmerzte, ich setzte mich an den Tisch, massierte es, in der gebückten Haltung spürte ich die Kamera in der Hosentasche, legte sie auf den Tisch und ertappte mich dabei, wie ich schützend die Hand darüber hielt.
Ich schnallte meine Uhr ab und legte sie dazu. Wie lange sollte ich noch warten, fünf Minuten, zehn? Den Sekundenzeiger im Blick starrte ich auf die Uhr, eine Ewigkeit, bis eine Minute um war.
Der Kopf wie leer, aber ich mußte eine Entscheidung treffen. War das Telefon vielleicht nicht richtig aufgelegt? Ich eilte hin, hob ab, das Freizeichen ertönte. Sie anrufen, wäre gar nicht gegangen, ich hatte ihre Nummer nicht.
Hatte ich vorhin auch wieder richtig aufgelegt? Sich nur nicht verrückt machen! Ich setzte mich wieder an den Tisch,

das Bild vor Augen: sie geht voraus, sagt, te iubesc, ich spreche ihr nach.
Der Hund schlug kurz an, ich sprang auf, lauschte, hörte Schritte und stürmte aus dem Zimmer. Karin kam die Treppen hoch, fiel mir in die Arme.
Endlich bist du da, stammelte ich. Ja, hörte ich ihre verweinte Stimme, ein Schluchzen ging durch ihren Körper, ich streichelte ihr übers Haar, berührte ihre Wange. Küß mich! schrie sie auf.
Ein wilder Rausch, als ich ihre fiebrigen Lippen spürte, mein Herz raste, ich liebe dich, hörte ich sie atmen, ich dich auch, mich keuchen, umschlungen wiegten wir uns wie im Tanz, ich wünschte mir, daß es ewig währte, sie mich nicht losläßt, warm und zart fühlte es sich an, das Glück.
„Ich bleibe, so lange du willst", flüsterte ich.
„Ich will nicht bleiben, ich will nach Hause", schluchzte sie und löste sich aus der Umarmung.
„Dein Vater?" fragte ich gefaßt.
„Ja, und ich werde nicht mehr weinen."
Sie sah wunderschön aus, beim Versuch zu lächeln, als sie sich auf den Stuhl setzte, sich mit dem Handrücken über die Augen fuhr und schniefte. Das hätte ich ihr sagen wollen, doch ich fragte leise, was denn passiert sei, rückte den Stuhl heran, setzte mich zu ihr und legte behutsam den Arm um ihre Schulter. Keine Reaktion, sie starrte ins Leere, dann, als hätte sie sich einen Ruck gegeben, begann sie teilnahmslos zu erzählen.
Sie habe ihren Vater zur Rede gestellt, so könnte er nicht mit ihr umspringen. Der habe getobt: Undankbarkeit, Schande. Sie sei konsterniert gewesen, denn so kannte sie ihn nicht. Sie habe ihn gebeten, doch vernünftig miteinander zu reden. Er sei bedrohlich auf sie zugekommen, sie habe schon befürchtet, er würde sie ohrfeigen. Es gebe nichts zu dis-

kutieren, habe er eiskalt gesagt und sie vor die Alternative gestellt: entweder die Familie oder dieser Kerl. Und wehe, sie lasse sich noch einmal mit mir blicken, habe er gedroht und das Zimmer verlassen.

„Ich halte das nicht aus", wimmerte sie.

„Du mußt keine Angst haben."

„Warum weine ich blöde Gans eigentlich?"

„Du bist wunderbar", sagte ich, kniete vor ihr nieder, schmiegte meinen Kopf in ihrem Schoß. Der betörende Duft ihres Körpers, ich hörte ihr Herz pochen, spürte, wie sie mir übers Haar streichelte.

Sie schreckte auf, Stimmen waren zu hören, ich schaute sie an, sah ihren verängstigten Blick.

„Alois und Florica sind nicht da", beruhigte ich sie und stand auf.

„Ich habe keine Angst", sagte sie und faßte meine Hand.

„Wenn du willst, fahren wir noch heute", sagte ich und sah sie inständig nicken.

„Und wie?" fragte sie zögernd

„Ich rufe Liviu an, der wollte mich sowieso morgen holen kommen, wir fahren nach Temeswar, dann sehen wir weiter", sagte ich und griff mir Livius Karte, die neben dem Telefon lag.

„Und wenn er heute nicht kommen kann?"

„Dann hauen wir einfach ab."

„Du bist verrückt!"

„Ja!"

„Ja, wir sind verrückt!" jubelte sie, fiel mir um den Hals.

„Ich rufe jetzt an, ja?"

„Ja."

Ich wählte die erste Ziffer, dann griff sie ein, wählte die nächste, dann wieder ich, so spielten wir weiter, küßten uns, während sich die Wählerscheibe drehte.

Es läutet, gab ich ihr zu verstehen, begrüßte Liviu, fragte ohne Umschweifen, ob es ihm möglich wäre zu kommen, ja heute, schön, Karin komme mit, ja die, jetzt bitte keine Erklärungen, bei Alois Binder, ja bei Alois, wiederholte ich, nachdem ich sie fragend angeschaut und sie genickt hatte, ja, bis dann und danke.

„Wir fahren!" sagte ich, war mir nicht sicher, ob ich es nur gemurmelt hatte, doch sicher war ich mir, die richtige Entscheidung getroffen zu haben.

Ich spürte ihre Hand, die Leidenschaft ihres Händedrucks, sah sie glücklich lächeln, wir umarmten uns, ich hob sie hoch, sie senkte den Kopf, saugte sich, während ich mich mit ihr im Kreis drehte, an meinen Lippen fest, ein Stuhl fiel um, wir lachten ausgelassen, als ich sie wieder absetzte.

„Ich hole jetzt meine Sachen, nur das Nötigste", sagte sie ernst und faßte meine Hand.

„Ich komme mit."

„Nein", sagte sie und ließ meine Hand los.

„Ich habe keine Angst vor deinem Vater."

„Der ist weggefahren, und wenn er zu Hause wäre, könnte er mich auch nicht aufhalten."

„Soll ich nicht trotzdem mitkommen?"

„Nein, bitte!"

„Ich packe dann auch meine Sachen."

„Ich gehe jetzt, bin gleich wieder da."

Sie faßte meine Hände, meinen Versuch sie zu umarmen, wehrte sie ab, indem sie meine Arme sachte nach unten drückte und mich küßte, rückwärts gehend, ließ sie mich los, ich sah, wie sie davon eilte, war unglücklich und glücklich zugleich.

Das Gefühl von Schwerelosigkeit, als ich in mein Zimmer ging, mich aufs Bett warf und die Augen schloß. Ja, so hatte ich es mir schon immer gewünscht. In Liebesrausch, ging mir durch den Kopf, meine Lippen bewegten sich, als buchstabierten sie es. Wäre es so gekommen, hätte die Konfrontation mit ihrem Vater nicht stattgefunden? Der Gedanke erschreckte mich.

Ich hörte einen Pferdewagen vor dem Haus stehen bleiben, setzte mich auf und lauschte, vernahm die Stimme von Alois. Ich eilte zum Fenster, sah wie er die Zügel am Baum festband, Florica redete auf ihn ein, der Wagen war leer, kein Gras. Sie mußten was geahnt haben und waren umgekehrt. Alois und Florica machten betretene Gesichter, als sie die Treppen hoch kamen. Ich sei ihnen eine Erklärung schuldig, begann ich, doch Alois unterbrach mich. Er habe ein ungutes Gefühl gehabt, zu Florica gesagt, Gras könnten sie auch ein andermal holen, sollten unbedingt heim, und jetzt sei die Karin ihnen über den Weg gelaufen.

Ja, sie sei hier gewesen, wir hätten beschlossen, gemeinsam nach Temeswar zu fahren, noch heute, ich hätte mit Liviu telefoniert, der komme uns holen, Karin habe Streit mit ihrem Vater gehabt.

Wegen dir? Ja. Habe er sich gleich gedacht, noch könne er zwei und zwei zusammenzählen, sagte Alois, zu Florica wahrscheinlich, ob sie begriffen hätte, denn sie nickte.

Er setzte sich an den Tisch im Hausgang und sagte: Jetzt aber mal schön der Reihe nach, also noch heute. Ja, Karin müsse gleich kommen, sie hole ihre Sachen, hoffentlich kriegten er und Florica keine Unannehmlichkeiten, sagte ich. Was für Unannehmlichkeiten, wegen dem Schmidt? Da müßte ich mir keine Sorgen machen, der setze keinen Fuß in seinen Hof, auf seine Gerechtigkeit, da könnte Wiseschdia was erleben. Ja, schon gut, hast recht, warum sich aufregen, sagte er auf die Bemerkung von Florica, die sich neben ihn gestellt und ihre Hand auf seine Schulter gelegt hatte.

Armes Mädel, murmelte Alois, sagte, als fiele es ihm wieder

ein, also noch heute, dann ganz aufgeregt: Die Mitbringsel! Und weil Florica ihn fragend anschaute, sagte er: Paradeis, Paprika, Schunkefleisch. Sie kümmere sich darum, verstand ich, Alois tätschelte ihre Hand auf seiner Schulter. Und das Telefon aus der Kollektiv als Andenken, sagte er. Das könnte ich nicht annehmen, meinte ich, doch er sagte: Na, hör mal! Der Hund schlug an. Kusch! rief Alois verärgert, Florica stieß ihn an.

Karin kam die Treppen hoch, stellte ihre Reisetasche im Hausgang ab, ich ging ihr entgegen, faßte sie an der Hand und kam mit ihr auf Alois und Florica zu, die mit ernsthaften Mienen am Tisch standen.

Wir kennen uns ja, meinte Alois verlegen und reichte ihr unbeholfen die Hand, Florica umarmte sie, war dem Weinen nahe, Cafea, sagte sie und eilte in die Küche. Er müsse sich noch frisch machen, sagte Alois rasch und folgte ihr. Alles in Ordnung? Diese dämliche Frage, ich hätte mich ohrfeigen können. Karins aufeinander gepreßten Lippen, ihr zitterndes Kinn. Ich weine ja nicht, hörte ich sie flüstern, als ich sie umarmte.

Sie löste sich aus der Umarmung, auch ich fühlte mich wie ertappt, da Alois mit der Schüssel aus der Küche kam. In weitem Bogen schüttete er das Wasser in den Hof, lauschte angestrengt, sagte: Doch nicht recht gehabt.

Jetzt hörte auch ich ein Rauschen, es begann heftig zu regnen.

Autorenhinweis

JOHANN LIPPET/ Veröffentlichungen
Buchveröffentlichungen:
biographie. ein muster. Poem. Bukarest: Kriterion Verlag, 1980.
so wars im mai so ist es. Gedichte. Bukarest: Kriterion Verlag, 1984.
Protokoll eines Abschieds und einer Einreise oder Die Angst vor dem Schwinden der Einzelheiten. Roman. Heidelberg: Verlag Das Wunderhorn, 1990.
Die Falten im Gesicht. Zwei Erzählungen. Heidelberg: Verlag Das Wunderhorn, 1991.
Abschied, Laut und Wahrnehmung. Gedichte. Heidelberg: Verlag Das Wunderhorn, 1994.
Der Totengräber. Eine Erzählung. Heidelberg: Verlag Das Wunderhorn, 1997
Die Tür zu hinteren Küche. Roman. Heidelberg: Verlag Das Wunderhorn, 2000.
Banater Alphabet. Gedichte. Heidelberg: Verlag Das Wunderhorn, 2001.
Anrufung der Kindheit. Poem. München: Lyrikedition 2000, 2003
Kapana, im Labyrinth. Reiseaufzeichnungen aus Bulgarien. Heidelberg: Verlag Das Wunderhorn, 2004.
Das Feld räumen.(II. Band „Die Tür zur hinteren Küche) Roman. Heidelberg: Verlag Das Wunderhorn, 2005.
Vom Hören vom Sehen vom Finden der Sprache. Gedichte. München: Lyrikedition 2000, 2006
Migrant auf Lebzeiten. Roman. Ludwigsburg: Pop Verlag, 2008
Im Garten von Edenkoben. Gedichte. München: Lyrikedition 2000, 2009
Das Leben einer Akte. Chronologie einer Bespitzelung durch die Securitate. Heidelberg: Verlag Das Wunderhorn, 2009
Dorfchronik, ein Roman. Roman. Ludwigsburg: Pop Verlag, 2010
Der Altenpfleger. Zwei Erzählungen. Ludwigsburg: Pop Verlag, 2011
Tuchfühlung im Papierkorb. Ein Gedichtbuch. Ludwigsburg: Pop Verlag, 2012

Übersetzungen
Stoica, Petre: *Aus der Chronik des Alten.* Gedichte. Ausgewählt und aus dem Rumänischen übersetzt von Johann Lippet. Heidelberg: Verlag Das Wunderhorn, 2004.

Inhalt

Im eignen Fadenkreuz / 7
Witterung / 35
Augenschein / 53
Spurensicherung / 61
Anvisierung / 69
Fährten / 105
Nachtsicht / 131
Stand / 141
Zwischen Kimme und Korn / 149
Späher / 169
Gefährte / 177
Grabenkampf / 181
Lockrufe / 191
Wegstrecke / 199
Sichtung / 209
Einsichten / 213
Wegzehrung / 227

Autorenhinweis / 249
Inhalt / 251

Die POP-Verlag-Lyrikreihe

Poesie / poésie, Zeitgenössische Dichtung aus Frankreich und Deutschland. ISBN: 3-937139-00-1
Rodica Draghincescu: *Morgen und Abend.* ISBN: 3-937139-01-X
Ioan Flora: *Die Donau leicht ansteigend.* ISBN: 3-937139-04-4
Nichita Stănescu: *Elf Elegien.* ISBN: 3-937139-06-0
eje winter: *hybride texte.* ISBN: 33-937139-07-9
PAPI: *Manchmal später.* ISBN: 3-937139-10-9
Mircea M. Pop: *Heiratsanzeige.* ISBN: 3-937139-15-X
Chantal Danjou: *Blaues Land.* ISBN: 978-3-937139-19-2
Armin Steigenberger: *gebrauchsanweisung für ein vaterland.* ISBN: 978-3-937139-21-4
Valerie Rouzeau: *Nicht wiedersehen.* ISBN: 978-3-937139-22-2
eje winter: *liebesland.* ISBN: 978-3-937139-23-0
Uli Rothfuss: *vom atmen der steine.* ISBN: 978-3-937139-27-3
Ines Hagemeyer: *Bewohnte Stille.* ISBN: 978-3-937139-31-3
Dieter Schlesak: *Namen Los, Liebes- und Todesgedichte.* ISBN: 978-3-937139-30-2
Hellmut Seiler: *An Verse geheftet.* ISBN: 978-3-937139-32-X
Rainer Wedler: *deichgraf meiner selbst.* ISBN: 978-3-937139-34-3
Dato Barbakadse: *Das Dreieck der Kraniche.* ISBN: 978-3-937139-38-8
Dante Marianacci: *Herren des Windes / Signori del vento.* ISBN: 978-3-937139-40-0
Emilian Galaicu-Păun: *Yin Time.* ISBN: 978-3-937139-41-8
Tomaso Kemeny: *Jenseits der Wälder.* ISBN: 978-3-937139-42-5
Ioana Nicolaie: *Der Norden.* ISBN: 978-3-937139-43-2
eje winter: *kunstwörter, 44 x lyrik.* ISBN: 978-3-937139-46-3
Aura Christi: *Elegien aus der Kälte.* ISBN: 978-3-937139-47-0
Jan Goczoł: *Die abgewandte Seite des Mondes.* ISBN: 978-3-937139-48-7
Henning Schönenberger: *Sitte und Sittlichkeit im ausgegangenen Jahrhundert.* ISBN: 978-3-937139-49-4
Gëzim Hajdari: *Mondkrank.* ISBN: 978-3-937139-55-5
Manfred Wolff: *Gespräche mit niemand.* ISBN: 978-3-937139-59-3
Dimiter Dublew: *Gedichte von der Grenze.* ISBN: 978-3-937139-63-0
Norbert Sternmut: *Fadenwürde.* ISBN: 978-3-937139-67-8
Robert Şerban: *Heimkino, bei mir.* ISBN: 978-3-937139-70-8
Dieter Schlesak: *Heimleuchten.* ISBN: 978-3-937139-75-3

Arzu Alir: *Wenn Satan sich zum Rosenzweig beugt.*
ISBN: 978-3-937139-84-5
Urszula Usakowska-Wolff: *Perverse Verse.*
Debütpreis 2009 (Prima Verba). ISBN: 978-3-937139-86-9
Norbert Sternmut: *Nachtlichter.* ISBN: 978-3-937139-87-6
Horst Saul: *Wurzelherz, du. Texte zu Liebe, Nähe und Abschied.*
ISBN: 978-3-937139-89-0
Karl Wolff: *Alles Nebel oder was. Gedichte aus Absurdistan.*
ISBN: 978-3-937139-90-6
Horst Samson: *Und wenn du willst, vergiss.* ISBN: 978-3-937139-92-0
Wjatscheslaw Kuprijanow: *Der Bär tanzt.* ISBN: 978-3-937139-96-8
Shahla Agapour: *Oliver Twist in Teheran.* ISBN: 978-3-937139-98-2
eje winter: *blattgold ein übern andern tag.* ISBN: 978-3-86356-000-3
Ines Hagemeyer: *Aus dem Gefährt, das dir Träume auflädt.*
ISBN: 978-3-86356-003-4
Norbert Sternmut: *Spiegelschrift.* ISBN: 978-3-86356-007-2
Boško Tomašević: *Allerneueste Vergeblichkeit.* ISBN: 978-3-86356-009-6
Rainer Wedler: *Unter der Hitze des Ziegeldachs.*
ISBN: 978-3-86356-010-2
Gelu Vlaşin: *In der Psychiatrie behandelt.* ISBN: 978-3-86356-011-9
Michael Zoch: *Kometen vom Fass.* ISBN: 978-3-86356-015-7
Uli Rothfuss: *mein fenster geöffenet.* ISBN: 978-3-86356-023-2
Uli Rothfuss: *als atmeten die häuser von istanbul.*
ISBN: 978-3-86356-024-9
Irma Shiolashvili: *Eine Brücke aus bunten Blättern.*
ISBN: 978-3-86356-025-6
Nina Russo Karcher: *Manchmal berührt mich das Dunkel.*
ISBN: 978-3-86356-027-0
Wjatscheslaw Kuprijanow: *Verboten.* ISBN: 978-3-86356-031-7
Norbert Sternmut: *Schattenpalaver.* ISBN: 978-3-86356-032-4
Johann Lippet: *Tuchfühlung im Papierkorb.* ISBN: 978-3-86356-034-8
Kalosh Çeliku: *Das boheme Mädchen gibt meinen Büchern die Brust.* ISBN: 978-3-86356-035-5
Theo Breuer: *Das gewonnene Alphabet.* ISBN: 978-3-86356-039-3
Genowefa Jakubowska-Fijalkowska: *Poesie sitzt nicht in der Sonne.*
ISBN: 978-3-86356-043-0
Dieter Schlesak: *Licht. Blick.* ISBN: 978-3-86356-044-7

Die POP-Verlag-Epikreihe

eje winter: *hybride texte.* ISBN: 978-3-937139-07-9
Grigore Cugler: *Apunake, eine andere Welt.* ISBN: 978-3-937139-08-7
Ulrich Bergmann: *Arthurgeschichten.* ISBN: 978-3-937139-09-5
Francisca Ricinski: *Auf silikonweichen Pfoten.*
ISBN: 978-3-937139-12-5
Anita Riede: *Blühende Notizen. Liebe Luise, Briefe aus der Stadt. Pariaprojekt.* ISBN: 978-3-937139-13-9
Rainer Wedler: *Zwischenstation Algier.* Roman. ISBN: 978-3-937139-11-7
Ulrich Bergmann: *Kritische Körper.* ISBN: 978-3-937139-25-7
Dieter Schlesak: *Vlad. Die Dracula-Korrektur.*
Roman. ISBN: 978-3-937139-36-4
Markus Berger: *Kopftornado.* ISBN: 978-3-937139-51-7
Ioona Rauschan: *Abhauen.* Roman. ISBN: 978-3-937139-52-4
Thomas Brandsdörfer: *Die schöne Insel.* Roman. ISBN: 978-3-937139-53-1
Orhan Kemal: *Die 72. Gefängniszelle.* ISBN: 978-3-937139-54-8
Barbara-Marie Mundt: *Raubkind,* Roman,
Debütpreis 2008 (Prima Verba). ISBN: 978-3-937139-58-6
Johann Lippet: *Migrant auf Lebzeiten.* Roman. ISBN: 978-3-937139-56-7
Dieter Schlesak: *VLAD, DER TODESFÜRST. Die Dracula-Korrektur.* 2., neu bearbeitete und ergänzte Auflage, 2009. Roman. ISBN: 978-3-937139-57-9
Imre Török: *AKAZIENSKIZZE. Neue und alte Geschichten. Phantasieflüge.* ISBN: 978-3-937139-69-2
Elisabeth Rieping: *Die Altgesellen.* Prosa, Debütpreis 2009 (Prima Verba). ISBN: 978-3-937139-73-9
Romanița Constantinescu (Hrsg.), *Im kalten Schatten der Erinnerung.* Eine Anthologie zeitgenössischer Prosa aus Rumänien. ISBN: 978-3-937139-76-0
Lucian Dan Teodorovici: *Dann ist mir die Hand ausgerutscht.*
ISBN: 978-3-937139-80-7
Rainer Wedler: *Die Leihfrist.* Roman. ISBN: 978-3-937139-81-4
Carsten Piper: *Ab 18.* Roman. ISBN: 978-3-937139-88-3
Imre Török: *Insel der Elefanten.* Roman. ISBN: 978-3-937139-91-3
Ondine Dietz: *Meister Knastfelds Hybris. Liebeserklärung an das alte und junge Klein-Wien.* Prosa. Debütpreis 2010 (Prima Verba). ISBN: 978-3-937139-94-4

Albrecht Schau: *Von der belebenden Wirkung des Verbrechens. Urlaubsgrüße aus dem wahren Leben.* Roman. ISBN: 978-3-937139-95-1
Dante Marianacci: *Die Theißblüten.* Roman. ISBN: 978-3-937139-97-5
Johann Lippet: *Dorfchronik, ein Roman.* ISBN: 978-3-937139-99-9
Uli Rothfuss: *Tannenmörder.* ISBN: 978-3-86356-002-7
Jörg Kremers & Gerd Sonntag: *Also bin ich.* Roman. Debütpreis 2011 (Prima Verba). ISBN: 978-3-86356-004-7
Herwig Haupt: *Wieder Lust auf ein Bier. Kurzprosa für nachher.* ISBN: 978-3-86356-005-8
Wjatscheslaw Kuprijanow: *Ihre Tierische Majestät.* Roman. ISBN: 978-3-86356-008-9
Johann Lippet: *Der Altenpfleger. Zwei Erzählungen.* ISBN: 978-3-86356-012-6
Michael Gans: *Wo der Hund begraben liegt.* Leonberger Kurzkrimis. ISBN: 978-3-86356-013-3
Julia Schiff: *Reihertanz.* Roman. ISBN: 978-3-86356-014-0
Kurt Sigel: *Glückloses Glück.* Erotische Erzählungen und andere Prosa mit Liebesversen und Zeichnungen des Autors. ISBN: 978-3-86356-016-4
Jan Cornelius: *Über Google, Gott und die Welt. Satirische Streifzüge.* Mit Cartons von **Miroslav Barták**. ISBN: 978-3-86356-017-5
Ngo Nguyen Dung: *Die Insel der Feuerkrabben.* Erzählungen. ISBN: 978-3-86356-018-8
Gerti Michaelis Rahr: *Unverhofft.* ISBN: 978-3-86356-021-8
Imre Török: *Das Buch Luzius. Märchen und andere Wahrheiten.* ISBN: 978-3-86356-026-3
Rainer Wedler: *Seegang.* Novelle. ISBN: 978-3-86356-030-0
Julia Schiff: *Steppensalz. Aufzeichnungen eines Ausgesiedelten.* Roman. ISBN: 978-3-86356-033-1
Jan Cornelius: *Heilige und Scheinheilige.* Ganz weltliche Satiren. Mit Cartons von **Miroslav Barták**. ISBN: 978-3-86356-038-6
Carsten Piper: *Dich zu lieben war voll daneben.* ISBN: 978-3-86356-040-9
Gerhard Bauer: *Professor Fuhrmanns Badekur.* Roman. Debütpreis 2012 (Prima Verba). ISBN: 978-3-86356-041-6
Johann Lippet: *Bruchstücke aus erster und zweiter Hand.* Roman ISBN: 978-3-86356-050-8